OBRAS COMPLETAS
MARIA JUDITE DE CARVALHO
V

Título:
Obras Completas de Maria Judite de Carvalho – vol. V
Este Tempo | Seta Despedida | A Flor que Havia na Água Parada | Havemos de Rir!
© Maria Isabel Tavares Rodrigues Alves Fraga, 2019

Autora:
Maria Judite de Carvalho

Capa: FBA
Na capa: reprodução de quadro da autoria de Maria Judite de Carvalho
Imagem de capa © Maria Isabel Tavares Rodrigues Alves Fraga
Fotografia de Sounds & Bytes

Biblioteca Nacional de Portugal – Catalogação na Publicação

CARVALHO, Maria Judite de, 1921-1998

Obras completas de Maria Judite de Carvalho. – v. – (Obras completas de Maria Judite de Carvalho)
5º v.:. – p. - ISBN 978-989-8866-66-0

CDU 821.134.3-34"19"

Depósito Legal n.º ?????

Paginação:
Aresta Criativa – Artes Gráficas

Impressão e acabamento:
Forma Certa Gráfica Digital

para
Minotauro
Maio de 2024

Direitos reservados para todos os países de língua portuguesa.

MINOTAURO, uma chancela de Edições Almedina, S.A.
Avenida Engenheiro Arantes e Oliveira, 11 – 3.º C – 1900-221 Lisboa/Portugal

Esta obra está protegida pela lei. Não pode ser reproduzida,
no todo ou em parte, qualquer que seja o modo utilizado,
incluindo fotocópia e xerocópia, sem prévia autorização do Editor.
Qualquer transgressão à lei dos Direitos de Autor será passível
de procedimento judicial.

OBRAS COMPLETAS
MARIA JUDITE DE CARVALHO
V

Este Tempo
Seta Despedida
A Flor Que Havia na Água Parada
Havemos de Rir!

MINOTAURO

ÍNDICE

A ESCRITA CERTEIRA DA ANGÚSTIA FEMININA 13

ESTE TEMPO 23

    OS NOVOS DEUSES
        Este Tempo 27
        História sem Palavras 28
        Boas Intenções 29
        Filme-anúncio 30
        FC em Julho 31
        A Energia 32
        As Palavras e as Vozes 33
        O Computador 34
        O Elogio da Sedentariedade 35
        Os Novos Deuses 37
        E Tempo? 38
        As Máquinas de Segurar o Tempo 39
        O Homem, Devorador da Paisagem 40
        Os Poetas e a Lua 41
        As Pequenas Maravilhas 42
        As Coisas Desnecessárias 43
        No Supermercado 44

Um Disco	45
Menino de Auscultadores	47
À Hora de Jantar	48
Sprays	49
Os Bárbaros	50
Turistas	51
A Terra, um Asteroide	52
Diário de uma Dona de Casa	53
As Novas Fadas	57
As Suaves	58
A Geração Lunar	59

A CIDADE E A ÁGUA

Rio Tejo	63
Bancos, *Boutiques* e Galerias	64
Castanhas Assadas	65
Para Demolição	66
Onde os Lisboetas?	67
As Marchas	68
As Novíssimas Avenidas	69
A Cidade e a Água	70
Uma Brasileira em Lisboa	71
A Cidade Talvez Deserta	73
Casas	74
Os Velhos Prédios	75
Silêncio	76
As Cidades	77
Este Rio	78

OUVIR E FALAR

Escrito desde Lisboa	83
Atempadamente	84

Diminutivos	85
Inho	86
O Portinglês	87
O Hexagonal	88
Boutiques	89
Férias	90
Chiles	92
A Conturbada Região do Globo	93
As Palavras Mascaradas	94
Gente	95
As Palavras-bengala	96
Mentalização	96
Em Família	97
Não Há	98
As Frases Mortais	99
As Frases Mortais	100
As Palavras-fantasma	101
As Palavras Tardias	102
Ouvir e Falar	104

AS DUAS SENHORAS, OS POMBOS E A FITA

Num Consultório	109
As Duas Senhoras, os Pombos e a Fita	110
Eles, Felizes	111
Perplexidade	113
Um Homem	114
Leitor no Metropolitano	115
Interrogatório	116
Diário	118
Um Homem Incrédulo	119
Conversa com uma Estátua	120
No Cinema	122

Tempestades 123
Felicidade 124
Estejamos Atentos. 126
No Metropolitano 126
Jantar na Praia. 127
Os Livros sem Texto. 129
Comemorações 130
Tranquilidade 131
Aquele Homem. 132
A Pateada 133
A Janela. 134
Os Pedintes Ricos 135
A Carreira 137
Conversa. 138

POR EXEMPLO, MARGARIDA
   Por Exemplo, Margarida. 141
   Na Rua 142
   Aldeias de Gente Só 143
   Os Desaparecidos 144
   Transplantados 145
   A Cidade e as Serras 146
   Rapazinho no Metropolitano 147
   No Jardim 149
   Miguel. 150
   Crianças 151
   Na Loja de Brinquedos. 152
   Breve Encontro. 153
   Os Golfinhos. 154
   35 Anos. 155
   Mulher a Dias 156
   O Livro 157

À ESPERA

Pescador 161
O Instinto de Sobrevivência 162
Cena de Rua 163
Centenárias 164
Reformada 166
O João 167
O Problema 168
À Espera 169
À Varanda 170
Velhinhas 172
Num Jardim 173
Na Rua 174
À Espera 175
Desexistência 176
O Relógio 177

O COMBOIO

O Comboio 181
A Aventura 182
Os Mapas 183
Um Sonho 184
Menina Alice 185
O Avô, o Neto e o Sonho 187
Petróleo no Autocarro 188
Brinquedos de Rua 189
Passeio à Infância 190
Morte de Poeta 192
O Poema 193
Felicidade 195
Astrólogas 196
A Melhor Vista de Mar 197

  Água Chinesa 198
  A Mãe e Ursula 199
  O Pretendente 201
  As Asas 202

SETA DESPEDIDA
  Seta Despedida 207
  George 219
  A Absolvição 227
  A Alta 237
  As Impressões Digitais 243
  Vínculo Precário 251
  Uma Senhora 255
  Sentido Único 259
  O Grito 265
  O Tesouro 269
  A Mancha Verde 273
  Frio 277

A FLOR QUE HAVIA NA ÁGUA PARADA 285

HAVEMOS DE RIR 317

A ESCRITA CERTEIRA
DA ANGÚSTIA FEMININA

Simone tinha uma voz «baixa e espessa», a de Mariana não tremia; António falava com voz «fraca, insegura», e a voz da dona da casa «era velha, rachada, monocórdica»; Mateus tinha uma voz macia, e a de Dores era «monótona e cansada». Luísa disse coisas numa «voz um pouco arrastada», a da mulher de Marcelino era «seca e extremamente amarga». Ao longo de 30 anos de escrita, Maria Judite de Carvalho (1921-1998) criou dezenas de personagens, a maioria mulheres. Em quase todas, a voz aparece como elemento definidor de carácter ou de estado de espírito. O que pode então a voz dizer acerca de uma personagem? Muito, conclui-se ao ler esta escritora silenciosa que fez precisamente do silêncio a matéria primordial de uma obra sobre a solidão sustentada no acto de observar e de ouvir os outros, de se observar e de se ouvir a si mesma.

«Quem, a não ser eu, perderia tempo a ouvir-me? Quem, se a minha vida ficou vazia de todos?», interroga-se a protagonista de *Tanta Gente, Mariana* (1959), o seu conto mais conhecido e talvez o mais autobiográfico. Comecemos então pela voz para tentar chegar à escritora da reclusão e do abandono. Como era a voz de Maria Judite de Carvalho? «Quase arrastada, muito calma; as palavras demoravam a nascer; tinha uma voz reticente, como a obra dela, mas atenta ao interlocutor. Fazia pausas. No que escreveu, o leitor podia – e pode – preencher essas pausas com a sua própria experiência.

Talvez por isso seja sempre tão actual», diz Inês Fraga, a neta de Maria Judite de Carvalho que tem acompanhado de perto a edição da obra completa da avó agora que passam 20 anos da sua morte.

Escritora do íntimo, observadora do quotidiano que relatava sobretudo através do desespero e da solidão femininos, Maria Judite de Carvalho é autora de uma das mais complexas e estimulantes obras literárias da segunda metade do século XX português. Nos 13 livros que publicou, soube dar ao privado um carácter político; os seus contos e as suas novelas, o teatro, as crónicas e a poesia compõem um quadro social e de costumes difícil de superar. Pertence a um tempo, mas vai além dele, conseguindo a intemporalidade no modo como narra a dor, a desolação, a ruína privada, mergulhando no profundo das suas personagens, gente à deriva no dia-a-dia da cidade. Agustina Bessa-Luís chamou-lhe «flor discreta»; Jacinto do Prado Coelho dizia-a de uma «febre lúcida» e, no seu livro de ensaios *Ao Contrário de Penélope* (1976), escreveu: «O estilo de Maria Judite não apresenta um sinal de rebusca ou uma palavra a mais. Pelo contrário: sugere, penetra, define, magoa, pela estrita economia das palavras, por uma admirável contenção.»

Urbano Tavares Rodrigues (1923-2013), seu primeiro leitor, e seu marido durante mais de 40 anos, descodificou o projecto literário de Maria Judite de Carvalho: um projecto em que «as palavras não se pronunciam, mas se sugerem apontando para o mistério». Na sua *História da Literatura Portuguesa*, António José Saraiva e Óscar Lopes sublinharam a «desapiedada denúncia da frustração e solidão humanas» daquela escrita. E, no dia da morte da autora, José Cardoso Pires definiu-a como «uma das personalidades mais notáveis da literatura portuguesa dos nossos dias», acrescentando: «Se não foi, durante muito tempo, devidamente destacada, foi pelo próprio feitio e comportamento. Era uma pessoa profundamente recolhida e anti-exibicionista, mas com uma escrita de grande qualidade.» E agora, 20 anos depois, Inês, neta de Urbano e de Maria Judite, resume: «Ninguém lê a minha avó sem entrever a mulher que ela foi. Há na sua escrita uma profundidade que pressentimos que só se chega pela vivência.»

MULHERES EM RETÂNGULOS

É uma discrição que parece ter transbordado da vida e da obra para contaminar também o seu percurso literário. Celebrada pela crítica, nunca conseguiu impor-se junto dos leitores, ficando reduzida a um culto que se foi estreitando com a passagem do tempo e com o desaparecimento dos seus livros nas livrarias. Mas essa contingência está prestes a deixar de ser desculpa para não ler Maria Judite de Carvalho. A partir desta segunda-feira, dia 28, e ao longo dos próximos dois anos, a Minotauro, chancela da Almedina, vai publicar a obra completa da escritora. Serão seis volumes, reunindo toda a sua obra e revelando ainda outra das singularidades criativas de Maria Judite de Carvalho: o desenho e a pintura. Todas as capas, bem como os separadores no interior de cada volume, reproduzem obras gráficas da escritora que morreu em Lisboa no dia 18 de Janeiro de 1998, aos 76 anos. «Queremos ver renascer a escrita dela e dá-la a conhecer às novas gerações», afirma Sara Lutas, a editora, que confessa ter agarrado este projecto como «se agarra uma paixão».

No livro que abre a colecção, e que junta *Tanta Gente, Mariana*, o seu conto de estreia, ao volume de contos que se lhe seguiu, *As Palavras Poupadas* (1961), há um auto-retrato da escritora, cabelos negros caídos sobre os ombros e um olhar grande que parece querer abarcar tudo o que tem à sua frente, curioso, como o dos que a olham e querem ler nele tudo o que não sabem de Maria Judite. Nesses olhos vêem-se os de Mariana, a sua némesis, quando também Mariana olhava, à noite, na cama, e via mais do que a realidade do tecto que tinha por cima. «O papel florido tem o fundo que deve ser branco amarelado pelo tempo e está cheio de manchas de bolor onde descubro carinhas risonhas, por vezes muito perturbadoras. Perfis quase diabólicos, estranhos e quietos no seu riso, tanto mais perfeitos quanto mais tempo eu levo a olhá-los sem bater as pálpebras, como se o meu olhar completasse involuntariamente o desenho, avivando-lhe o traço, dando-lhe vida e relevo. Outras vezes são caras horríveis, vazadas no estuque do tecto ou formadas pelas sombras que os móveis despejam de si quando acendo a luz...» Tudo se passa no universo doméstico, é de lá que Maria Judite de Carvalho olha o mundo; esse universo é o modelo a partir do qual alguém se há-de rebelar, nem que seja apenas intimamente, ou ao qual se acomodará, aquietando-se na tal febre, ora lúcida, ora toldada. Às vezes com desespero, outras com ironia, ou com os dois sentimentos, um paradoxo que soube transpor para o que escrevia, numa perversidade desafiadora. «Estou certa de que a maioria das mulheres escreve e pinta com o mesmo espírito com que a minha mãe bordava toalhas de chá. Para sentirem que são úteis, de certo modo. Femininamente úteis. Para não se sentirem a mais neste mundo, pagarem, em suma, a sua estadia», dirá Emília, uma das personagens de *As Palavras Poupadas*.

E Maria Judite tanto pode ser Emília como pode ser Mariana, uma mulher que olha, de frente ou através de um filtro que terá a forma de uma cortina numa janela a dar para a rua da cidade, sempre a cidade.

«Lembro-me dela a desenhar em todo o lado. Tinha sempre um daqueles blocos Castelo junto ao telefone e desenhava rostos enquanto atendia as chamadas. Desenhava um e outro rosto de mulher, sempre a azul com uma caneta Bic. Uma vez pedi-lhe para me dar aqueles caderninhos e ela achou um disparate. Disse "filha, mas isto não tem qualquer valor!" Eu adorava aqueles caderninhos», conta Inês, afirmando que ela se censurava menos a desenhar do que a escrever. «Não valorizava muito, ao contrário da escrita, mas há uma ligação entre as duas coisas.» Na escrita, como no desenho ou na pintura, são quase sempre mulheres, e há um aspecto curioso: «As mulheres, na obra da minha avó, são pessoas muito presas nos rectângulos das suas casas, confinadas aos rectângulos das janelas, que se pontuam pela imobilidade. E nos quadros, ali estão elas, aprisionadas em rectângulos de madeira ou estáticas nos rectângulos de papel.»

Inês Fraga fala da avô entre o entusiasmo e o pudor, com a ambiguidade que existe entre a vontade de a dar a conhecer para que seja lida e a consciência da obstinação com que sempre se preservou do olhar público. «Como neta quase me sinto a violar a sua vontade. É um equilíbrio muito precário entre o que acho que devo contar e o que ela sentiria, por ser extremamente reservada. Mas era uma grande escritora e os grandes escritores devem ser lidos», diz-nos com a mesma alegria com que abriu as portas de casa e do espólio da avó a Sara Lutas. «Sabia que ela não podia estar em melhores mãos», garante, lembrando os anos em que quase não se falou da obra de Maria Judite de Carvalho, em que nenhuma editora mostrou interesse em publicá-la.

Até há muito pouco tempo. «Houve um silêncio muito grande em volta da minha avó. A figura dela era tão silenciosa. Era tudo tão etéreo à volta dela...» Como se mesmo depois da morte essa espécie de nebulosa em que se moveu se mantivesse. Conviveram durante os primeiros 18 anos de vida de Inês, uma das duas filhas da única filha de Maria Judite de Carvalho com Urbano Tavares Rodrigues, Isabel Fraga, e desses anos a neta recorda uma mulher que era privada não por um qualquer tipo de sacrifício que tivesse imposto a si própria, mas por educação. «Ela foi educada assim; foi educada para a discrição, uma menina séria é contida, uma menina séria não manifesta as suas emoções. E ela nunca soube ser de outra maneira», conta, como se a educação também se tivesse adequado a um modo de ser. Por isso, Maria Judite de Carvalho era conhecida como a mulher do escritor Urbano Tavares Rodrigues, alguém que também escrevia e pintava, que era educada, que suportava que ele tivesse outras mulheres, que vivia na sombra. E a sombra parecia o seu lugar natural. «Nunca ouvi uma queixa à minha avó», afirma Inês.

UMA BIOGRAFIA QUE APENAS SE INTUI

Maria Judite de Carvalho nasceu em Lisboa a 18 de Setembro de 1921 e ficou órfã aos sete anos. Foi educada de forma austera por umas tias num casarão escuro, como se conta. Quem ler *Tanta Gente, Mariana* encontrará paralelos entre a biografia e a ficção. Foi o então já marido, Urbano Tavares Rodrigues, que a incentivou a publicar esse conto. Os dois conheceram-se na Faculdade de Letras de Lisboa, onde Maria Judite de Carvalho, dois anos mais velha, o encontrou já professor. Casaram em 1949. Ela tinha 28 anos e ele 26. Pouco tempo depois iriam para França: perseguido pela PIDE, ele escolheu o exílio e ela seguiu-o. Primeiro para Montpellier, onde Urbano arranjou um lugar como professor, mais tarde para Paris, quando o marido se fixou.

Ali conheceram não apenas alguma da elite portuguesa que fugira do regime de Salazar, mas também a francesa. Privaram, por exemplo, com Albert Camus, e também conheceram Simone de Beauvoir, um ícone do feminismo da época, que com os seus escritos influenciaria Maria Judite de Carvalho. «Apesar de muito marcada pelo Existencialismo e pelo *Nouveau Roman*, ela criou um estilo único que tinha a ver com o meio onde cresceu e com um carácter reclusivo», refere Sara Lutas, que não esconde a emoção que foi encontrar os papéis escritos, as fotografias e as pinturas da escritora. Vai juntando peças de uma biografia dispersa, com muitos espaços por preencher, exactamente como a das suas personagens, sobre as quais nunca se sabe tudo. Apenas se intui. Dela, por essa altura de vida em comum com Urbano, sabe-se que voltou em 1950 a Lisboa, onde nasceu a filha, Maria Isabel de Carvalho Tavares Rodrigues (que assina como escritora com o nome Isabel Fraga), e que pouco depois regressou a França. Isabel ficou em Portugal, com os pais de Urbano. É então que Maria Judite começa a colaborar com a imprensa portuguesa, mais uma vez incentivada pelo marido.

«Ele foi sempre o seu primeiro leitor», conta Inês, lembrando também o carinho com que o avô sempre tratou Maria Judite, «apesar de tudo». «Tudo» eram os outros casos que nunca interferiram nesse pacto em que ele lhe elogiava a escrita e ela estava sempre lá, reservada, tímida, avessa a qualquer tipo de glória, como também tantas vezes Urbano Tavares Rodrigues a descreveu. «Ela gostava da luz filtrada que vinha do mundo do meu avô», salienta Inês Fraga. «Nunca procurou mais, estabeleceu relações de afecto profundas com muito pouca gente», conclui. Não tem dúvidas quanto à qualidade da escrita da avó, mas percebe porque nunca se salientou. «Não sei até que ponto ela conseguiria estar na dianteira. Ela estava confortavelmente apoiada na imagem do meu avô. Mas se o meu avô não tivesse tido o amor à literatura, e se ele não a tivesse elogiado de forma hiperbólica, talvez ela tivesse tido com a escrita a mesma relação que teve com a pintura.»

UM PARALELO: CLARICE LISPECTOR

Os livros foram saindo. Quase sempre breves, sempre elogiados. Inês lembra como a avó estava insegura quanto à publicação de *Seta Despedida* (1995). «Receava que fosse muito mórbido. Perguntou à minha mãe o que ela achava. Depois do meu avô, a minha mãe passou a ser a sua segunda leitora.» Teve o aval de ambos e esse livro de contos, o último, foi publicado e ganhou um prémio, tal como outros títulos. Em 1992, a escritora chegou mesmo a receber a Ordem do Infante D. Henrique.

Nada que a fizesse sobressair. Sempre fora assim, mesmo quando Maria Judite de Carvalho surgia citada a par de outros nomes de mulheres da mesma geração: Natália Nunes, Irene Lisboa, Natália Correia, Agustina Bessa-Luís. «Ela sentia-se literariamente muito próxima de Irene Lisboa», sugere Inês. Mas se sempre se foram estabelecendo paralelismos, há, contudo, um que se destaca, com uma mulher de outro continente: Clarice Lispector (1920-1977). Clarice e Maria Judite, as duas muito marcadas pelo mesmo livro de base: *O Segundo Sexo*, de Simone de Beauvoir. Uma e outra fixadas no mesmo desassossego íntimo do feminino, na solidão. Com Maria Judite, no entanto, a rasgar esse negrume com um humor tantas vezes surpreendente.

Inês Fraga gostaria que a avó pudesse ressurgir, nem que fosse apenas com um pouco da luz que agora incide sobre Clarice. «Ela estava dispersa, inacessível a muitos leitores, e agora vai ter uma casa única e todos os livros disponíveis», salienta Sara Lutas, que sublinha a intemporalidade da obra de Maria Judite de Carvalho.

Sara e Inês convergem no discurso sobre a escritora – «foi única», dizem quase em coro – e partilham uma inquietação: aplicar ou não o Acordo Ortográfico aos textos originais. Inês explica. «Conhecendo a minha avó, sei que ela não gostaria deste acordo. Mas eu tenho uma Maria Judite em casa», diz, referindo-se à filha de dez anos que já leu algumas coisas da bisavó, «e ela aprende com ele, e como ela todas as pessoas da geração dela». Esta edição, pergunta, «é para apresentar a Maria Judite de Carvalho a novos leitores ou para mantê-la num nicho? Sei que muita gente vai condenar esta opção, mas ela foi feita de modo muito pensado e consciente. Por exemplo, o *Tanta Gente, Mariana* faz parte do Plano Nacional de leitura, é uma das obras recomendadas no 12.º ano. Isso pesou. Tudo o resto foi respeitado, o modo como ela grafa os diálogos, por exemplo, com aspas no primeiro e no último livros e travessões em todos os outros», argumenta.

«Queremos que seja lida pelos mais novos, achamos que o mais importante é que seja mais lida», diz Sara. Não é uma solução pacífica, concluem, e Inês tenta apaziguar-se. «O nome da minha avó era Judith e ela acabou por grafá-lo de outra forma, Judite. Fez essa cedência, talvez tivesse concordado com esta. Era uma mulher sensata», sorri, confessando que entretanto houve mais propostas de outras editoras para publicar a obra da avó, mas que a decisão já estava tomada. Na Minotauro, cada volume será antecipado por um texto de enquadramento escrito à época da publicação original. O primeiro é assinado por Urbano Tavares Rodrigues e é sobre *Tanta Gente, Mariana*. Os restantes volumes sairão de acordo com a ordem cronológica: o segundo trará *Paisagens sem Barcos* (1963), *Os Armários Vazios* (1966) e *O Seu Amor por Etel* (1967); o terceiro *Flores ao Telefone* (1968), *Os Idólatras* (1969) e *Tempo de Mercês* (1973); o quarto terá *A Janela Fingida* (1975), *O Homem no Arame* (1979) e *Além do Quadro* (1983); o quinto, *Este Tempo* (1991), *Seta Despedida* (1995) e os já póstumos *A Flor Que Havia na Água Parada* (1998) e *Havemos de Rir* (1998); e, por fim, o sexto corresponderá aos *Diários de Emília Bravo* (2002).

Inês Fraga leu todos estes livros e espera que as duas filhas, Maria Judite e Clarice, o possam fazer com a mesma alegria e o mesmo deslumbramento. «A minha avô ensinou-me o essencial sobre o feminino. Sempre a vi serena e um dia surpreendi-me com o modo como estava curvada. Ela foi encolhendo e eu não dei por nada a não ser quando um dia a vi caminhar na rua. Ela muito pequenina ao lado do meu avô. Foi assim que a vi pela última vez, a caminhar de braço dado com ele pouco antes de morrer.»

Isabel Lucas
Público, 25 de maio de 2018

ESTE TEMPO

Antologia organizada por Ruth Navas e José Manuel Esteves

OS NOVOS DEUSES

ESTE TEMPO

E conforme vamos subindo os lentos, difíceis degraus que nos levarão a um andar baixo ou um pouco mais alto, cada vez com mais sol e ar menos poluído – há quem suba de elevador e só pare nos píncaros do arranha-céu, onde se respira ar de montanha, mas isso acontece sempre aos outros –, damos connosco já não gente (onde isso ficou!) mas peçazinha de máquina, parafuso, prego, roda dentada, sei lá, um desses pequenos objetos sem importância que ninguém vê. Subitamente fazemos parte de um todo e não podemos libertar-nos, voltar atrás, ao tempo de coisas simples, naturais e tranquilas que vivemos ou conhecemos de ouvir contar. É que não podemos fugir, estamos para todo o sempre presos na engrenagem. Tinha seus contras, o tempo que passou, mas nele não havia necessidade de consumir tanto e tão depressa, de trabalhar tantas horas ou tão velozmente. Era um tempo de estrelas à noite (agora fugiram todas para dentro dos telescópios), água fresca (não gelada), nesga de terra que às vezes era nossa. Aqui, agora, não possuímos nada. Tudo é alugado a alguém ou pago a prestações. Quando elas, as prestações, acabam, começam logo outras porque o que comprámos está velho e bom para a sucata.

É assim este tempo em que vivemos.

Diário de Lisboa, 2-10-71

HISTÓRIA SEM PALAVRAS

Desço a rua, entro no metropolitano, estendo à menina muda as moedas necessárias, aceito o retangulozinho que ela me fornece em troca, desço a escada, espero, paciente, que se aproxime o olho mágico da carruagem subterrânea. Ela chega, para, parte. Lá dentro, o silêncio do mar encapelado, isto é, o de toda aquela ferragem barulhenta, som de não dizer nada. Na minha paragem saio, subo as escadas do formigueiro ou do túnel de toupeiras por onde andei. E sigo pela rua fora – outra rua –, entro numa loja. De cesto metálico na mão (estamos na era do metal), escolho caixas, latas e latinhas, sacos. Tudo aquilo é bonito, bem arranjado, atraente, higiénico, impessoal. A menina da máquina registadora recebe a nota, dá-me o troco. Ausente, abstrata. Verá sequer as caras que desfilam diante de si? Apetece-me dizer qualquer coisa, que o troco não está certo, por exemplo. Que me deu dinheiro a mais. Ou a menos. Mas não digo nada. As máquinas sabem o que fazem. As meninas das máquinas também.

Tenho, de repente, saudades do bilhete de não sei quantos tostões que dentro de alguns anos deixará de se pedir em elétricos e autocarros a um funcionário com cara de poucos amigos, do merceeiro que não nos perguntará mais como estamos nós de saúde, e a família, pois claro. Saudades do tempo das palavras, às vezes insignificativas, de acordo, mas palavras.

Volto a casa com as minhas compras, higiénicas, atraentes e silenciosas. Sinto-me no futuro. Não gosto.

Diário de Lisboa, 22-7-71

BOAS INTENÇÕES

«Que é feito da vossa televisão?», perguntaram àquele jovem pai cheio de projetos para o futuro mais que perfeito do filho.
«Guardada até mais ver. Não quero – não queremos – que o nosso filho venha a fazer parte da multidão dos novos analfabetos que estão a formar-se ou que já estão formados há bastante tempo e com altas classificações, dos que não leem, nem pensam, nem comunicam. Dos que não trocam ideias porque de dia não há oportunidade e a noite é sagrada, é a altura de escutar o novo mestre ou o novo deus, não sei bem, com respeito, reverentemente. De estar atento aos seus conselhos e às linhas de conduta que traça em nossa intenção. Um deus que nos vem incitar a cumprir religiosamente os sete pecados mortais através da publicidade e não só. E a admirar a força bruta e a aceitar tantas vezes a falsa cultura e o falso heroísmo e por aí fora. Um deus assim. Não acreditamos nele nem queremos que o nosso filho acredite. Temos dois sobrinhos que cantam de manhã à noite as cantiguinhas da *Coca-cola* e dos detergentes-milagre. É lá com os pais. Eu, nós...»

Mas daí a algum tempo...
«Então o aparelho de televisão voltou?»
«Que queres tu?»
«Eu nada. Tu é que dizias...»
«E pensava. E continuo a pensar. Mas que hei de fazer? Num mundo como este, à beira da poluição total, quase atolado na asneira, na loucura, com o pé já metido na catástrofe, num mundo armazém de bombas um dia destes, num mundo isto, porque não há de o meu filho ver televisão? Era remar de mais contra a maré. Contra a maré negra... Depois, quem sou eu? Que força tenho eu? Fui buscar o televisor. Olha, não perdemos um só episódio da história do Márcio Hamlet Hayala.»

«E o miúdo?»

«Vai olhando e ficando calado, o que é um bom princípio para um bom crente.»

O Jornal, 2-2-79

FILME-ANÚNCIO

Agosto. Tarde de sábado. Filme-anúncio dos «brevemente neste cinema». Como o que estava em exibição era para todos, havia muitas crianças na sala. O filme-anúncio, embora lhes dissesse respeito, não era para elas, longe disso. «As crianças ouvem, as crianças olham para o que se passa à sua volta», dizia, mais ou menos, uma *voz-off*. Era um filme que se referia a horrores cometidos por crianças que veem e escutam a violência que diariamente lhes é proposta pelos adultos ficcionistas, realizadores, produtores, atores, compradores de filmes, seus exibidores, responsáveis por cinemas e televisões de aquém e além-mar, crianças que depois se transformam, podem transformar-se – há exemplos recentes, embora, felizmente, ainda raros –, em pequenos assassinos de brinquedo. A assistência estava gelada porque tinha visto a clientela da sala. Ninguém tossia, ninguém, por assim dizer, respirava. O ambiente era de cortar à faca.

E de súbito ouviu-se ali perto, na fila tal deste mundo tão carregado de pecados, uma vozinha muito nova e muito pura, incontaminada, uma vozinha de seis anos (ver-se-ia depois quando a luz se acendeu) dizer bem alto, com grande seriedade e convicção: «Este filme deve ser muito giro!»

Os adultos riram, mais e mais e demasiado alto, decerto porque se sentiam nervosos. Estavam talvez a pensar ou a sentir como se pode trair as crianças, aproveitá-las, destruí-las, transformá-las em destruidoras, às vezes, em casos limite. A pensar nisso porque ouviram o comentário daquela ali, tão pequenina, ainda sem compreender grande coisa da vida, e a achar aquilo «muito giro». E eles, adultos, portanto cúmplices nos crimes, não podiam sentir-se muito orgulhosos do seu papel neste mundo.

O Jornal, 8-9-78

FC EM JULHO

Suponha o leitor que um dia deste verão abre um livro de ficção científica, que escolheu, ao acaso, numa daquelas pequenas árvores de livros e sublivros que nos últimos anos brotaram em todas as tabacarias de norte a sul da nossa terra. Está calor, não apetecem leituras sérias, e as pessoas deixam-se arrastar pelo policial e pela *science fiction*, que têm, entre outros atrativos, bonitas capas vistosas e coloridas.

Senta-se portanto numa cadeira confortável, suspira de puro bem-estar estival, abre o seu livro e logo na primeira página lê, por exemplo, isto:

«Naquele tempo toda a água do mundo estava radioativa, em consequência das explosões atómicas que tiveram o seu início no fim de uma grande guerra mundial e se prolongaram depois, em tempo de paz, porque os homens de então gastavam os períodos pacíficos a censurar as guerras passadas e a preparar as guerras futuras. Ora, um dia foram encontrados, por puro acaso, num deserto, alguns recipientes contendo água antiga, água de antes da grande poluição, de antes do átomo desintegrado. Era um achado de grande valor arqueológico e todos se mostraram, e com razão, entusiasmados. Aqueles recipientes continham a prova da inconsciência e da loucura dos homens.»

Claro que o leitor sorri ou nem isso. Está em férias, a ler ficção científica, não vai espantar-se com tão pouca coisa. Mas o mais estranho é que também não se espantou quando no dia 11 de julho deste ano de 1972 leu no jornal em notícia vinda do Cairo que foi encontrado no deserto egípcio de Bir Trafawi, em quatro recipientes galvanizados, aquilo que se julga ser a única água não radioativa existente no mundo.

Não se espantou mesmo nada. O que prova que, de facto, embora não nos demos conta disso, vivemos em plena ficção científica.

Diário de Lisboa, 16-7-72

A ENERGIA

E a pouco e pouco somos ameaçados e também a pouco e pouco vamo-nos sentindo inquietos. Porque mal tínhamos acabado de nos habituar às tais suaves, brancas e tão eficientes máquinas que aquecem, arrefecem, lavam, brunem, torram, moem, batem e liquefazem, aos carros em que, por dá cá aquela palha, nos deslocamos, a ponto de quase perdermos o hábito de andar, aos pequenos sóis caseiros que temos o poder quase divino de acender e apagar e que enchem de dia mais ou menos claro as nossas noites, à caixa com pessoas dentro que diariamente nos visitam durante algumas horas, mal tínhamos acabado de nos habituar a tudo isso, eis que os mouros (ainda eles) nos ameaçam. Claro que os tempos são outros e a conquista é feita através do preço cada vez mais alto do petróleo. E nós, para manter esses doces confortos a que, ronronando, nos habituámos, somos capazes de tudo, até de dizer, até de pensar, quem sabe?, que as centrais nucleares, sim senhor, que as centrais nucleares não são tão perigosas como isso, que aquilo em Harrisburg foi um simples acidente de percurso e que sem centrais dessas já não se pode viver decentemente, civilizadamente.

Entretanto, sempre vamos procurando investigar se haverá ou não petróleo nesta nossa terra de muitas e grandes esperanças, de arrastados vagares, de talvez um dia, quem sabe, até pode acontecer, tem-se visto tanta coisa... Pois se até há quem encontre casa para alugar, porque não há de alguém descobrir petróleo?

Leio que em Londres um indivíduo esperto leiloou um número razoável de fogões de aquecimento a carvão, que, ainda há anos, seriam considerados mera sucata ou objetos decorativos. Fez bom dinheiro e os compradores estavam mesmo interessados em fogões de aquecimento. Veremos um dia destes ressurgir os velhos fogões de cozinha, os ferros de engomar a carvão? Assistiremos à reabilitação do carvoeiro, agora instalado em modernas *boutiques* de centro comercial? *Boutiques* essas possivelmente iluminadas a... Mas a quê, senhor?

Entretanto, lá em cima, o deus da vida continua à espera de que os terrenos, antes de darem cabo de si próprios e da Terra, acabem por se lembrar dele. A sério. E nessa altura talvez a Europa descubra que somos um país rico, fique muito nossa amiga e nos peça por especial favor que entremos para a CEE desse tempo.

O Jornal, 27-4-79

AS PALAVRAS E AS VOZES

Gostava de saber quanto tempo gastará por ano uma pessoa que se quer ou se julga bem informada sobre o que se passa no mundo (os mundos das pessoas têm tamanhos e rostos diferentes, podem ser a rua onde se mora, a cidade, o país, a Terra, podem até ser os mundos além-mundo). Refiro-me às pessoas que, está claro, leem o jornal, mas sobretudo às que ouvem rádio e veem televisão. Somos espectadores e ouvintes mais do que gente viva. Estaremos mesmo vivos, ainda, não seremos bichinhos do ouvido nem lente de contacto? Li não sei onde de um gondoleiro de Veneza (ignoro se é anedota ou se foi mesmo verdade, mas não me custa crer que tenha sido verdade) que levou um dia, na sua gôndola, um aparelho de televisão, para os turistas não perderem o programa. O programa televisivo, a cidade sonho, ao mesmo tempo, de passeio. Não sei qual deles teria vencido o outro, espero que fosse Veneza, mas nunca se sabe, até porque se tratava no pequeno *écran* de um desafio de futebol. Internacional.

Os muitos e variados transístores que se passeiam no verão por praias e parques populares, e não só, são a prova gritante de que muitas pessoas já não podem libertar-se da «voz» e, dentro em pouco, quando as televisões portáteis estiverem ao alcance de todos, da imagem. O pequeno aparelho sonoro, companheiro das horas de ócio, absorveu, talvez por isso, toda a ideia de lazer, e o homem já não sabe descansar sem a sua companhia. As criaturas ouvem, portanto. Notícias do mundo, do país, do desporto, anúncios, conversas entre locutores, mais anúncios, mais conversa, um disco pelo meio (com uma voz às vezes a interrompê-lo), desporto outra vez, notícias, anúncios.

Na verdade, há muito pouco tempo livre e, quando o há, as pessoas já não sabem aproveitá-lo na sua totalidade. É como se tivessem medo de estar sós, mas sem por isso quererem estar acompanhadas. Então as vozes e os rostos, frios, rangentes e gelados.

Diário de Lisboa, 29-3-72

O COMPUTADOR

Foram casas, serão um dia, se tudo isto não rebentar antes, computadores perfeitos. Já o são, de certo modo, embora ainda primários, estamos na infância da arte. No fundo, que importância têm, já hoje, os móveis que mal há tempo para olhar, os livros que mal há tempo para ler? Estamos demasiado dependentes do nosso já-computador de X assoalhadas, atravessado por fios elétricos, cheio de interruptores, isoladores, acumuladores, sei lá. Se o computador (ou uma das suas secções) tem uma avaria e deixa parcial ou totalmente de funcionar, eis-nos perdidos e infelizes porque já não sabemos viver sem a negra secção de baquelite que comunica com o exterior, sem os brancos eletrodomésticos que lavam, cozinham, fazem sumos e torradas, batem, aquecem, arrefecem, gelam. Mas o que mais nos aflige, o que nos destroça, o que pode mesmo ser perigoso para a nossa saúde mental é a ausência dos génios da máquina, falando e cantando em nossa intenção, incitando-nos incessantemente a comprar. Génios bons, génios maus, génios assim-assim. Mas estamos programados e já não sabemos viver sem eles, por isso os aceitamos sem espírito crítico, sem discussão. Ignoramos mesmo o veneno da violência e da morte que eles, sem problemas de consciência (os génios não têm consciência), às vezes nos transmitem.

À hora Z a família, as famílias sentam-se em silêncio a olhar para o *écran*. Muitas vezes ele, *écran*, é o que há de comum entre os habitantes do computador. E conheço uma família que comprou mesmo um segundo *écran* com receio de aquele se avariar um dia, e ela, família, ficar perdida, lá no deserto onde mora, abandonada à sua sorte pelos génios, desligada dos fios que a mantêm viva e unida, sem saber que fazer, que dizer, que pensar, como gastar as horas que faltam para a sua morte diária.

O Jornal, 3-6-83

O ELOGIO DA SEDENTARIEDADE

O dia de hoje não existe. Há ontem e amanhã. Hoje, agora, é uma simples paragem na fronteira para verificação de passaportes. Estávamos parados e já não. Não nos é possível tocar o passado, mesmo ao de leve, por mais que estendamos os braços ou apuremos a memória. O invisível comboio já nos leva.

Pois é precisamente agora, neste tempo mais do que nunca inquieto e fugidio, tempo de aviões a jato e foguetões, que constantemente se faz o elogio da sedentariedade. Compensação? Necessidade de se ser tranquilizado? *Relax* urgente?

Basta folhearmos uns tantos jornais e uns tantos *magazines*, basta, enfim, atentar na publicidade, e logo nos damos conta dessa chamada à quietude confortável de um bom *fauteuil* terrestre ou mesmo aéreo. As fotos são sempre sugestivas. O Homem, subitamente paxá-1970 está em sua casa a fumar um bom cigarro, a beber um bom *cognac*, a estudar uma língua em três meses com os melhores professores do país escolhido. Não é formidável? Está também, claro, a caminho de qualquer lugar.

Ei-lo no seu carro, por exemplo, mas tão confortavelmente instalado que é como se o seu próprio *fauteuil* corresse a cento e muitos quilómetros. Há quem diga com humor – com humor? – que ele, o Homem, acabará um dia por não ter pés, de tão desnecessários que são a um «transportado». Tenho aqui, pois, num *magazine*, um homem supercomodamente instalado no seu carro, outro no avião, outro no comboio. Este último tem uma revista aberta sobre os joelhos, um cigarro entre os dedos (não digo a marca porque sou contra a publicidade aos cigarros), mais adiante um copo e uma garrafa. Tem uma expressão de total beatitude.

Estamos, pois, na época veloz mas superconfortável do Homem sedentário a 120, 160 e muitos mais quilómetros à hora. Claro que ainda há quem ande de elétrico, de autocarro e até, se formos às últimas consequências, de carroça. Coisas. Sedentários modestos, sem poder de compra (ou de aluguer), sempre os houve e há de haver, digamos desde já. Melhor, há quem diga.

Entretanto, a televisão vai contendo gregos e troianos, obrigando ricos e pobres, sedentários velozes durante o dia e sedentários

parados ou quase a confraternizar à noite, diante do pequeno *écran*.
Todos eles atentos, macambúzios, solenes e calados.
Senhores telespectadores, silêncio!

Diário de Lisboa, 22-1-70

OS NOVOS DEUSES

Serão máquinas de mil botões a diagnosticar as doenças amanhã e a tratá-las, a julgar os acusados com a metálica frieza dos seus corações, a aconselhar os governos a fazerem as guerras ou a fazerem as pazes? Serão máquinas, enfim, a governar governantes e governados?

Os computadores superaperfeiçoados do futuro serão talvez os novos deuses. E, de tão poderosos e implacáveis, hão de ser terríveis. Como os velhos deuses pagãos assustadores e omnipotentes que os homens inventaram para sua proteção e medo, e aos quais até deram forma humana. Amavam, lutavam com os seus inventores (criadores logo criaturas), mas os sentimentos e paixões – paixões quase sempre – que experimentavam eram excessivos, até porque ignoravam toda e qualquer interdição e não sabiam que coisa era morrer.

Os novos deuses já começaram a chegar. Alguns, deuses menores, claro está, vivem mesmo connosco. Este, por exemplo, que nos exige valiosa oferenda anual, sob pena de nos abandonar, tem altar em quase todas as casas, mesmo nas mais modestas. E as pessoas sentam-se, e olham, e escutam em silêncio religioso coisas excelentes ou detestáveis. Isto os devotos. Os outros, os que não se converteram totalmente, ainda às vezes se debatem, não querem deixar-se agarrar, conseguem fugir (por algum tempo) porque se trata de uma espécie de deus Penate.

Mas os deuses que se anunciam, que já existem talvez sem que o saibamos, podem vir a ser terríveis. Esperamo-los com ansiedade receosa e nenhum entusiasmo. Mas sabemos que não há outro remédio senão recebê-los como deuses que são: respeitosamente e sem luta.

Diário de Lisboa, 16-7-72

E TEMPO?

Sim, e tempo? E tempo para nos desligarmos da corrente contínua que nos arrasta, para pararmos um pouco, para olharmos em volta com um bocadinho de atenção, para escutarmos o mundo, para esquecermos o trabalho que amanhã – ou daqui por pouco – teremos de recomeçar, para, enfim, nos sentarmos naquela cadeira tão confortável, mesmo em frente do quadro, a ouvir no gira-discos, que tem um som mais-que-perfeito, aquele disco tão belo que nos ofereceram? E tempo para apreciar o conforto da cadeira, a beleza da música e do quadro, a qualidade do som?

Há pessoas a quem o tempo foi oferecido numa bandeja (de prata ou de loiça ordinária) quando chegaram ao mundo. São os ricos de bens terrenos e também os pobres destituídos de ambições. Os que vivem num palácio herdado ou numa barraca que encontraram abandonada e que os satisfaz. Aqueles para quem o trabalho não é essencial até porque a sua programação foi outra. Mas todos eles possuem o tempo, tempo pobre ou rico, tanto faz. Tempo.

Nós, as criaturas vulgares, normais, portanto gastadoras inveteradas, compradoras constantes, ambiciosas, insaciáveis, nunca totalmente felizes, ligámo-nos ou deixámo-nos ligar à corrente. Possuímos uma casa cheia de coisas que não temos tempo de apreciar, que mal temos tempo de ver. Porque os ponteiros dos relógios correm loucamente e os dias são pequenos, transbordam de coisas que não cabem dentro deles por mais que nos esforcemos por arrumá-las.

Senhores sábios, descubram uma maneira de esticar o tempo, de tornar maiores os dias, de lhes dar maior capacidade. É que sem isso não vale a pena tanto esforço para nos darem isto e aquilo, até o disco que alguém nos ofereceu e que exige atenção.

Mas... e tempo?

Diário de Lisboa, «Suplemento Mulheres», 21-3-73

AS MÁQUINAS DE SEGURAR O TEMPO

Podem sorrir com superioridade. Porque neste tempo da cibernética (ah, a terrível palavra, a terrível pergunta: o que pensa V. da cibernética? Como se o entrevistado tivesse que pensar o que quer que fosse sobre tão complicado assunto!), porque no tempo dela, dizia eu, ainda estou em êxtase perante coisas tão simples, tão velhas, como a máquina de filmar e até a fotográfica, perante o gravador.

Os computadores, pois claro, esses que organizam, calculam, combinam, resolvem. Claro que as bombas que apressam tecnologicamente o fim deste vale de lágrimas, claro que os foguetões para ir à Lua, claro que os satélites. Mas aí está, não e não. Porque as minhas máquinas fazem uma coisa sensacional de que as outras são incapazes: seguram o tempo.

Encontro numa gaveta uma velha fotografia de alguém da minha família que mal conheci, que morreu quando eu era criança. Está encostada – é uma mulher ainda jovem – a um velho *Citroën* e sorri. Era feliz naquele dia. Porquê? Como era feliz? Depois adoeceu, depois morreu. Durante a sua doença talvez tenha olhado para aquele retrato e recordado um dia, um instante, um sorriso e a pessoa a quem sorria.

ESTE TEMPO

Ouço na fita magnética uma voz longe, uma voz que o tempo deteriorou e eu seria incapaz de ouvir, mesmo de olhos e ouvidos bem fechados ao mundo exterior, mesmo assim. Mas basta-me carregar num botão e ei-la que diz as mesmas coisas de um dia de uma hora longe, de um instante que se perdeu.

E há, claro, o velho filme que nos traz imagens esquecidas, diluídas no tempo, como eram elas? E ali estão, que coisa extraordinária. Ali. Iguais. E se alguma diferença há, ela está nos nossos olhos, não nelas.

Podem sorrir com superioridade das minhas máquinas de segurar o tempo. Continuo a achá-las as mais maravilhosas de todas.

Diário de Lisboa, «Suplemento Mulheres», 8-11-72

O HOMEM, DEVORADOR DA PAISAGEM

Tirando algumas árvores cuja madeira serve para fazer móveis, casas ou barcos, tirando algumas rochas enfezadas que nem chegam a pedreiras e algumas plantas, sem préstimo ou mesmo daninhas, a paisagem que rodeia as cidades e as vilas, tão cantada pelos poetas e tão contada pelos prosadores, é na sua quase totalidade uma vasta despensa mais ou menos farta de onde tiramos (e onde, por assim dizer, guardamos para daqui a uns tempos) os géneros alimentícios necessários à vida. Se o homem não precisasse de comer, talvez a paisagem se lhe tornasse, com o tempo, completamente inútil e talvez mesmo ele se esquecesse de que um dia a olhara com os olhos de artista e não de despenseiro. É possível que a tenha poetizado, camuflado, com o mesmo espírito que ainda hoje nos leva a enfeitar os pratos, tornando-os atraentes à vista, que ainda hoje nos leva a cortar os animais em pedaços, de modo a esconder a sua verdadeira forma, isto porque somos uns serzinhos extremamente impressionáveis a quem um pingo de sangue põe logo os cabelos em pé.

Quando temos contacto com os homens do campo, sentimo-nos um pouco chocados ouvindo-os referirem-se à terra e aos animais com o à-vontade com que nós falamos do feijão ou da farinha que temos em casa. É que eles sabem que é assim e não se sentem inibidos por nenhum hábito literário ou artístico. Eles sabem que as patas que a Joana guardava pela ribeira do Tejo não podem ter tido outro destino que não o de serem comidas talvez mesmo pela própria Joana, pai e Jano; e que «os bois fortes e mansos, os boizinhos/leões com corações de passarinhos» também acabaram uma existência já de si difícil no matadouro mais próximo. Sabem, não, saberiam se conhecessem estas patas e estes bois, como nós, da seleta. O que não é o caso.

Há tempos, os jornais referiram-se a uma mulher, já não sei de que nacionalidade, que comia diariamente e com grande apetite a sua ração de areia. E se nós começássemos a devorar as praias, já pensaram? Dez gramas de Estoril, vinte e cinco de Albufeira, meio quilo de Caparica... E a terra? Mas se comêssemos a terra, acabaríamos por morrer à fome e ao mesmo tempo por deixar completamente no osso este pobre planeta já tão ameaçado por outras fomes maiores.

Diário de Lisboa, 23-4-68

OS POETAS E A LUA

Os portugueses foram durante longo tempo os platónicos namorados da Lua. Olhavam o «astro saudoso» que se debruçava do último andar do céu, amavam-no mais ou menos literariamente e iam fazendo os seus versos à «alabastrina lâmpada», à «lua resplandecente», à «lua radiosa e vagabunda» e, até, mais perto de nós no tempo, falavam da tal «lua que (dizem os ingleses) é feita de queijo verde». Apesar desta alusão de Fernando Pessoa aos ingleses, creio que não tivemos, pelo menos na Europa, nenhum rival perigoso no amor à nossa companheira noturna, a quem éramos de uma fidelidade a toda a prova. Pois não havíamos de lhe ser fiéis? Não havia outra...

Eis, porém, que os americanos e os russos se puseram a olhar para o «astro amigo» de um modo absolutamente nada poético. Foram mesmo lá acima roubar-lhe umas pedrinhas para ver como era. Agora Von Braun, o «pai» do primeiro satélite ocidental, acaba de declarar – e Von Braun sabe o que diz – que os cosmonautas da sua pátria pousarão na superfície lunar antes de 1969. Estamos, pois, a um ano de distância de uma nova era, aquela em que o homem se propõe muito a sério levar o inferno para a «meiga lua».

Mal ela sabia como era feliz no tempo em que se limitava a envolver os poetas portugueses nos seus véus de luar e era a inacessível.

Diário de Lisboa, 6-2-68

AS PEQUENAS MARAVILHAS

Claro que, se por hipótese lhes mostrassem no pequeno *écran* as sete maravilhas do mundo, elas, as crianças, não ficariam grandemente interessadas. E como o ficariam se até alguns adultos, muitos a falar verdade, consideram este desportista ou aquele cantor de *rock* mais maravilhosos do que a estátua de Zeus ou os jardins suspensos?

Maravilhas são para elas, crianças, aqueles antropomórficos brinquedos de sonho, principalmente aquelas bonecas que este ano, ainda tão longe do Natal, lhes são propostas de um modo insistente, convincente, repetitivo, quase agressivamente, pela publicidade, que escolhe para tal os dias e as horas em que elas estão sentadas diante do televisor a ver os programas que lhes são destinados.

Ora, como as crianças não têm normalmente dinheiro no bolso, é aos pais que se dirige, através dos filhos, este quase diria golpe baixo. Porque vivemos num País pobre – creio que todos o sabem –, num País em que, se há gente rica e até muito rica (há-a sempre nos países pobres), o que mais há é gente pobre e até muito pobre.

Ora, as crianças não sabem, ainda não, é cedo para isso, dos grandes, às vezes terríveis, insolúveis problemas da vida dos pais. E pedem, e exigem, e julgam não ser amadas se lhes recusam uma dessas maravilhas do seu pequeno mundo neste fim do ano em que os portugueses apertam o cinto e de que maneira. Em que os portugueses se preparam para o apertar mais ainda. Haverá espaço para todos os furos anunciados?

E eu imagino uma criança doente a pedir com insistência uma daquelas bonecas maravilhosas que a televisão vem a sua casa incitá-la a comprar. E os pais, coitados...

A publicidade dirigida às crianças devia ser muito estudada e discutida antes de lançada para o ar com tamanha descontração.

O Jornal, 27-4-81

AS COISAS DESNECESSÁRIAS

Dou comigo a pensar em como deve ser árdua a tarefa de inventar coisas desnecessárias. E depois – e isso já nos diz diretamente respeito, a nós portugueses consumidores, a nós telespectadores – de as propagandear suficientemente bem para que uma gente com cada vez menos poder de compra se convença de que elas, coisas desnecessárias, lhe são indispensáveis. Claro que nem todas as vão comprar, onde o dinheiro que mal chega para morar e para comer? Muitos, no entanto, muitas donas de casa, e tantas vezes com dificuldades – mas é a elas que a publicidade a que me refiro se dirige –, compram, até porque essa compra é mais um título a juntar ao rol que as faz julgarem-se, neste fim de século, mulheres atualizadas e evoluídas, do seu tempo, em suma.

Mas, repito, como deve ser difícil inventar coisas dessas para lançar na torrente desta irreversível sociedade de consumo, tornando-as um dia (se não se perderem no caminho, destruídas por outras ainda mais atraentemente desnecessárias) imprescindíveis, portanto enriquecedoras de alguns. E aqui temos o *spray* que dá brilho ao limpar o pó, a cera para o chão da cozinha («Mas porque é que no meu tempo não havia X?», pergunta ao mundo aquela mãe, frustradíssima à distância de uma geração), o amaciador de roupa («É verdade, nunca tinha reparado!», confessa quem verifica que a sua roupa está áspera, dura, mas só depois de a voz do grande sedutor lhe ter chamado a atenção para o facto), o creme para lavar banheiras sem as riscar, um creme, vejam só que maravilha, a humanização da banheira.

Neste preciso momento em que tantas coisas urgentes faltam em tantos países, quantos laboratórios não estarão a inventar mais coisas desnecessárias mas que talvez se tornem indispensáveis e até vitais a estes tristes consumidores que somos.

O Jornal, 15-12-78

NO SUPERMERCADO

É um supermercado onde há sempre um discreto fundo musical, talvez, quem sabe, para suavizar o embate dos constantes aumentos de preço dos produtos. Ou talvez o proprietário goste muito simplesmente de música, é possível.

Há dias, quando entrei, estavam a dar um noticiário. E havia notícias graves para nós, em que se falava de satélites e mísseis e aviões-cisterna e não sei que mais, e digo para nós porque notícias graves, para eles, sempre as há. É assim este planeta que, diz quem sabe, quem viu, é belo e azul. Visto de muito longe, naturalmente.

E, de súbito, olhei em volta de mim e vi as pessoas, homens e mulheres que transitavam devagar pelas ruas, becos e pracetas do mercado, hirtas, inexpressivas, nem um sobressalto por mais leve. Nenhuma delas, ia jurar, ligava importância ao que ouvia. Mas ouviria mesmo? Penso que não.

Eram *robots* talvez de segunda, programados para não ter pensamentos mesmo de segunda, para não temer, para aguentar o que viesse sem reagir. *Robots* que comiam, dormiam, consumiam, viam televisão também de segunda. A mulher de azul pegava no café, o homem nas latas de conserva, o outro, mais adiante, no vinho, e depois empurravam o carro e seguiam em frente. Paravam na caixa porque estavam programados para tal e se não o fizessem seriam insultados e presos, o que era muito desagradável, mesmo para um *robot* entre *robots*. Agora interessarem-se por o que se passa neste mundo tão azul, até neste país tão descolorido... Há quem o faça, quem ganhe para o fazer, talvez pensem. Haverá? Pensarão?

O noticiário terminou. Veio de novo a tal musiquinha.

O Jornal, 4-2-83

UM DISCO

O mundo deles. Destes, por exemplo. Da menina de loiros cabelos longos e lisos, e do rapaz magrinho de grossas lentes intelectuais, que perderam o metropolitano por isto. Como eu. Mas eles têm, vê-se-lhes nas caras, ouve-se-lhes nas vozes, o mundo na mão, que importância tem perder um carro? Sabem-no, ao mundo, conhecem-no perfeitamente apesar da idade que têm ou por isso mesmo. E o tempo é a vida inteira na sua frente.

Devem ser colegas, mais nada. Talvez ainda não amem ninguém, são tão novinhos, talvez amem noutro lugar. Trazem livros e cadernos na mão e falam de um ponto que correu bem a um e mal a outro, acontece. Encontram-se à beira do pequeno precipício vertical sobre as linhas mas os seus pés estão bem assentes no chão.

Vejo-os e ouço-os e penso que eles têm, por enquanto, um mundo sem espantos. Até que idade será ele assim, tão naturalmente óbvio? Porque os acontecimentos que tiveram tanta importância para mim, por exemplo, são para eles história, coisas que não lhes dizem respeito, de aula teórica, de livro, de sebenta, de lição. Eu faço por me adaptar à vida, eles estão nela com naturalidade, sem esforço. Já por assim dizer nasceram a ver televisão, aviões a jato e viagens à Lua, a entrar por portas de célula fotoelétrica que se abrem à sua passagem, a tomar conhecimento de satélites artificiais, de computadores e de bombas de neutrões, a ouvir música em cassete. Coisas que, apesar do já longo tempo que muitas vezes passou sobre o seu aparecimento, ainda me fazem às vezes pensar – esta nossa cultura livresca – em caixas de Pandora, em portas de Ali-Babá, num romance de Welles que li há muito, até no dia do Juízo Final.

– Sabes? – diz de súbito a menina. – Ofereceram-me um disco do Elton John, amarelo. É tão inesperado, não achas? Foram sempre pretos, os discos. Agora há-os de todas as cores do arco-íris. Este é de um amarelo lindo.

– Que coisa estranha!

– Pois é.

O mundo é deles mas vai começar a avançar ao de leve e eles começam a ficar espantados e a correr (ao de leve) atrás do mundo. Talvez aquele disco amarelo, do Elton John, tenha sido o primeiro aviso. Mas quem vai ligar importância a avisos assim?

Felizmente.

O Jornal, 23-3-79

MENINO DE AUSCULTADORES

O menino é uma espada. Ei-lo pois que mergulha, rápido e à velocidade do som, de um som que é só dele, na espessa multidão das seis da tarde, e penso que é estranho como tudo nenhum dos transeuntes ter ficado cortado em duas partes, longitudinalmente, ou, pelo menos, ferido, ou ainda magoado. Mas não. Todos seguem o seu caminho ilesos e indiferentes. Nem sequer o sentiram, o viram, de preocupados que vão com as suas pressas ou os seus vagares pessoais, talvez, não sei porquê, só eu o tenha acompanhado com a vista, até que desapareceu no mar de gente, como que afogado ou devorado pelos peixes ou transformado em breve crista de uma onda qualquer.

O menino é quase uma criança ainda e é uma espada, mas também, e principalmente, um jovem já descontente, que se faz telecomandar à distância, um fugitivo deste mundo avaro e suicida que se recusa a conhecer, embora se passeie de auscultadores nos ouvidos. Porque está encerrado a sete chaves num pequeno mundo, particular, ligado a uma voz, a uma música, a qualquer coisa longe, diferente, amada, sonhada. Real.

Sinto medo por ele. E se ao atravessar uma rua de maior movimento, não ouvir o automóvel que se aproxima, ou a motorizada... É tão novinho ainda. E depois este trânsito louco... E se... E se... Amanhã vou procurar no jornal. É que uma coisa assim...

Mas não, não vai acontecer-lhe mal nenhum. Porque ao menino e ao borracho, diz a sabedoria popular...

O Jornal, 22-4-83

À HORA DO JANTAR

É à hora do jantar, enquanto comemos mais ou menos bem, acompanhando a refeição com golinhos de vinho mais ou menos bom, é, enfim, a essa hora mais lenta de regresso a casa, de desejada tranquilidade, de interregno, de estar finalmente em família, que nos são oferecidas – impostas –, e agora a cores que é mais real, as imagens terríveis dos mortos, dos feridos sem salvação a esvair-se em sangue (não calda de tomate mas sangue verdadeiro), dos prisioneiros a caminho de um horror qualquer, das crianças perdidas no mundo, dos velhos já incapazes de acompanhar as populações em fuga.

Claro que não vou dizer que não devia haver telejornal ou que ele só devia mostrar coisas inócuas, longe de mim. Agora que ele (eles) me deixa perplexa, isso deixa. É que os horrores – até os mesmos – lidos na imprensa escrita ou ouvidos na rádio não são a mesma coisa. E aquilo de comer ao mesmo tempo pavor e frango com ervilhas traz-nos, inevitavelmente, uma grande habituação e logo uma aceitação quase total daquilo que estamos a ver. Já não fechamos os olhos, já não sentimos um arrepio, já não perdemos a vontade de comer e de viver. A digestão faz-se perfeitamente. E até engordamos. As nossas crianças (àquela hora o rato ainda não as mandou para a cama, é demasiado cedo) acham tudo aquilo normalíssimo e a ideia da morte violenta e do sofrimento não as impressiona por aí além.

É a vida, pensamos, ou nem isso. E aceitamos o horror. O mais que fazemos, quando a aceitação é mesmo impossível, é dar a volta ao botão.

Porque quem não vê não sente, diz o povo.

O Jornal, 16-7-82

SPRAYS

O americano Ray Bradbury, autor das *Crónicas Marcianas*, tem um conto que, salvo erro, se intitula – li-o há já bastante tempo – «Cultivem cogumelos, rapazes». Trata-se nesse conto de uma amostrazinha sem valor, aparentemente inócua (uma simples sementeira de cogumelos), que todos os garotos recebem em dada altura pelo correio, com as indicações necessárias ao seu cultivo. E todos eles, entusiasmados, vão ver crescer aquelas plantas que, mais tarde, os transformarão em seres diferentes, não humanos.

Lembrei-me há dias deste conto ao ler que o clorofluorcarbono (creio que é este o nome), que está presente em todos os *sprays*, acabará um dia com a camada de ozono que protege a atmosfera dos raios ultravioletas. E voltei a lembrar-me do conto em questão ao ver TV, ao ouvir rádio, ao folhear revistas nacionais e estrangeiras. Porque é como se alguém dissesse «Utilizem *sprays*, senhoras!» de *shampoo* seco e de laca, para aromatizar a casa e o hálito, para desodorizar as pessoas. *Sprays* para tratar da madeira, para lhe tirar o pó, para lhe dar brilho, para pintar eletrodomésticos necessitados de remendo, para matar todos os insetos voadores e rastejantes deste mundo, nocivos ou simplesmente incómodos, para tirar nódoas e vincos difíceis, para pré-lavar, enfim, a roupa. Para perfumar. Para bronzear. Para tornar este mundo mais belo e mais limpo. Sem o simples grão de pó em que um dia nos havemos de tornar.

Podem dizer, e com toda a razão, que há ameaças muito mais imediatas, como a velha bomba atómica e a jovem bomba de neutrões, como o assustador crescimento da população deste pequeno mundo. Mas eu hoje lembrei-me da tal história dos novos *sprays* que quase diariamente surgem no mercado e que as donas de casa logo compram, talvez por se sentirem assim mais atualizadas, mais perfeitas e eficientes, mais belas, em casas mais luzidias e bacteriologicamente mais puras.

E depois... O mundo começou no dia em que eu nasci e vai acabar quando eu morrer, pensam – ou nem isso – os fabricantes das aromáticas bombas caseiras, e pensamos – ou nem isso – nós, suas entusiásticas utentes.

Come e Cala, novembro 81

OS BÁRBAROS

Primeiro vieram a cavalo e a galope. Guerreando porque serem guerreiros era a sua condição e a sua razão de viver. Os bárbaros. Alanos, Vândalos e Suevos. Mais tarde os Visigodos. Algo os atraía já neste claro sul quase africano. Vinham dos seus países brancos e invernosos, talvez gostassem do brando clima e do azul do céu, gostavam decerto das terras que conquistavam aos indígenas e onde se instalavam. Depois pararam as visitas violentas. As últimas, e mais breves, foram as francesas.

E durante muito tempo não houve incursões. Até ao advento do turismo. E então ei-los que se puseram a chegar todos os anos pelo verão, voando ou de camioneta de vidraças panorâmicas e ar condicionado, de automóvel também, naturalmente, e até em *autosstop*, que é a maneira atual de viajar na garupa do cavalo. Enchem os hotéis de todas as estrelas que há na terra e também os parques de campismo, onde erguem as suas tendas de paz. Vêm armados de máquinas fotográficas e de filmar. E só lhes interessam as coisas, e eles próprios no meio delas. Quanto aos indígenas, querem lá saber. Como dantes.

É uma coisa engraçada, o turismo. Porque não traz nada de verdadeiramente novo. Como, de resto, nada neste mundo, ou tão pouco. As coisas é que mudam de nome e de rosto com o tempo. Mas repetem-se incessantemente.

Estou a escrevinhar estas regras – já muitas vezes escritas – porque avistei agora mesmo, da minha janela, um grupo loiro e colorido de *vikings*, saindo do seu *drakkar* terrestre e sem cabeça de dragão.

O Jornal, 18-7-80

TURISTAS

Os turistas em grupo sempre me deslumbraram e me fizeram uma certa inveja. É que nunca percebi bem se eles são gente se são aves em migração estival. Tal como as aves, estão mais interessados nas estátuas e no milho do que nos seres humanos. Tal como elas, chegam, estão e partem em bando. São ainda lindamente coloridos e inexpressivos, iguais uns aos outros e, quando falam, é em grupo, e então palram e então piam, quem os entende?

Nunca fiz uma viagem organizada e essa é uma das minhas frustrações. Estar num país sem entrar nele, aflorá-lo ao de leve, esvoaçá-lo, ver só o que foi combinado com antecedência por outros, apagar implacavelmente tudo o resto, apagar os seres humanos e todo o sofrimento dos seres humanos, que maravilha. Contentar-se com essa alegria em grupo que é igual em todo o mundo, desejá-la. Estar de passagem. Estar e já ter partido.

Visitar os monumentos mas às vezes não ver os monumentos, nem isso. Porque às vezes não há tempo, almoça-se numa cidade, vai-se jantar a outra. E fotografa-se à pressa para ver depois. Olha-se para a máquina por falta de tempo para olhar a máquina e o monumento. E então prefere-se a máquina de viajar no passado. E mais tarde, já em casa, de pantufas, ou em reunião de amigos, mostram-se fotografias e *slides* e todos soltam muitas exclamações.

Também há turistas isolados, uma tristeza. Aquele japonês, por exemplo, em Paris. Lá adiante a torre Eiffel, e ele com a sua bela máquina fotográfica japonesa, muito perfeita, muito complicada, muito cara decerto, no respetivo tripé. Retificou e voltou a retificar a posição da lente, depois foi pôr uma caixinha de fósforos no solo, um pouco adiante, perto da máquina, longe da torre, entre ambas. Levou um tempo... Quando tudo ficou perfeito e até mais que perfeito, colocou-se no lugar da caixinha, pôs-se muito quieto, muito direito e depois, de repente, rasgou a boca num sorriso de total felicidade. Clique, disse a máquina na língua das máquinas. Ótimo, pensou decerto o japonês em japonês. Arrumou tudo cuidadosamente e foi-se embora. Talvez fosse sorrir junto de outro monumento, quem sabe se noutra cidade, noutro país. Sorrir para a eternidade dos álbuns de fotografias ou das máquinas de projeção.

O Jornal, 4-8-78

A TERRA, UM ASTEROIDE

«Quando seguimos sempre em frente, não podemos ir longe», dizia o principezinho de Saint-Exupéry. Mas o principezinho morava no asteroide B 612 e bastava-lhe recuar um pouco a cadeira para ver o pôr do Sol todas as vezes que o desejasse. A Terra, porém, é um grande planeta; nós, pelo menos, vemo-la assim, vimo-la assim até há pouco tempo. Lembro-me da época em que os jornais falavam das constantes guerras na China. Mas a China ficava longe como tudo e os números astronómicos de mortos nunca nos impressionaram grandemente. As mortes em massa ocorridas na Alemanha, durante a guerra, já tocaram o homem desprevenido, porque a Alemanha estava relativamente perto e todos nós conhecíamos alemães, nem que se tratasse de simples turistas, de simples artistas de cinema. Os próprios terramotos da Pérsia, da América do Sul, do Japão impressionaram-nos sempre muito menos do que, por exemplo, o de Agadir, que, ao que parece, só por um triz não veio até Lisboa. A guerra do Vietname foi também, durante algum tempo, um facto um tanto ou quanto vago. Onde diabo fica o Vietname?, perguntavam mesmo algumas pessoas. Lá para o Oriente, claro, portanto em cascos de rolha, o que temos nós a ver com isso?

E, de repente, temos. Sentimos mesmo um certo medo. Agora que a guerra do Vietname vai acabar, surgiu a peste, e uma coisa que dantes se concentrava em determinada região (para a qual o resto do mundo se estava um tanto ou quanto nas tintas) tornou-se perigosa no nosso tempo. Todos os meios de transporte, e em especial os aviões, podem levar a epidemia a qualquer parte do mundo. E então, o medo. E logo depois a descoberta de que a Terra não é tão grande como isso, de que não podemos desinteressar-nos deste ou daquele país, deste ou daquele problema, só porque ele existe ou acontece longe de nós. O mundo é subitamente pequeno, encolheu, verificamos perturbados. É quase o asteroide de Saint-Exupéry. E o Vietname, e a Rodésia, e Cuba e os Estados Unidos e o Japão dizem-nos afinal respeito. A todos nós.

Diário de Lisboa, 9-4-68

DIÁRIO DE UMA DONA DE CASA

Domingo
Isso de na sua casa cada um fazer o que quer, é um modo de dizer. Porque, quando vivemos em prédio de andares, a coisa não é, não pode ser, bem assim. Se o facto de se entornar a água (que cai no andar debaixo) é desaconselhável, o mesmo acontece com o entornar de vozes ou de música a uma altura que seja na verdade incómoda. Porque as pessoas – que também estão na sua casa – podem querer descansar, ou trabalhar ou conversar. Podem desejar

o silêncio, estão no seu direito. Para todos estarmos à vontade e sem nos incomodarmos uns aos outros, é essencial uma coisa chamada respeito pelo próximo.

Segunda

Ah, se os homens se dedicassem a inventar coisas úteis aos seus semelhantes, coisas que concorressem para atenuar as desgraças ou fazerem mais felizes as pessoas! Se isso fosse possível! No entanto... Quantos instrumentos mortíferos por um só feito a pensar não na morte mas na vida! Este, a que hoje o jornal se refere, é, creio eu, dos mais extraordinários. Após sete anos de estudos, um grupo de cientistas americanos inventou um aparelho portátil que permitirá às pessoas completamente cegas verem através da pele. Esta ideia inspirou-se numa sugestão de Benjamin Franklin, em 1780. Os chefes da equipa que realizou esta descoberta maravilhosa chamam-se Carter Collins e Paul Bach-y-Rita.

Terça

Há qualquer coisa em certas *boutiques* (poucas, felizmente para os seus proprietários) que me deixa pensativa.

São quase sempre bonitas lojas pequeninas, enfeitadas, lindamente coloridas, com muitos prateados e doirados e que têm lá dentro meninas muito «bem», olhando quem entra com um ar superior a que, talvez, a classe em que nasceram lhes dê direito. Dará? Adiante.

São poucas essas *boutiques*, repito-o, mas são em todo o caso algumas. Hoje entrei numa delas. E saí.

As meninas, lá dentro, continuaram a brincar às lojas com ar *blasé*.

Quarta

Como para cima de uns tantos algarismos os números perdem para mim a realidade – por assim, falta de prática, que hei de fazer? –, prefiro falar do caso em libras, que é como vem no jornal.

Diz a notícia que o Parlamento inglês vai discutir o «ordenado» da rainha. Todos nos lembramos de que aqui há tempos o príncipe Filipe se pôs a carpir misérias e até disse que ia deixar de jogar o polo como medida de economia. Diz-nos hoje o jornal, em notícia de Londres, que a lista civil de Isabel é de 475 000 libras por ano, que já era essa quando foi coroada e que desde então a vida aumentou 75%. Ora, Isabel só em Buckingham Palace tem trezentos empregados e então o Parlamento vai discutir o «ordenado» dela a fim de o atualizar.

Muito bem. Pois claro. A minha lista civil também anda muito por baixo, mas não há nada a fazer. Ando a pensar em deixar de jogar no Totobola. Sempre são quatro escudos que poupo...

Hoje, 14 de abril, chega-nos a notícia de que vai ser lançada no mercado uma droga milagrosa com o nome dificílimo de NPT-10381. Descobriu-a o Dr. Paul Gordon, da Escola Médica de Chicago, e destina-se à cura da mais simples e aborrecida das doenças: a constipação. No entanto, parece também ter efeito nas infeções das vias respiratórias, sarampo, gripe, varicela, hepatite, encefalite, herpes e rinofaringite.

Quinta

Calças estreitas, a alargar, largas, saias-calça, calças de montar por dentro da bota, calções de todos os tamanhos e até exíguos, maxicasacos e minivestidos, vestidos a tapar o joelho ou a destapá-lo, *midis* apizados, há de tudo este ano, nesta estação, nesta cidade. Aparentemente não há moda, que coisa formidável. Usa-se tudo, cada um o que lhe apetece. Neste país de «fardas» em que vivemos (no inverno foram os *midi*-casacos compridos pretos, as botas de atacadores, as saias abertas à frente, pretas também) esta atitude chega a parecer saudável.

Sexta

Uma mãe para Eddie. Ora aqui está uma senhora que é urgente encontrar, a ver se aquilo acaba, seja ela Mrs. Livingstone ou qualquer outra, conforme o autor for ou não racista. Mas lá que é urgente, é. A série podia perfeitamente intitular-se *Como se faz um egoísta* ou até *Como se fez um egoísta*, porque o Eddie-menino velhote já está feito e adivinhamos o que será quando for homem. Um indivíduo pausado, raciocinador (já hoje é mais velho do que o pai), sem o mínimo sentido do humor e constantemente preocupado consigo próprio. Até quando durará esta série entre todas aborrecida? Porque, se *Casal no Campo* é a mais estúpida e *Júlia* e *Descalços no parque* as mais falsas como Judas, esta é, sem dúvida, a mais aborrecida. Escapam *Os meus sobrinhos*. Aonde nós chegámos, gente que almoça em casa! *Os meus sobrinhos* chegam a parecer uma maravilha.

Esta nossa cidade (a linda princesa, a da majestade do Tejo, etc., etc., etc.) cada dia tem mais automóveis. Porque os outros meios de transporte são deficientes? Porque os automóveis podem comprar-se a prestações? É possível que sim, é possível que talvez. Não era, de resto, a isso que queria referir-me. O que eu queria dizer é que, sendo Lisboa uma cidade repleta de automóveis, ela é também uma cidade sem parques de estacionamento e onde o estacionamento em ruas é difícil e perigoso (que o diga quem é constantemente multado, isto é, todos os que possuem carro «de trabalho» e não só para ir passear ao domingo). Chegamos, portanto, à conclusão, um tanto perturbadora, de que Lisboa é uma cidade cheia de carros aos quais é consentido andar mas não parar.

Sábado
A notícia vem de Florença, um dos grandes centros da moda europeia, e diz-nos que o elefante vai usar-se este ano. Não se trata de figuras de elefante em cintos (como já se viu), mas mesmo da pele do pobre bicho. O que significa que, depois da caça imoderada que as mulheres fizeram (por interposto caçador, claro) a leopardos e outros felinos da mesma família, chegou agora a vez de os grandes paquidermes vestirem as elegantes, que concorrem assim,

entusiasticamente, para a desproteção à natureza. Segundo a notícia de Florença, a pele do elefante (em cor natural ou pintada em tons vivos) está a ser utilizada em casacos, chapéus de aba larga, calças--casaco, saias e até sapatos.
Pobres elefantes!

Diário de Lisboa, «Suplemento Mulher», 21-4-71

AS NOVAS FADAS

Não vou referir-me ao custo da vida nem à sociedade de consumo a propósito da publicidade, de alguma publicidade. Talvez por causa da *Alice* que acabo de folhear, ou por causa deste sol de inverno que hoje desceu sobre Lisboa, tudo isso me parece maravilha, fada, verde como luz de semáforo. Por uma vez, não façamos força, abandonemos o sorriso crítico, o encolher de ombros exausto, ou, pior do que tudo, este olhar que já não vê o que não lhe interessa ver. Encaremos de olhos bem abertos o que nos é proposto e acreditemos que tudo é assim mesmo. As pessoas felizes que todas as noites nos entram em casa via televisão (refiro-me a ela porque é o nosso fornecedor mais maciço de publicidade). Aquela família, por exemplo, bela, unida, circular, que acredita num comprimido. É uma receita de felicidade, pois claro, isto de acreditar em comum em qualquer coisa. Aqui é, pelos vistos, um comprimido. E a outra felicidade de se estar doente quando os entes queridos propõem em massa uma pomada contra a constipação? E o êxito pessoal de executar um bom prato com margarina não sei quê? E o bem-estar social, lar acolhedor, férias agradáveis, carro próprio que a leitura de uma coleção produz? E aquela belíssima mulher a quem um simples sabonete esculpiu um rosto mais-que-perfeito? E a realização total de todas aquelas donas de casa que possuem um ou vários eletrodomésticos?

São jovens, eficientes, contentes consigo e com o seu lugar neste mundo, têm tudo o que desejam, não estão programadas para desejar mais nada. Se isto não é ser-se feliz!

Tenho lido muitas definições de felicidade mas ainda não encontrei nenhuma que se referisse a anúncios. Ou os nossos pensadores estão muito desatualizados ou nunca se sentaram diante do pequeno *écran* resolvidos a aceitar sem discussão as novas fadas familiares.

Diário de Lisboa, 11-2-72

AS SUAVES

A publicidade entra em nossas casas via televisão, a atirar-nos diariamente à cara imagens invejáveis de donas de casa perfeitas (superperfeitas, já que **super** é palavra-chave), belas, atentas e delicadas, para quem os problemas fundamentais da existência parecem estar na brancura da roupa ou no sabor requintado daqueles pratos microfotografados, precisamente na altura em que a mulher deixou de ter tempo, em que trabalha em casa e no emprego, em que as empregadas domésticas se tornam raras, em que ela, a mulher, começa – e não é sem tempo – a interessar-se por outros problemas, que, até há pouco, eram do domínio masculino. Corre de um lado para o outro, chega cansada, tem de cuidar da casa, de fazer o jantar, de dar atenção ao marido, de ajudar os filhos. Queria ler, mas quando? Acaba de cair, exausta e rendida, diante da televisão.

E eis então que surgem os ectoplasmas – existirão mesmo ou serão figuras de remorso? – das suaves, tranquilas e tranquilizadoras, doces e perfeitas – superperfeitas – companheiras das fadas do lar da sociedade de consumo, enchendo a casa de máquinas simplificadoras, de aromas primaveris que expulsam os maus cheiros, de detergentes superbrancos, de margarinas saborosíssimas, de cremes miraculosos que as tornam belas, belas, belas, de desodorizantes sensacionais. Elas são ao mesmo tempo a eficiência, a dedicação, a formosura, a mão fresca na testa do guerreiro.

Só é pena tudo isto ter chegado tão tarde.

Diário de Lisboa, 20-1-72

A GERAÇÃO LUNAR

Era uma garotinha pequena de visita a um palácio, o da vila de Sintra, creio eu. Ou seria o de Queluz? Um palácio real, em todo o caso, daqueles de salas imensas, geladas, e móveis importantes, de museu, agressivamente dignos, afetados, saídos das mãos de um autor conhecido, como os quadros e as estátuas. Quem pode conviver com um móvel assim?

A menina parou, olhou, observou com atenção. Teria seis, sete anos. Depois de muito olhar, de por assim dizer entrar ou tentar entrar no ambiente, voltou-se para os pais e disse lamentando muito: «Como esta pobre gente vivia!»

Os presentes sorriram e até riram com vontade. Com que então aquela pobre gente! Com que então... Pois claro, aquela pobre gente sem aparelho de rádio nem televisão, que aborrecimento naquelas grandes salas doiradas, sem ir ao cinema sequer, naquela imensa cozinha sem máquinas. Não, aquilo já não servia para sonhos de oito anos (ou sete). Isso era dantes, quando nós éramos crianças e lidávamos com princesas e príncipes encantados. A miudinha, ali, era porém produto de uma civilização diferente, sem estúpidos e velhos sonhos de palácio, com desejos mais modestos mas muito mais confortáveis e fabulosos, como estar-se sentado, na nossa sala de estar sem doirados nem móveis de autor, a ver no pequeno *écran* os homens a passear na Lua. Sim, sim, ela, a menina, tinha razão.

Porque aquela pobre gente nem sequer suspeitava. Para ali estava, naquelas grandes salas luxuosas, sem nada saber de uma próxima geração lunar. Que nós ainda achamos maravilhosa. Que para a menina, ali, no palácio real, é tão natural talvez como respirar. Como aquela pobre gente vivia!

Diário de Lisboa, 26-1-71

A CIDADE E A ÁGUA

RIO TEJO

Mesmo que o mercado da primavera não tivesse outro interesse, tinha, sem dúvida, um e importante, o de nos proporcionar durante o tempo da visita uma nesga de rio Tejo e de podermos comer ou tomar um café, ali, com o rio por assim dizer aos nossos pés.

Este Tejo é, de facto, um rio abandonado pelos deuses dos rios. Está quase todo tapado, vedado, escondido, armazenado, por assim dizer, lá para o fundo da cidade. Fábricas, estaleiros, sei lá, tudo serve para que o não veja o lisboeta nem mesmo o turista – é bom não esquecer o turista, o sol e o céu azul não bastam para o atrair, é bom ajudar um pouco. E o Tejo... para o observarmos de perto temos de ir por aí fora para as bandas de Vila Franca, ou então desembocar da autoestrada em Caxias, onde ele ainda não é mar mas também já não é rio. Fora disso só nos miradouros do alto, de longe, por assim dizer por um óculo.

Eis-me outra vez a sonhar com esplanadas, restaurantes populares e outros, hotéis, jardins, piscinas, tudo isso nesta sua margem direita. É que me parece que seria ele, o Tejo, o grande trunfo turístico da cidade que há muito lhe voltou as costas e o tapou como a coisa desprezível, vergonhosa, simplesmente utilitária, rio para barcos e pontes, rio para fábricas, nunca rio para lavarmos nele estes olhos citadinos que às vezes bem precisados estão de ser lavados.

Revista *O Escritório*, junho 71

BANCOS, *BOUTIQUES* E GALERIAS

Ontem passámos por aquela rua – ou terá sido anteontem? – e não sabíamos que a nova agência do Banco A estava escondida por detrás daquele tapume que talvez tenha sido retirado esta manhã, mostrando-a agora em todo o seu aquático esplendor de vidraças panorâmicas e cromados de alto nível. E o mesmo acontece em todos os bairros de Lisboa. Elas crescem, ou melhor, infiltram-se ao nível do solo, nos melhores prédios e depois, quando o pano de madeira desce, ei-las que ali estão. Os Bancos de A a Z multiplicados pelos bairros desta minha pátria que é Lisboa. Minha? Às vezes não sei muito bem. Às vezes acho-a demasiado nova-rica, *m'as tu vue*. Muitos anéis nos dedos, muitos bancos nas ruas. E não me refiro àqueles em que nos sentamos. Desses até há poucos, pouquíssimos. Coisas...

Outra coisa são as *boutiques*. De há uns tempos a esta parte também pululam. Onde dantes era uma mercearia sem importância, há hoje uma *boutique*, onde havia anteontem um retroseiro, outra. Perto da minha casa há nada menos de seis. Vestidos de cores lindas, blusas, pulseiras, brincos e outras bugigangas, tudo aquilo semeado como flores, pendurado como frutos, pisca-piscante como estrelas, colorido como *boutiques*. E depois os nomes que têm... Jovens, frescos, uma delícia.

E as galerias? Aí está outra inflação. Quantas há nesta cidade? Quantas se inauguraram nos últimos tempos? Os pintores expõem, meu Deus como expõem! Venderão tanto assim? Não sei. Em todo o caso, as galerias proliferam e ainda bem: quantas mais melhor. Elas têm dentro de si pedacinhos de beleza que sabe bem ir olhar. Olhar, porque comprar... Acontece como com as *boutiques*, para quem não tem dinheiro nos Bancos...

Diário de Lisboa, 15-2-68

CASTANHAS ASSADAS

O velho vendedor desta tarde, ali à esquina da rua, lembrou-me outro, lá longe, no passado de uma cidade diferente, esse diluído não só em tempo ou em bruma mas também num fumo aromático que não aquecia, fumo frio, talvez, e que atravessava ossos porosos que existiam, que estavam ali dentro de mim, um pouco arrepiados também. Eu passava todos os dias pelo homem, que usava boina e samarra, talvez fosse espanhol, já não me lembro, e detinha-me sempre para comprar o eterno cartucho de castanhas, que logo metia, em partes iguais, nos bolsos já largueirões do casaco, deixando ficar as mãos naquele leve, apesar disso, reconfortante calor. Cá fora havia nevoeiro, ou então um espesso teto de nuvens baças separava-nos da estrela da vida, que desaparecera do nosso convívio há muito tempo. E eu, mesmo sem querer, mesmo pensando que isso era impossível, não a imaginava lá em cima mas muito longe, para o sul, aquecendo e iluminando a minha terra. Fazia o resto do percurso devagar, ia aproveitando aquela sensação tão doce. Quando chegava ao hotel tinha as mãos enfarruscadas e as castanhas estavam quase frias, mas, paciência, comia-as mesmo assim.

Hoje, aqui, não comprei castanhas ao velho vendedor. Hoje, aqui, não quero sujar as mãos e, de resto, o casaco não tem bolsos. Hoje, aqui, ainda não faz frio e o Sol é sedentário e amigo, mora lá em cima, nunca anda muito tempo a viajar. Ou brilha ou brilhou ou vai brilhar um dia destes, talvez amanhã. O fumo também nunca chega a ser névoa e as castanhas têm outro sabor. Nem melhor nem pior. Um sabor diferente.

Diário de Lisboa, 13-11-68

PARA DEMOLIÇÃO

Prédios altos, velhos, com escritos velhos também, amarelados em todos os andares, prédios vazios, portanto moribundos. Só faltam os operários com as suas terríveis ferramentas de coveiros para os tirar dali como a corpos a apodrecer que ameaçam os vivos com a sua presença. É necessário que morram de uma vez para outros nascerem. É necessário que aquele feio, desbotado prédio, que só os ratos habitam, desapareça, para que um novo edifício comece a crescer, dia a dia a crescer com a força implacável da juventude. E logo que ele atinge toda a sua altura, ei-lo que se enche – quase sempre –, de casais jovens, de crianças rosadas e risonhas.

Havia também as pequenas velhas casas, aquelas moradias escondidas por detrás de grades, de arbustos. Também elas morreram para no seu chão crescerem quase vegetalmente enormes paralelepípedos com fileiras de janelas sem varandas nem jardins suspensos e onde ninguém se debruça. Foi-se o tempo de gastar o tempo, ele agora é sempre pouco, foge-nos das mãos. Quem é que chega à janela nos nossos dias?

Ontem passei por uma moradia que está há meses a ser demolida. Foi uma linda casa, aquela, e ainda se via, ao fundo, uma parede com azulejos antigos, muitos deles quebrados, e no chão, no centro do que devia ter sido a sala de entrada, uma pequena fonte com os restos de um anjinho gordo, barroco. Mais nada.

Casas que tinham uma alma, vozes, aromas, calor. Casas onde gente nasceu e gente morreu. E de súbito, no seu lugar, sobre o seu túmulo, vai construir-se um desses arranha-céus com andares todos iguais. E algumas delas – poucas, é certo – eram tão belas, ficavam tão bem nesta Lisboa.

Diário de Lisboa, 11-4-68

ONDE OS LISBOETAS?

Primeiro falei com a mulher a dias que é alentejana, depois com o padeiro, que é do Norte, a seguir com a porteira, que veio há muito das Beiras, e, por fim, porque ia atrasada, com o motorista de táxi, que me foi explicando longamente – era dos faladores – como o tempo estava péssimo já não sei bem para quê mas tratava-se de bens essenciais ao nosso consumo diário. Coisas importantes que ele, provinciano, sabia de cor, mas que eu continuo a ignorar quase totalmente porque nasci e quase sempre morei, ai de mim, nesta cidade sem terra, minuciosamente empedrada a azul e branco, quase sem plantas, até porque, já lá dizia Baudelaire, esta gente (de Lisboa) tem tamanho ódio ao vegetal que arranca todas as árvores.

E então, nesse dia, ontem, pus-me a olhar em volta e verifiquei que no meu local de trabalho quase ninguém é de Lisboa, quase todos vieram de qualquer lado, de uma aldeia, de uma vila, de uma cidade de província, das ilhas, das Áfricas, e por aqui ficaram. São lisboetas recentes, eles e também outras pessoas que comecei a procurar, minhas amigas e conhecidas, e quase todos eles têm uma terra aonde sentem necessidade de ir passar as férias e os fins de semana prolongados, como se lá fossem buscar o húmus necessário à sua sobrevivência. Têm lá os pais, uma irmã, uma casa, uma nesga de chão. E no regresso trazem consigo ar puro e coisas da terra que têm o inconfundível sabor da infância.

Onde os lisboetas, meus concidadãos, gente sem paraíso, sem noites redondas picadas de estrelas, sem aquele cheiro bom à terra florida e à terra molhada?

O Jornal, 30-5-80

AS MARCHAS

Apetecia-me falar desta nossa Lisboa, cidade de sol ardente e chuvas torrenciais, cidade de muitas alegrias e não menos tristezas, mas sem me referir a manjericos nem a bailaricos, nem a arquinhos e balões nem a tradições. De Lisboa, simplesmente. E para falar de Lisboa podia referir-me a coisas muito nossas e que são, por isso mesmo, universais. De coisas humanas. Apetecia-me falar de Lisboa mas não falo. É que vi as marchas. E confesso que as vi pela primeira vez, embora as tenha ouvido com frequência, em rádios vizinhos durante muitos e variados meses de junho.

Para quê cantar uma Lisboa errada? Depois, é um perigo e tanto isto da poesia (é um modo de dizer) obrigada a mote, sobretudo quando o mote é sempre o mesmo há um ror de anos. E aqui temos o rio Tejo e os manjericos e bailaricos já citados, e a alegria esfuziante de toda a gente (seremos assim tão alegres como isso nos 364 dias que sobejam?), e os balõezinhos e os amorinhos. Será isto Lisboa, mesmo vista através de lentes cor-de-rosa?

Já me referi há tempos a um casal de estrangeiros que veio pela segunda vez a Lisboa e se mostrou espantadíssimo ao dar com uma cidade triste. Julgavam-na a cidade mais alegre do mundo porque tinham por cá passado, da primeira vez, em noite de marchas. Ora da segunda vez...

Dito isto, sou – talvez fosse – pelas marchas, pequenas aldeias em movimento nesta cidade grande que não é uma grande cidade. Seria por elas, mas não assim. Popular é uma designação com grandes possibilidades, mas serão populares as marchas? Não se parecerão impressionantemente com o infalível quadro «popularucho» de todas as revistas? Depois, para quê a inspiração do século não sei quantos se estamos neste maravilhoso século de olhar em frente? Popular o que não evoluiu, o que ficou lá atrás, o que se recusou a dar um passo à velocidade do mundo?

Diário de Lisboa, 17-6-69

AS NOVÍSSIMAS AVENIDAS

Já não são novas as Avenidas Novas. Foram-no em tempos, no tempo delas, mas eram frágeis e às vezes feias. Gostavam de aparentar grandeza e os seus prédios eram altos, de paredes delgadas, e nos tetos, altos também, das salas e dos quartos havia florões horrorosos que levavam dezenas de anos a perder pétalas de caliça. Eu disse que às vezes eram feias, mas só às vezes, note-se. Poder-se-iam qualificar assim, por exemplo, as suas pequenas vivendas com gradeamento e quase cobertas de flores?

A verdade é que envelheceram demasiado depressa e por isso mesmo mal – o que são normalmente cem anos para uma casa? – e ficaram de repente senis e a ameaçar ruína, até dos senhorios porque as rendas eram na verdade baratas. Então as indemnizações, as mudanças com uns contos na carteira, a demolição impiedosa. E a pouco e pouco surgiram no mesmo local, com o mesmo nome, as outras avenidas, as novíssimas, num grande aparato de vidraças quase panorâmicas e mármores cinzentos e rosados nas entradas. E a da República, destruída-construída, onde já quase não há prédios «desse tempo», é a mais novíssima de todas.

Foi precisamente na Avenida da República que vi há algumas noites a *Louca de Chaillot* e dei comigo a pensar que uma louca assim teria muito com que se entreter nas demolições de Lisboa. É que ali ela estava na verdade como peixe na água, até porque, ao que parece, paira uma ameaça sobre aquele palco onde há alguns anos se faz teatro sério. Isto pensei eu ao mesmo tempo que me alegrava por no subsolo desta nossa cidade não haver petróleo para o prospetor. Se o houvesse, por pouco que fosse, já teria jorrado junto de qualquer picareta ou de qualquer escavadora, durante aquelas e outras demolições, nos buracos que tantas vezes há nas ruas – na própria Avenida da República –, nos túneis em construção do metropolitano. Enfim, em qualquer lado desta Lisboa sempre em obras.

Diário de Lisboa, 16-7-68

A CIDADE E A ÁGUA

Fecho os olhos até à infância e encontro um enorme lago – enorme e até imponente para mim nesse tempo – ali mesmo à entrada do parque. Existiu ou contaram-mo ou sonhei-o? Não sei, mas o que interessa, o que me interessa, é que era maravilhoso e tinha um barco. Tudo, enfim, o que era necessário à aventura. Depois um dia taparam o lago e fizeram uma avenida fingida, árida e desnecessária, sem carros, sem árvores, sem flores nesse tempo e, depois, no alto dela, um grande pedestal, melhor, uma estátua deserta, tudo aquilo tristemente empedrado, inútil e vazio, frio como as coisas feias.

Não preciso de ir tão longe para ver o início da construção de um prédio, melhor, o lugar onde ele, prédio, ia ser construído, os seus alicerces. Foi aqui há anos, antes do 25 de Abril, que é uma espécie de era. As pessoas falam umas com as outras e vêm sempre à baila as coisas que aconteceram antes e depois do 25 de Abril. Aquilo do prédio foi, portanto, uns anos antes do 25 de Abril, e eu passava todos os dias por aquelas obras, era o meu caminho.

O tempo que aquele prédio levou a nascer do seu chão, antes de começar a crescer. Iniciavam-se os trabalhos, logo paravam. É que só se via água a brotar e a correr pela rua abaixo, um rio. Havia uma nascente naquele solo, que, por acaso, ficava numa encruzilhada.

Que bonita fonte eu construí dia a dia, ao passar, embora tivesse mais do que idade para ter juízo. Porque claro que não iam ali fazer fonte nenhuma. Pagam renda de não sei quantos contos – de não sei quantas dezenas de contos – os transeuntes amadores de fontes, as pombas ou qualquer vadio, cão ou homem, com sede? Levou tempo mas lá secaram ou taparam, não sei, a água, e agora mora ali um grande monstro de metal e vidraça, repleto de secretárias, de máquinas de escrever e de telefones. De pessoas também, naturalmente, durante as horas de trabalho.

Porque quem vai pensar em lagos ou em fontes nesta cidade de destruição e construção, de compra e venda, de aluguer a quem mais dá, nesta cidade que há muitos anos se desinteressou da beleza? Mas, e da utilidade? É que quando a água falta lembramo-nos das fontes que não existem, que existem tão pouco nesta Lisboa nova, de cimento, metal e vidraça, praticamente sem plantas, cada vez mais ressequida e que, segundo parece, está deitada sobre lençóis de água pura, secreta e antiquíssima.

O Jornal, 2-3-79

UMA BRASILEIRA EM LISBOA

A minha amiga Helena, que é brasileira e esteve a passar umas férias em Lisboa, disse-me um dia:

«Claro que Portugal é um país bonito, bonito mesmo. Mas, sabe, esperava tanto que fiquei um pouco dececionada. Meu pai dizia tanta coisa a respeito, falava tanto nisto e naquilo, elogiava tanto...»

«O seu pai conhece bem Portugal?»

«É português, sabe? De Lisboa. Mas foi para o Brasil com três anos. E tem quase setenta.»

«Então como é que o seu pai...»

«Vem cá muitas vezes. Tem negócios. Mas aos três anos, veja só. E quando vem fica meio zangado sempre que percebem logo pelo sotaque que ele é brasileiro, enfim, que é como se fosse brasileiro.»

«Que sotaque havia de ter?»

«É. Que sotaque havia de ter? Mas fica meio zangado. Note que gosta muito do Brasil. Mas Portugal é outra coisa.»

A minha amiga Helena, que chegou durante os maiores frios, andava a tiritar porque não trouxera um casaco grosso. Lisboa, na descrição do pai, era assim uma coisa entre a capital de Portugal e o paraíso terrestre, e talvez daí o ela julgar que não havia frio.

A Helena contou-me também uma conversa tida nesse mesmo dia com um motorista de táxi (mesmo isso é que trouxe à baila o resto) e foi então que falámos do complexo do descobridor que talvez ainda persista em certas camadas populares, no que respeita aos brasileiros. E também falámos do paraíso perdido.

O motorista de táxi, contou-me ela, fez a certa altura um gesto amplo que abarcava decerto a Europa e o resto do mundo (em especial a América do Sul) e disse com ar definitivo: «Não há nada como isto, pode crer. Veja as catástrofes lá por fora, mesmo no Brasil, farto-me de ler no jornal. Aqui, nada.»

«Mas a chuva...», arriscou a Helena.

«Ora! Isso foi uma vez e pronto.»

A Helena pensou que o Dilúvio universal também foi uma vez e pronto, mas calou-se e até fez bem, porque o motorista não a ouviria, já estava lançado noutra tese (esta decerto cara ao pai da Helena), segundo a qual em Lisboa não há frio. Ela perguntou-lhe então, enregelada e cheia de ódio, de onde era natural, e o homem declarou que da Guarda e que aí sim, às vezes, havia neve e um friozito.

Mas voltando ao paraíso perdido do pai da Helena. Ele não pode recordá-lo (tinha três anos) mas inventou-o e construiu-o ao longo de uma infância e de uma juventude difíceis (foi um rapazinho pobre que enriqueceu) e manteve-o até aos setenta anos. De vez em quando vem visitar o seu paraíso e finge decerto que o encontra intacto, ou talvez esteja mesmo predisposto a encontrar o seu sonho e a vê-lo com toda a nitidez possível.

A Helena foi-se embora e já me escreveu, dizendo que está de cama com uma gripe bem grande e bem portuguesa. E acrescentou: «Meu pai já veio visitar a gripe.»

Diário de Lisboa, 2-3-68

A CIDADE TALVEZ DESERTA

Lisboa é uma capital remendada por quem não sabe, e a que só o sol confere uma certa mediocridade aceitável. Sem ele, o dia a dia seria menos atraente. Não por causa do seu tecido velho, ou melhor, antigo, e até agradável, e até bonito, às vezes, mas dos remendos de pano novo em folha, grosso, agressivo, luxuoso mas, mais frequentemente, novo-rico. Vamos por uma rua fora, uma rua de sempre, desbotada, sensata, e lá está ele, o remendo cheio de cores novas, de vidraças enormes, de escritórios e empresas, de porta majestosa com porteiro fardado e plantas verdes.

Às vezes acontece passarmos por uma rua por onde não passávamos há um, há dois anos, e onde havia um bonito prédio antigo, com loja, com gato à janela, com varanda florida, e já não há prédio, só remendo gritante, violento, deserto à noite.

É uma estranha cidade, Lisboa, e, por este andar, um dia, lá adiante, o castelo dos Mouros e os Jerónimos e a torre de Belém serão nela coisas anacrónicas e talvez, quem sabe, consideradas ladras de espaço útil. Eis-nos, pois, numa cidade remendada que vai expulsando de si os habitantes antigos e que expulsará mais tarde outros habitantes que serão antigos e outros e outros, até à perfeição. Talvez venha a ser um dia, se a bomba ou o míssil o consentirem, a primeira capital sem moradores deste mundo.

O Jornal, 16-3-84

CASAS

Não, isto não é olhar para trás com saudades do passado, é lamentar coisas que praticamente desapareceram desta minha cidade de hoje, que é planeta tão importante que até tem satélites. Refiro-me aos pequenos jardins particulares, aos pátios, às varandas amplas e com flores, às casas às vezes feias mas com personalidade, a de quem lá morou. As casas que hoje se constroem, os prédios de rendimento, são acima de tudo de rendimento. Por isso quem os fez poupou tudo o que havia a poupar, às vezes até na espessura das paredes. Vê-se uma, veem-se todas. Refiro-me, claro está, às casas que pertencem à classe média das casas, e cá de fora adivinhamos o seu interior: um ou dois quartos exíguos, três na melhor das hipóteses, *living* um pouco maior, cozinha e casa de banho. O arquiteto Emile Aillaud escreveu há tempos no *L'Express*: «As paredes formam indivíduos à sua imagem. Não receamos devidamente esse poder oculto da arquitetura, porque ele é lento e insidioso.» Famílias que perderam o hábito de se reunir porque não há espaço para reuniões. Crianças treinadas a fazer gestos cautelosos porque o vizinho do andar de baixo se queixa logo do barulho. Crianças sem ar livre para brincar porque o trânsito da rua é perigoso. Gente que não entra num museu ou numa exposição de pintura porque esqueceu ou sempre ignorou a beleza da cor. Gente para quem sol é sinónimo (quando é) de férias, porque o prédio em frente corta a passagem à estrela da vida. Gente de *living* que é sala de estar e de ver televisão à noite, mas que é também sala de jantar, quarto de estudo, casa de costura, às vezes quarto de dormir. Gente que tem uma jarra de flores secas, ou, muito pior, flores de plástico. Gente que perdeu a imaginação. Gente quadriculada, que mora, que habita, mas que não vive ali, nunca viveu.

Por isso fico triste quando encontro uma casinha antiga, a ser demolida. Era feia? Talvez fosse feia, mas ficava bem a Lisboa e devia ser muito agradável viver dentro dela, no tempo em que o sol não era só dos gigantes e as árvores e os canteiros não eram um luxo inacessível.

Amanhã, daquele mesmo chão, crescerá um prédio esburacado, todo ele celas iguais, mobiladas de igual, ou quase, e com alcatifa.

Diário de Lisboa, 13-1-73

OS VELHOS PRÉDIOS

Já várias vezes me referi a eles. Mas fico sempre triste, e até indignada, ao vê-los desaparecer. Como se os velhos não pudessem tratar-se, fossem implacavelmente condenados à morte só porque são velhos e estão fora deste tempo – hoje em que a juventude é rainha. Por isso? Claro que não. O lucro é a palavra-chave.

Mas eles, os velhos prédios. Ei-los pois com escritos de morte, que, inexplicavelmente, são iguais aos outros, os de vida. E há ainda por vezes ingénuos ou necessitados que vão bater – em vão – à porta da eternidade. Na última fase das suas vidas – cem anos, mais? Tão pouco, em todo o caso, para um prédio –, as janelas estão cegas, sem vidraças. Um dia destes os seus altos corpos vão desaparecer e nem restos mortais por ali ficarão. Enterrados, cremados ou varridos, não interessa. E o quadrado ficará limpo e livre e nele crescerá à velocidade do dia de hoje – uma velocidade que deixa prever o envelhecimento ainda mais rápido dos prédios que nascem – e nele crescerá pois um novo edifício.

Um novo edifício para gente morar? Quase nunca, enfim, muito raramente. Às vezes, não digo que não. E então anunciam-se andares de luxo para gente das embaixadas, para aquelas resistentes «famílias de tratamento». De resto... De resto, poucos podem viver em Lisboa, é uma ambição desmedida. Pelo menos em casa própria, quando recém-nascida, quando jovem, quando não se é inquilino por herança. Porque os substitutos dos velhos prédios abatidos albergam dentro de si coisas bonitas e sem alma, como empresas, institutos, agências, escritórios, cabeleireiros, etc. Coisas de *part-time* mesmo quando se trata de *full-time*. Coisas de umas tantas horas diárias e acabou-se.

São tristes os prédios condenados. Ali, no bairro onde moro, seguem-se uns aos outros. Incolores, mudos, silenciosos, cegos ou ainda com escritos. Haverá fantasmas lá dentro? São prédios para isso, parece-nos. Mas não. Estão completamente desertos à espera daquela madrugada. Casas grandes que vão ser pequenas, casas baratas que vão ser caras, casas de vinte e quatro horas que à noite vão ficar fechadas e vazias. E os que casam e os que têm mais um filho, e os que moram na periferia e têm carro (sem gasolina) e os que não são nem nunca serão «de tratamento» continuam à espera do milagre de uma casa, um dia, em Lisboa.

Diário de Lisboa, 5-2-74

SILÊNCIO

Já não se sabe o que é o silêncio da cidade cheia de ruídos, mesmo à hora em que o dia morre e os *écrans* definitivamente se apagam, mas em que os aparelhos de rádio continuam, até de madrugada, acompanhando a noite branca – às vezes negra – dos que trabalham, dos que não têm sono, dos angustiados, dos que esperam, dos que, muito simplesmente, sobrevivem ao dia. Mesmo nos momentos em que julgamos haver silêncio à nossa volta, é uma amálgama de sons longínquos o que nos parece não ouvir. E de repente até esse *Ersatz* é rasgado por alguém que desce a escada apressadamente porque o seu emprego começa cedo e está atrasado, por aquela telefonia matinal que se debruça de uma janela e grita a sua primeira canção, depois por uma voz que chama alguém, por alguém que responde. O dia começa. E muitas horas depois, quando ele acaba, gostaríamos de descansar um pouco, porque a nossa noite é para dormir e temos sono. Mas há quem caminhe incessantemente no andar de cima, uma máquina de escrever continua a sua viagem, há os carros a parar na rua, e o grito de dor daquela ambulância, e o avião inevitável (para onde irá?), e algures, tão tarde, Senhor, tão tarde, um *long-play* que há pouco se deteve e recomeça a girar, e os programas de rádio, os tais, da madrugada, e para além de tudo, em fundo, o ruído amassado, mastigado, desta cidade de corpo cada vez maior e mais inquieto, cujas células nunca estão na sua totalidade adormecidas.

Diário de Lisboa, 20-7-71

AS CIDADES

E as cidades – certas cidades – crescem demasiado depressa ou demasiado mal, como algumas crianças, e ei-las doentes. O ruído faz-lhes dores de cabeça, os pulmões estão negros de muitos e variados fumos, desde o das chaminés das fábricas ao das chaminés pessoais do cigarro e do automóvel, a inquietação não as deixa sossegar um momento.

Os arquitetos de hoje sonham – e transmitem-nos o sonho – com as cidades do futuro. Abençoados sejam. E falam-nos de coisas maravilhosas, como casas de vidro inundadas de sol e com zonas verdes, muitas zonas verdes. Mas é pura ficção científica à Ray Bradbury, que nas *Crónicas Marcianas* escreveu de casas com pilares de cristal que giravam sobre si próprias e acompanhavam o Sol tal como as flores o haviam feito durante séculos.

Zonas verdes, mas onde? Os arquitetos de hoje sabem o que é útil e até indispensável. E o que é, não o esqueçamos, belo. Mas os construtores? Mas os que por qualquer razão que até pode ser a distração em que vivem pensam em hoje e não em amanhã? Mas os que nunca por nunca ser pensam em depois de amanhã? Mas os que edificam colmeias de minúsculos favos para abelhas desprovidas de asas e que ainda não estão programadas para viver assim? Mas os derrubadores de árvores? Mas os desinteressados das flores? Mas os interessados acima de tudo numa coisa chamada dinheiro imediato? Mas esses?

E então as cidades? E esta inquieta Lisboa, por exemplo, tão inquieta que a própria publicidade já lhe arranjou oito colinas em vez de sete? Como será ela daqui por dez, vinte, cinquenta anos? Terá uma árvore? Um peão? Uma casa (enorme) de três divisões assoalhadas?

Diário de Lisboa, 27-10-72

ESTE RIO

Recordo aquele rio que os parisienses enfeitam com barracas de velhas gravuras e livros em segunda mão, com tranquilos e esperançosos pescadores à linha, com estudantes, com namorados, com simples adoradores do Sol. E vejo este rio tão deserto. Porque é uma estranha cidade, esta, que não o merece. Um rio tão belo como poucas cidades podem gabar-se de possuir. Lisboa, no entanto, voltou-lhe as costas e transformou-o em objeto de luxo para ver ao longe. Uma espécie de quadro na parede. E anunciam-se no jornal casas, geralmente muitas casas, com vista para o rio. Com vista, é tudo.

Quem, senão, talvez, os provincianos recém-chegados, vai até ele em tarde de sol ou em noite de mar, quem? Os lisboetas de nascimento ou adoção, esses, ignoram-no. Eles sobem a planta da cidade, instalam-se o mais longe possível dele. Primeiro, moraram – os que puderam escolher, naturalmente – nas Avenidas Novas, depois no Areeiro e em Alvalade, mais recentemente explodiram para a periferia. Junto ao rio só coisas de utilidade imediata, de que ele, este rio, é veículo ou causa. E mais lá para diante uma estrada e uma linha férrea, que, essas sim, levam o lisboeta até onde o mar começa ou continua. Para lá dos sujos paredões das fábricas, dos estaleiros, para além dos cais, ele, o Tejo abandonado, ignorado, utilitário, poluído, histórico. Mais nada.

Diário de Lisboa, 12-12-74

OUVIR E FALAR

ESCRITO DESDE LISBOA

Como quase todos os países pobres, subdesenvolvidos, etc., temos muito e bom sol para alugar a quem vem lá de cima. Nunca percebi porquê mas é assim mesmo, e os países ricos e desenvolvidos são sempre – quase sempre – cinzentos. Coisas. Pobres somos, portanto. Ricos mesmo só do referido sol e também desta nossa língua portuguesa que partiu, descobriu, se instalou, se modificou, mas continua a ser portuguesa. Infelizmente, esquecemos muitas vezes esse tesouro que, para além de nós, é falado por brasileiros, angolanos, moçambicanos, guineenses, cabo-verdianos... O que é qualquer coisa.

Lembrei-me disto há dias quando ia na rua. Acontece atravessarmos a cidade e ela ser um deserto sem oásis que se veja e sem miragens, nada de nada. Mas outros dias vemos as pessoas e até as lojas. Há dias era dia de ver. E deparei no meu caminho com dois *sandwich-bars*, um *drugstore*, um *giftshop* e um qualquer coisa *center*. E lembre-se dos *bars* propriamente ditos, dos *snacks*, dos *coffee-shops*, dos *dancings*, dos *self-services*, das *boîtes*, dos *night-clubs*, das *cafetarias*, sei lá.

Há muita gente preocupada com o perigo das telenovelas brasileiras para o português que falamos. Como se as telenovelas não passassem e o português não ficasse. Como se o português do Brasil não fosse, ao fim e ao cabo, uma simples variante, embora muito criativa, da língua-mãe. Agora a colonização mesmo estrangeira é que faz um bocado de impressão.

Ultimamente a influência espanhola é mesmo tão grande que ouço várias vezes ao dia frases começadas por *pois* e notícias *desde* Paris, *desde* Londres. *Desde* Madrid, está bem de ver.

O Jornal, 5-6-81

ATEMPADAMENTE

Atualmente os homens falam muito, direi mesmo que falam de mais e, o que é pior, ouvem-se de mais a si próprios, até porque os outros não os ouvem tanto como isso. A televisão e a rádio interrogam-nos constantemente, querem saber o que eles pensam disto e daquilo, deste e daquele, ou então transmitem partes de discursos, de comunicados, até de improvisos, que, claro está, são sempre ou pelo menos muitas vezes brilhantes. E nesses textos orais vêm surgindo nos últimos tempos palavras repescadas e que, frequentemente, são assustadoras.

Escreveu em tempos João de Araújo Correia no seu livro *Enfermaria do Idioma*: «A maior parte dos portugueses, principalmente os portugueses que escrevem, não amam a simplicidade. Todos os dias inventam palavrões, redundâncias de frase, verbos especiais para definir complicadamente coisas que são a própria singeleza.» Faço minhas as suas palavras para referir um termo agora muito usado por quem discursa, é entrevistado, improvisa: *atempadamente*. E confirmo no dicionário que ele significa com atempação e que atempação é ato de atempar e que atempar é marcar passo.

Outras palavras há, claro que sim, mas só me refiro a esta para que não perca a sua imensa e medonha fealdade em contacto com

outras fealdades menores. Uma criança, ouvindo há dias a palavra em causa, franziu a testa e perguntou perplexa: «Até a empada mente?»
Mas os adultos em redor não lhe prestaram a devida atenção (são quase sempre assim, os adultos) e continuaram a ouvir – ou a não ouvir, mas muito aplicadamente – creio que o improviso (brilhante) de que a palavra fazia parte.

O Jornal, 12-3-82

DIMINUTIVOS

Suamos diminutivos por todos os poros, é um exagero. Talvez seja resultado dos nossos brandos costumes, talvez, às vezes, de uma certa, embora ignorada, subserviência. Já o Melchior do Eça falava das enxergazinhas no chão. E depois, que lá pelos lençoizinhos respondia ele. «A gente apanhada sem um colchãozinho de lã, sem um lombozinho de vaca [...]. Ele sempre é uma leguazita de mau caminho...»
Somos o Zé Povinho, para começar. Estamos malzinho, coitadinhos, ou estamos bonzinhos, acontece. Estamos também piorzinhos, melhorzinhos, obrigados, melhor, obrigadinhos. Começamos a trabalhar cedinho, voltamos para casa à tardinha, à noitinha, conforme as estações. Às vezes está fresquinho, cai uma chuvinha fria, mas no verão ainda há uma restiazinha de sol, um calorzinho bom, sabe bem caminhar devagarinho. Chegamos ao exagero de dizer que agorinha mesmo vamos sair, mas caludinha, não nos demoramos, vamos depressinha e então loguinho. É pertinho aonde vamos. É longinho às vezes. Não estamos nadinha preocupados com isto ou com aquilo. Mas, então, nadinha.
Chegamos pois ao exagero dos advérbios, das conjunções e até das interjeições em diminutivo. O que é um espanto para os estrangeiros que começam a aprender a nossa língua. Há, porém, limites

que, talvez porque somos gente – ou gentinha – muito receosa do ridículo – daquilo que para nós é ridículo, naturalmente –, por nada deste mundo ultrapassamos.

É-nos, por exemplo, impossível conhecer os nossos políticos por um diminutivo. Ora isso é frequentíssimo no Novo Mundo. Os irmãos Kennedy eram – são – conhecidos por Jack, Bob e Ted. Carter é Jimmy (Jaiminho).

Nós temos, porém, a nossa noção do ridículo e não podemos ultrapassá-la. Ela é uma das coisas mais duradouras e profundas que, tantas vezes sem o saber, herdámos, conservamos intacta e vamos deixar aos que ficam. Os nossos políticos podem pois estar tranquilos. Por mais que gostemos deles, nunca lhes chamaremos Toninho nem Lourdinhas.

O Jornal, 31-10-79

INHO

No tempo em que os funcionários da Alfândega perguntavam com doçura infinita «V. Ex.ªs não têm nada a declarar? Não há malinhas de mão?», quando o Pimentinha dizia penalizado que só o que não calhara fora um selinzinho para a jumenta, e o Melchior se referia, envergonhado, a enxergazinhas no chão, Zé Fernandes verificava com júbilo que, pronto, estava finalmente na sua terra.

Seremos um povo disposto a simpatizar, a aceitar de braços abertos quem vem, a olhar tudo e todos com uma grande ternura, por isso os diminutivos? Não sei mas duvido. E os diminutivos desdenhosos, como por exemplo a mulherzinha e o homenzinho (pobres, claro), e a gentinha, essa maneira terrível de diminuir as pessoas como nós mas que não têm, que não sabem, que não podem? Essas pessoas?

OUVIR E FALAR

Ignoro a razão dada pelos filólogos para tantos diminutivos, verifico simplesmente, uma vez mais, que o *inho* e a *inha* há muito que invadiram a nossa língua e continuam e continuarão a pendurar-se em substantivos, adjetivos, advérbios, etc. Talvez sejamos os únicos – não contando com os brasileiros, claro – a pedir para não ir tão depressinha porque ainda é cedinho, a sugerir que vamos mais devagarinho, está bem? Ou o contrário, claro está. É certo que os brasileiros ainda são mais exagerados. Mas falemos de nós, portuguesinhos valentes, e das tardinhas, quando o tempo está mais fresquinho porque faz um ventinho agradável. E das manhãzinhas. E das noitinhas. E dos pobrezinhos, velhinhos e ceguinhos a quem damos (ou não damos) esmola. E daquele rapazinho simpaticozinho e bem-educadinho e da rapariguinha bonitinha que já faz os seus trabalhinhos de casa, dá os seus pontinhos, faz até os seus vestidinhos, tão jeitozinha que ela é! E o nosso filho, que ainda é pequenino ou já é grandinho, crescidinho, enfim. E a nossa casinha, que é o nosso mundo, verdade verdadinha que é, porque lá estamos quietinhos, caladinhos, sossegadinhos, etc.

Tudo isto me veio ao espírito ao ouvir hoje, creio que pela décima vez, «A casa da Mariquinhas».

Diário de Lisboa, 9-8-68

O PORTINGLÊS

O escritor Étiemble inventou uma nova palavra, o «franglais», para designar aquela linguagem mista, cheia de vocábulos ingleses, que atualmente muitos franceses utilizam. Embora ainda estejamos longe do exagero do «franglais» (até porque somos influenciados *ex aequo* pelo inglês e pelo francês), já podemos inspirar-nos em Étiemble e ter o nosso modesto portinglês.

Um adepto do portinglês referir-se-á, sempre que para tal tiver oportunidade, ao *snack* onde almoça, aos *drinks* que já tomou hoje, ao *whisky* ou ao *scotch* sempre *on the rocks*, à exposição de *design* que viu, aos *gadgets* que comprou, ao *fair play* do A, à B que é muitíssimo *sexy*, ao livro de *science fiction* ou ao *best seller* que anda a ler, ao seu *hobby* favorito, ao seu *job*, ao *relax* ou ao *footing* de que é adepto, ao *full* ou *part-time* em que trabalha, à *babysitter* que fica lá em casa a tomar conta das crianças, etc., etc. A própria moda ajuda este ano o adepto de portinglês com os *shorts* e os *hot pants*. Este adepto também dirá, claro, palavras vulgares mas tão extraordinariamente portinglesas que há muito se tornaram do domínio público, apesar de não existirem na própria Inglaterra (com idêntico sentido, quero dizer), como por exemplo *maple* e *smoking*, o que é, digam o que disserem, o máximo que se pode exigir a um bom conhecedor da linguagem portinglesa.

Diário de Lisboa, 28-6-71

O HEXAGONAL

A linguagem escrita – e até falada – cada dia se vai tornando mais difícil e pomposa. Pegamos às vezes num texto que até pode dizer coisas não muito transcendentes, mas tudo aquilo é tão lindamente complicado que é necessário pensar duas vezes (às vezes três) para lá chegar. E as palavras usadas? Senhor, as palavras usadas. As coisas são todas elas válidas, alienatórias, dinamizadoras, exaustivas, intimizadas, conclamam-se, concertam-se, redimensionam-se, sei lá.

Foi há tempos publicado em França – porque cá e lá más (ou boas) fadas há – um volume intitulado *L'hexagonal tel qu'on le parle*, da autoria de Robert Beauvais. O hexagonal é a língua falada no Hexágono, isto é, uma certa França. Este hexagonal é, segundo

Beauvais, a tal linguagem pomposa da atualidade. Dois exemplos. A simples frase que é «Os professores têm os seus preferidos» diz-se em hexagonal: «Os professores do grupo escolar em questão têm atitudes discriminatórias.» Ou, então, «Damos um ensino mais prático do que teórico» será em hexagonal: «A cultura é mais operatória do que reflexiva.»

Do *Snobíssimo,* do humorista Pierre Daninos, permito-me transcrever a seguinte passagem: «Assim nos habilitámos a viver num mundo que já não é perturbado, mas sim *conturbado,* onde se deixou de estar à vontade ou mesmo distendido para se estar *descontraído,* onde já não se procura encontrar os filhos na praia, mas sim *recuperá-los* e onde os representantes duma mesma profissão já não se podem reunir sem formar um *seminário* ou – pior! – um *simpósio.* Um mundo *estruturado* onde floresce o *homólogo* e o *polivalente,* um universo apostado em desapaixonar os problemas e que, minado pelas alergias, conseguiu sufocar a angina de peito graças ao enfarte.»

Diário de Lisboa, 25-6-71

BOUTIQUES

A língua francesa é uma das nossas perdições. Todas nós (ou quase) somos *madame* ou *mademoiselle* de cabeleireiro. Todas nós (ou quase) usamos *bâton* (que na realidade se chama *rouge à lèvres* – o *bâton* ficou esquecido) e *rouge* (que na verdade se chama *fard*). Muitas e variadas peças de roupa (desde as *soquettes* de má memória aos atuais *collants,* não esquecendo, claro, os *soutien-gorges* que as feministas mais exaltadas contestaram) têm nome francês. E todos nós (ou quase) temos no quarto um *toilette* ou uma *coiffeuse.* Isto simples exemplos vindos ao correr da pena. Porque exemplos é o que mais há.

Aqui há uns anos, não muitos, Lisboa e arredores foram invadidos – quarta invasão francesa – por lojas pequenas coloridas, janotas (palavra horrível mas muito usada neste tipo de coisas): as chamadas *boutiques*. A designação vinha, salvo erro, dos grandes costureiros de Paris, que, a par das suas coleções de alta costura para poucas mulheres, tinham lançado as coleções-*boutique*, bastante mais acessíveis. Moda-loja, portanto. Mas que íamos nós fazer da palavra «loja»? O que mais há por aí são lojas disto, daquilo e daqueloutro. A *boutique* fazia o serviço estupendamente. E fez. E continua a fazer.

Ainda a nossa emigração em França era reduzida, vim de Paris a Irun num compartimento de comboio onde encontrei uma portuguesa do povo que viajava sozinha pela primeira vez e nos pediu que a ajudássemos nas formalidades das fronteiras. Assim fizemos na primeira fronteira porque depois encontrou pessoas conhecidas e mudou de carruagem. Para ser amável, a nossa compatriota resolveu fazer conversa e contar a vida. Entre outras coisas, declarou que vivia com um irmão em Clignancourt e vinha pela primeira vez passar *vacanças* à pátria. O irmão estava muito bem e tinha uma *boutique*. E, receosa de que não percebêssemos, explicou:

– *Boutique* é como eles lá chamam às lojas. A *boutique* do meu irmão é uma drogaria.

Já veem...

Diário de Lisboa, 5-8-71

FÉRIAS

Fora passar um mês à terra dos pais, de onde saíra com eles em criança e aonde nunca mais tinha voltado. Terminara o seu primeiro ano de professora liceal (Português-Latim), aturar meninos era na verdade cansativo e sentia-se exausta. Resolvera então deixar tudo e todos e mergulhar na Natureza. Sozinha. Com um carregamento de livros policiais e de conservas. Tencionava alimentar-se de pão saído do forno, leite fresco, ovos e latinhas multicolores. E, sobretudo, tencionava estar só. E esquecer *rosa rosae* para só ver rosas flores.

As visitas começaram, porém, a chover. Vinham saber como estava, oferecer os seus préstimos, congratular-se por ela estar formada, uma honra para a terra. Velhas tias, primas não muito novas. Os homens faziam-se representar. Conhecê-los-ia «quando fosse lá a casa». Porque todas traziam o convite engatilhado para um jantar ou um almoço. Amanhã, depois, daí a dois dias?

Começou a ter uma vida social intensa e a recear que a estada fosse muito mais breve do que tinha pensado. Logo no primeiro jantar (ou almoço) desconfiou que a gente da terra tinha a mania das doenças, e essa desconfiança em breve se transformou em certeza. «Este meu reumático...», diziam depois de um gemido explicativo. «Tenho andado a tomar X mas não sinto nenhum alívio. Falaram-me em Y, conhece?» Ou então: «O que é isso do colesterol? Será tão perigoso como dizem? Ando a pensar em fazer uma análise...» Ou ainda: «Este sinal tem crescido ultimamente. Devo tirá-lo?» Outra coisa era a falta de sono. Ninguém dormia naquela terra e dir-se-ia que estavam à espera dela para os salvar desse flagelo. «O que hei de tomar?», perguntavam-lhe todos. «O que me aconselha?»

Começou a andar preocupada com tudo aquilo, até que compreendeu que o seu grau de doutora a tornara médica na terra dos pais, médica da família, grátis, portanto, médica para dar consulta grátis ao jantar ou ao almoço. Percebeu e fez a mala. Logo no dia seguinte – oito dias depois da chegada – partia.

Teve uma despedida pouco calorosa, a verdade acima de tudo. Os «clientes» estavam decerto decepcionados com as suas respostas vagas, reticentes e muito pouco científicas.

Diário de Lisboa, 27-1-72

CHILES

Mulheres gordas, de aparência modesta, despenteadas e despintadas, ainda novas, muitíssimo murmuradoras. Murmuravam gritando, se me faço entender. O género de murmúrio que chama a atenção dos outros, que não podem, por mais que queiram, manter-se desatentos, ficar dentro das suas vidas, ali, com eles no autocarro. Ei-los, pois, prestando atenção, embora sem ouvir mais do que aquele bichanar constante, veloz ainda por cima, ora uma ora outra, às vezes as duas ao mesmo tempo. Devia ser interessantíssimo o que diziam porque não havia uma só quebra, um só espaço em branco. Pelo contrário. Se mais tempo houvesse naquele tempo de autocarro, mais elas murmurariam coisas decerto apaixonantes.

E, de súbito, o bichanar cresceu, foi voz com palavras, e uma delas, das mulheres, disse:

«Vai dar ao Chile. Podes crer. Vai dar ao Chile.»

Quem viajava no banco atrás delas sentiu um arrepio e logo a seguir pensou que eram duas mulheres gordas e murmuradoras e também incrédulas ou receosas. Mas Portugal não será o Chile da Europa, sentiu-se pensar. O condutor, porém, passou nessa altura e a mulher que ia sentada do lado de fora perguntou:

«Não é verdade que este carro vai dar ao Chile?»

O homem respondeu que sim, senhora, que passava por lá, e ela olhou para a companheira com um olhar pesado de censuras, na voz ainda alta, nem é bom falar.

«Há meia hora que venho a dizer-te. Sei perfeitamente. Sempre és mais teimosa!»

A outra encaixou. Até ao Chile-praça, onde se apearam, não disseram mais nada.

Diário de Lisboa, 24-10-75

A CONTURBADA REGIÃO DO GLOBO

Muito atenta à televisão, incluindo anúncios e até noticiários, a criança perguntou: «Pai, onde é que fica aquela conturbada região do globo?»

O pai, que já há algum tempo partira para longe, a pensar na vida, e só deixara na cadeira, esquecido, a espécie de fato amarrotado que era às vezes o seu corpo, ficou perplexo, hesitou, procurou arranjar tempo. «Aquela conturbada região do globo, dizes tu? Mas que região?»

«É isso, não sei», disse a criança. «Às vezes não percebo, ou estou distraído. Mas no fim acabam por dizer isto e aquilo naquela conturbada região do globo. É sempre a mesma, não é? E conturbada, o que quer dizer?»

O pai explicou a palavra, depois disse que não, que não era sempre a mesma e fez mesmo algumas propostas, cheio de boa vontade. Talvez se tratasse do Líbano. Ou de El Salvador. Ou do Chade. Ou ainda de Granada. Era difícil saber, o mundo estava tão agitado, tão conturbado, como eles diziam. E depois estava longe, a pensar na história dos impostos.

«O que são os impostos?», quis saber a criança, interessada, embora menos do que antes.

O pai explicou. Deu pormenores. De impostos sabia ele, infelizmente, umas coisas. Mas depois, quando a criança voltou ao pequeno *écran*, ficou a pensar naquela conturbada região do globo. É que a frase trouxe-lhe à memória outra, do passado, que era este oásis de paz num mundo conturbado. Porque há palavras que agradam a quem fala, a quem escreve, nada a fazer.

O Jornal, 4-11-83

AS PALAVRAS MASCARADAS

Muitas vezes não temos coragem, temos mesmo um grande medo de encarar não só os problemas, mas também as palavras que nos dizem e que, mesmo simples palavras, são demasiado horríveis para os nossos coraçõezinhos de pomba. Mascaramo-las, então, vestimo-las com um manto qualquer, e logo o medo desaparece da superfície das águas. Da superfície, sim, porque ele lá está, no fundo invisível mas presente. Mascaramo-las, portanto, às palavras, com bonitos eufemismos e assim elas já não podem acusar-nos de egoísmo nem de indiferença, já não podem ameaçar-nos com um horror qualquer, já não podem obrigar-nos a ver o cenário, tantas vezes negro, que nos rodeia.

Quem escreve, por exemplo nos jornais, na rádio e na televisão, quem discursa, quem é mais ou menos responsável pela vida das criaturas, adere muitas vezes inconscientemente a este esconder de verdades feias e claras com palavras menos criadoras de emoção que imaginar se pode, palavras que nos fazem sentir culpados, não sabemos de quê, mas culpados. E eis a terceira idade e a doença que não perdoa e os diminuídos físicos e os invisuais e os deficientes e as classes mais desfavorecidas e as economicamente débeis. E mais, e mais.

Claro que aquela mulher velhíssima que pede esmola aqui no bairro onde moro não diz a quem passa que é da terceira idade nem que pertence à classe mais desfavorecida. Ela grita com a fraca voz que ainda tem, gritará até poder, a sua dupla condição de pobre e de velha. Mas, se ignorância não houvesse, decerto por sabedoria.

O Jornal, 10-11-78

GENTE

Há na nossa língua uma grande quantidade de maneiras de localizar as pessoas no seu ambiente social, que ainda continua a ser estanque. Os pequenos anúncios dos jornais dão-nos disso uma ideia muito clara, embora incompleta (os *garotos* e os *meninos* estão, por exemplo, ausentes). Nas ofertas de trabalho encontro duas *raparigas*. Para passar a ferro, para tipografia de província. E nos pedidos de emprego meninas, muitas meninas que sabem escrever à máquina em teclado *azert* ou *hcesar*, que podem tomar conta de crianças, que podem trabalhar em escritório. Há ainda os *rapazes* que vão ser mandaretes, ajudantes disto e daquilo. E os *jovens* que serão outra coisa. Em geral, desejam *part-time*, porque andam a estudar. Há também as *mulheres* e as *senhoras*. Das últimas já aqui falei, e deve ser terrível ser-se senhora nas páginas dos pequenos anúncios. Porque em geral elas só sabem tomar conta de uma casa ou de uma pessoa doente. Depois são as *mulheres*. Para limpeza, para todo o serviço. E os *homens*. Esses limpam vidros e montras, fazem trabalho de jardinagem, podem dedicar o seu tempo a fazer distribuições, a trabalhar em armazéns. Mas é bom não esquecer os *cavalheiros* a quem se aluga quarto em casa de família respeitável ou que desejam emprego compatível com a sua posição de cavalheiro.

Senhor, os compartimentos estanques que ainda há nesta nossa língua, esquecida de que as senhoras são mulheres, de que os cavalheiros são homens e ignorante de que os rapazes, as raparigas e as meninas são, deviam ser, já que a palavra foi adotada, jovens. De que os garotos e os meninos são crianças. De que todos são gente.

Diário de Lisboa, 1-11-74

AS PALAVRAS-BENGALA

Antes de mais, o «pois». Claro que já cá o tínhamos, mas este chegou de Espanha. Infiltrou-se. Passou a salto ou usou de todas as formalidades legais? E quando foi isso, porquê? Porque resolveu ele meter-se a caminho e fazer a sua pequena invasão, a sua ocupação, enfim, tomando por assim dizer de assalto o pequeno écran em momentos de entrevista e também o aparelho de rádio de cada um, às vezes? Um o disse, outro o repetiu, todos nós sabemos como estas coisas são. A verdade é que foi aceite porque pelos vistos dá muitíssimo jeito, assim, no princípio da frase, enquanto se pensa no que se vai seguir. Dá, como direi?, à-vontade. Tem, de resto, o seu quê de cosmopolita, não muito, mas enfim, à escala peninsular. E eis o senhor A, o doutor B e a dona C, a mergulharem no poço sem fundo do «pois». Pois... eu lhe digo. Pois... quem sabe? Pois... não. Pois... sim. Pois... quem dera.

O «pois» é uma palavra-bengala. Há outras. A pessoa sente-se um pouco perdida no meio das palavras. Então encosta-se um pouco. E «digamos», «vejamos», «quer dizer», «não é?», «sabe?», «percebe?». Sim, ele, o «percebe» das Marie-Chantal cá da terra, também é uma palavra-bengala, muito, muito bem.

Diário de Lisboa, 3-10-70

MENTALIZAÇÃO

Aqui está uma palavra nova (apetecia-me chamar-lhe desportiva), digna de todo o respeito. Não damos por ela, mas ei-la presente no nosso dia a dia, é esperta como tudo, instala-se sorrateiramente, não a vemos, não a sentimos, ei-la fazendo o seu trabalho de sapa, a certa altura, no dia tal, quando estamos todos mentalizados e até mentalizadíssimos, a coisa aparece e ninguém se espanta grandemente nem se indigna, onde o espanto e a indignação ficaram!

O Parque Eduardo VII é disso um bom exemplo. Aqui há anos falou-se muito, discutiu-se indignadamente quando se disse que iam partir, com o prolongamento da Avenida, um dos poucos grandes jardins lisboetas. Mas, amanhã, quando isso acontecer, quem vai discutir o assunto, mesmo sem indignação, quem? Estamos mentalizados. Aquele largo passeio relvado no centro, feio como tudo, diga-se de passagem, não deixa saudades a ninguém. Para que serve?, perguntam as pessoas que já não conheceram o lago (como era lindo, aquele lago), nem as árvores. Entre ele e uma avenida... Bem, antes a avenida, claro. Ao menos simplifica o trânsito, tem essa vantagem. E, vendo bem, para que serve aquele enorme, sinistro passeio que tem lá no alto uma estátua que, sabe-se lá porquê – mentalização levada às últimas consequências? – ficou para sempre invisível?

Diário de Lisboa, 13-2-70

EM FAMÍLIA

Era um homem a falar em família. Não ouvi, contaram-me, enfim, ouvi dizer. Mas acredito. Até porque homens assim (e mulheres, está bem de ver) floresceram de um dia para o outro de um modo, por assim dizer, tropical. Pergunto a mim própria se não terão esquecido por completo o dia de ontem, se não terão lançado um véu sobre o passado, lançado esse passado, com ou sem véu, para trás das costas.

Mas o homem. Respeitável. Respeitado. Falando em família. Esquecido de que a família é composta por seres humanos com memória e espírito crítico. Por mais mulher, filhos e netos que essa família seja. E ele, o homem, dizia, perorava, que sim senhor, pois claro, sempre fora contra aquilo, sempre fora por isto. Ah, tinha sido o dia mais feliz da sua vida. Ele sempre dissera que... Porque a liberdade... Sim, não havia nada – nada – como a de-mo-cra-cia.

A palavra saíra com uma certa dificuldade, aos tropeções, mas saíra. Pela primeira vez na vida dos filhos e dos netos e até da mulher, que o olhavam mais ou menos estupefactos, conforme as idades e a possibilidade de estupefação – ainda. E a dita estupefação tornou--se maior quando ele comunicou com grande à vontade que nunca fora, todos sabiam, não é verdade?, fas-cis-ta. Outra palavra também árdua, recém-nascida nos seus lábios.

Um anjo passou.

E a sopa foi servida, sorvida. Em silêncio.

Diário de Lisboa, 24-7-74

NÃO HÁ

As palavras *não* e *há*, juntas, primeiro o *não*, depois o *há*, são das que mais dizemos e ouvimos dizer, desde que pela manhã nos levantamos até à hora de, cansados, fecharmos a porta ao dia. Para começar não há tempo para coisa nenhuma e também não há dinheiro para esta vida que somos obrigados a comprar incessantemente, porque parar é morrer. Isto o tempo e o dinheiro que não há. Mas existem outras, dezenas de outras faltas, menores umas, outras maiores e constantes. Não há lugar no autocarro, não há táxi, não há segurança, não há uma costureira que nos faça um trapo, não há um canalizador que conserte a torneira da cozinha, não há casas com tantas divisões e renda económica para aquela família com vários filhos (os nossos construtores sofrem do complexo de Portugal dos Pequenitos, nada a fazer), não há empregadas domésticas, não há lugares para os de mais de quarenta anos, não há lugar onde arrumar o carro, não há nada hoje na televisão, não há hoje carne (está demasiado cara, só às vezes), não há silêncio (entram pela janela fechada mas não estanque as vozes agressivas de todos os aparelhos de rádio e de todos os transístores da vizinhança), não há sol ou não há chuva, falta sempre qualquer coisa no clima, qualquer coisa que devia estar ali e não aparece, não há sorte, não há saúde (aqui estão duas faltas das grandes, das piores, as piores talvez).

Claro que podem dizer que há quem tenha tudo isto, ou quase, e acima de tudo a saúde, o dinheiro e a sorte. Mas quem anda por aí a apregoar as suas posses?

Diário de Lisboa, 6-10-72

AS FRASES MORTAIS

São as *killer phrases* do dia a dia, e usamo-las com à vontade, como se, de facto, não fossem, não pudessem ser, mortais. Julgas que isso é original?, dizemos sem pensar duas vezes. Na tua idade julguei o mesmo, fiz o mesmo, não serviu de nada. Imaginas que vais modificar o mundo? Tu? Que ingenuidade. Tem que ser assim. Ou assado. Foi sempre. Há de ser. Mas isso não é um trabalho a sério, pois não? Um passatempo, enfim, não digo... Quando tiveres família, verás. Quando tiveres filhos, verás. Quando tiveres a minha idade, verás. Ora, pobres e ricos sempre os houve. Mas isso é uma loucura, pensa duas vezes. Dorme sobre o caso. Não te precipites. É que vais arrepender-te. Amargamente. Tão certo... Depois não podes voltar atrás. Depois é tarde. Um dia tem-se uma doença. O dia de amanhã. Depois é tarde, nada a fazer. Ela não é mulher para ti. Ou: tu não és mulher para ele. Não vale a pena. Se tiver que ser... O futuro a Deus pertence. Verás que um dia me agradeces. Verás. Verás.

Que são conselhos? Bons, excelentes conselhos? Que os damos por bem? Por amor? Sim, às vezes, muitas vezes. O que não impede que eles possam matar, à nascença, uma esperança, um sonho. Que, mesmo que não o matem, possam deixá-lo inquieto, hesitante, perplexo. Não terá razão quem falou? Porque hei de eu – eu – ir contra a corrente, arranjar problemas? Porque hei de eu – eu – fazer isto, aquilo? Porque isto, aquilo, são coisas-fada, coisas que contrariam os estatutos familiares, ambientais, e parecem ousadas, perigosas, ameaçadoras. Claro que muitas vezes há amor em quem assim assassina o sonho, o voo, cortando as asas, ou enfraquecendo-as, pena a pena. Claro que sim. E às vezes até há razão, sensatez, em quem fala. E quem tem esperança ou vontade, e reage a todas as *killer phrases* deste mundo, até pode ir meter-se numa camisa de onze varas. Pois. Mas nem por isso elas são menos castradoras, menos mortais. E nem por isso as dizemos menos.

Diário de Lisboa, «Suplemento Mulheres», 2-1-74

AS FRASES MORTAIS

Não vais conseguir, não nasceste para isso, a tua vocação não é... Verás, com o tempo. Eu, quando tinha a tua idade, também pensei, também julguei que tinha a certeza e afinal... Era um erro, enfim, teria sido um erro. Julgas que vais mudar o mundo, tu? Que ingenuidade! Tem que ser assim. Ou assado. Sempre foi e há de ser. Pobres e ricos sempre os houve. Mas esse emprego é uma coisa passageira, não? Não me parece um trabalho a sério, para a vida. Um passatempo, não digo que não... É que tens que pensar no dia de amanhã. Quando tiveres família, verás. Quando tiveres filhos, verás. Quando tiveres a minha idade, verás. É uma loucura, dorme sobre o caso, pensa duas vezes. É que te vais arrepender, tão certo como dois e dois serem quatro. Um dia precisa-se, tem-se uma doença, mas então é tarde. Não te precipites. Ela não é mulher para ti. Ele não é homem para ti. Claro que passa, verás. Tudo passa. E um dia vais pensar: mas fui eu mesmo que julguei que era o fim de tudo, que sem ela (que sem ele) a vida não tinha sentido? Verás que um dia me agradeces. Verás. Verás. Verás.

São os bons, os excelentes conselhos dados tantas vezes por amizade, por amor, por bem, mas que matam, podem, pelo menos, matar ou prejudicar gravemente uma esperança, um sonho. Que podem, pelo menos, deixá-lo inquieto, perplexo, hesitante. É certo que quem se recusa a ouvir todas essas frases mortais do dia a dia até pode ir meter o pé em areias movediças. Pois pode, mas isso é outra história.

O Jornal, 3-4-80

AS PALAVRAS-FANTASMA

São palavras ditas e reditas por toda a gente e, portanto, também por nós. Mas aí está, não as ouvimos, não as vemos, não as lemos, pois claro, mesmo quando estão ali, diante dos nossos olhos. Porque são sombras de palavra. O tempo gastou-as, perderam o seu significado verdadeiro, morreram há muito sem ninguém dar por isso. Morreram antes da nova chegada a este mundo.

Aqui temos dois exemplos. Primeiro o Exmo de envelope. Somos todos Ex.^{mos} de envelope, já não digo de carta, esquecidos de que excelentíssimo é superlativo de excelente e tratamento dado às pessoas de alta categoria social. Pronto, ou somos todos gente de alta categoria social ou temos de admitir que se trata, de facto, de uma palavra-fantasma.

A outra palavra é *amigo*. Diz o «Torrinha» que amigo é aquele a quem amamos, aquele que nos ama. No entanto... todos têm dezenas de amigos. O meu amigo Fulano, Sicrano, que é muito meu amigo, estive com um grupo de amigos... No entanto, entre tantos, quantos autênticos, amigos mesmo, de verdade, pessoas que nos amam ou que nós amamos? Não. Amigo é outra palavra-fantasma, que perdeu o verdadeiro significado, a antiga autenticidade. Este amigo quer dizer conhecido simpático com quem é agradável conversar. Mais nada.

Que só contava amigos e só granjeara amizades, escreve-se de quem morreu, em letra de imprensa, a declaração é feita para a posteridade e ninguém vai dizer que é mentira, aí está uma espécie de interdição. Morreu, tem de repente todas as virtudes, até a de ter inspirado amizade a todos os que com ele privaram. Faz parte do ritual da morte.

Só amigos, só amizades, vejam lá. Mas onde estão essas duas palavras que não as vemos?

Revista *O Escritório*, novembro 72

AS PALAVRAS TARDIAS

Palavras que a seu tempo, quando havia a quem as dizer, não tinham sido ditas. Entrava em casa em silêncio, agarrava-se ao jornal, abria um livro, ligava o rádio. A mulher, tão faladora e alegre quando a conhecera, também se fora tornando, junto dele dia a dia, ano a ano, silenciosa. Começava uma frase – «sabes que...», «calcula tu...», «imagina...» –, arrependia-se, deixava-a em suspenso, ele não dava por isso. Acabou por quase não dizer nada, para quê? Mas, quando o marido saía, corria para o telefone, tornara-se uma telefonadora entusiástica.

Mas ele. Em silêncio chegava, em silêncio partia. Entretanto, uns resmungos que queriam dizer algumas, poucas coisas essenciais: que bom dia ou boa noite, que a comida estava boa, que a comida estava horrível, que fazia frio ou que estava calor. Um resmungo e logo mergulhava no jornal, no rádio, no sono, na rua.

Depois, um dia, ficou velho, e depois, outro dia, ficou só. Só numa casa tão velha como ele, de paredes gretadas como a sua pele, soalho rangedor, móveis sempre a estalar de secura como os seus ossos.

Foi então que, a pouco e pouco, começou a falar. Porque se pôs a achar as palavras guardadas, acumuladas, armazenadas e, naturalmente, esquecidas no fundo de todas as gavetas, de todos os armários, dentro de todas as caixas. Palavras perdidas, de mistura com cartas de amor, flores secas, bijutarias de rapariga, um lenço azul que ela costumava amarrar ao pescoço num ano muito longe, retratos amarelados, bilhetes de uma viagem que tinham feito um dia. Até livros de contas, até um caderno com receitas de cozinha. Palavras antigas mas por utilizar, porque não as teria gasto na altura para lhe perguntar, por exemplo, se gostaria de ir aqui ou além, se precisaria disto ou daquilo, até mesmo (porque não?) se era feliz? Para lhe dizer... Para que ela soubesse...

E os vizinhos já começam a queixar-se porque nas casas velhas ouve-se tudo, os ruídos da noite são enormes, e eles de noite querem dormir, são gente de trabalho. Ora ele, de noite, passeia, abre gavetas e armários que o tempo emperrou, acha as palavras e utiliza-as para falar com ela, para falar incessantemente com ela.

«Lá está o doido na conversa», dizem pois os vizinhos antes de taparem a cabeça com o lençol.

Revista Silex n.º 3, julho 80

OUVIR E FALAR

Diz o povo que a falar é que a gente se entende, mas esse entendimento passa-se a maior parte das vezes em circuito fechado por fronteiras e por muitos e variados limites não geográficos. Porque neste nosso século de blocos, alianças, frentes, eixos, amizades, pactos, natos e varsóvias, emigração, turismo e congresso, rádio, cinema e televisão ainda pode acontecer uma coisa tão incrível e tão terrível como esta:

Nos Estados Unidos um homem esteve vinte e oito anos internado em manicómios vários ou, falando mais bonito, em diversos hospitais psiquiátricos. No primeiro desses manicómios, onde deu entrada em 1951, o homem em questão foi declarado atrasado mental, visto que nem sequer sabia falar, limitando-se a produzir uns estranhos sons que nada tinham a ver com a linguagem humana. Ao longo dos anos e dos hospitais para onde ia sendo transferido, os médicos foram-no declarando «extremamente pouco comunicativo», «extremamente atrasado», «indivíduo de linguagem incoerente e despropositada», etc. E isto, como já disse, durante vinte e oito anos. Findos os quais alguém descobriu que o doente era absolutamente são de espírito e o seu único problema estava em não saber falar outra língua que não fosse a sua, o chinês. Tratava-se de um mestiço que não parecia oriental e que emigrara para os Estados Unidos. Logo à chegada fora-lhe, porém, detetada uma tuberculose e tinham-no internado num hospital de Illinois, onde o seu longo calvário começou.

Não passou pela cabeça dos médicos que ao longo desses anos o observaram que a estranha linguagem daquele homem, a tal linguagem «incoerente e despropositada», pudesse ser a sua própria língua. Eram decerto homens cultos e viajados, aqueles médicos, alguns deles, pelo menos. Talvez falassem mesmo duas ou três línguas. Mas por aí ficavam os seus conhecimentos linguísticos.

OUVIR E FALAR

E, embora seja grande a colónia chinesa nos Estados Unidos, nunca tinham ouvido, pelos vistos, falar chinês.

É por essas (e por outras) que eu sou contra os filmes dobrados, tão frequentes em tantos países, e que, na melhor das intenções, remetem o espectador para a sua língua-mãe, sem lhe dar a oportunidade de fazer uma ideia, mesmo vaga, mesmo simplesmente musical, do modo como as outras gentes falam.

O Jornal, 4-5-79

AS DUAS SENHORAS, OS POMBOS E A FITA

NUM CONSULTÓRIO

No dia 5 de junho de 1968

— Pois não acha, senhora Donana?
— Claro que sim. Até já disse lá em casa. Penso exatamente o mesmo, senhora Donalda. Exatamente.
— Somos pessoas sensatas.
— A vida já nos ensinou muitas coisas.
— Eu costumo dizer que já lemos muito no livro da vida.
— Ora aí é que está.
— Um homem que tinha tudo!
— E bonito ainda por cima. Parecia um artista de cinema, não acha?
— É verdade que parecia. E de muito boa gente. Fina. Era católico, sabe?
— Li no jornal e até fiquei espantada. Julguei que os americanos eram... Mas os americanos não são...?
— Também há católicos. Já o irmão, não se lembra?, foi recebido pelo Papa. Mas o que quer? É a ambição de que os conheçam, de que os discutam. É a ambição, senhora Donana.
— É isso mesmo. Querem, como direi?, a glória.
— A glória diz muito bem. Um homem que tinha tudo. Riquíssimo, ainda por cima. Milionário. E olhe que a mãe é que o ajudava, andava pelas ruas a fazer comícios. Veja lá. A mãe.

– Parece impossível. Uma mãe.
– Li eu. Ela mesma. Depois queixam-se.
– É. Depois queixam-se.
– Claro que faz pena.
– Sem dúvida. Tinha dez filhos. Ou onze.
– Pobres crianças. Pobres inocentes, eles é que vão sofrer.
– É a vida.
– É o critério que eles têm da vida. Gostam de dar que falar, de ser conhecidos...
– Ora aí é que está, senhora Donalda.
– Um homem que tinha tudo.
– E bonito ainda por cima. Parecia um artista de cinema.
(Etc., etc., etc.)

Diário de Lisboa, 5-6-69

AS DUAS SENHORAS, OS POMBOS E A FITA

Num café onde faço horas ouço sem querer duas suaves senhoras de idade já frágil mas ainda elegantes, uma de cabelos brancos-brancos, outra de cabelos brancos-loiros, que bebem lentamente o seu carioca, fumam um cigarrinho e falam de coisas doces como filhos realizados, netos muito inteligentes, bisnetos superdotados, casamentos muito bons, gente muito fina. A conversa desliza fácil e agradável, maravilhosamente chata. Até elas chega um raio de sol, e dentro dele mas para além de uma vidraça três pombos procuram que comer nos estéreis rinquinhos de terra entre as pedras, onde qualquer migalha pode ter ficado metida, eles lá sabem.

Que beleza falar de coisas assim e também, já agora, de seres alados como os pombos (já que os anjos não vêm a propósito) e nunca por nunca ser das terríveis coisas da vida, das vidas. Até

AS DUAS SENHORAS, OS POMBOS E A FITA

porque nunca houve decerto para elas nem para as famílias delas – basta ouvi-las – vida difícil, amanhã incerto, ordenados de dieta, reformas de fome, desemprego. Mas, e a morte? E a morte tão perto de ambas? Não iria a morte surgir ali, de repente, por entre toda aquela feliz gente fina? E sempre surgiu. Embora nada ameaçadora. Graciosa mesmo.

– Onde estarão os corpos, enfim, as ossadas de todos os pombos que morrem em Lisboa? Terão eles o seu cemitério como os elefantes? – disse a de brancos-brancos cabelos. E as suas palavras tinham atravessado um bonito sorriso tranquilo e desinteressado, de sorrir por sorrir.

– Que ideia! – também riu a outra. Mas, de súbito, ficou séria. – Onde estarão eles, de facto? Nunca tinha pensado nisso... É que nunca vi um pombo morto na rua. Ora eles...

– Serão comidos pelos gatos? Pelos ratos?

– Oh! Que ideia mais mórbida! – disse estremecendo a de cabelos brancos-loiros. – Deixa lá os bichinhos tranquilos e vamos indo que são horas. Detesto entrar com as luzes apagadas.

Pagaram, levantaram-se, atravessaram a rua cautelosamente por entre o esvoaçar dos pombos e o deslizar dos carros. Como as segui com os olhos, ainda as vi entrar no cinema onde se exibia para pessoas não impressionáveis a *Torre do inferno* ou o *Tubarão*, já não sei bem mas era uma coisa assim.

O Jornal, 9-2-79

ELES, FELIZES

Admiro-os incondicionalmente, enfim, é um modo de dizer, admiro-os muito. Quando vejo um, quando o ouço, fico logo atenta, deslumbrada, não me arrancam dali. É que não há tantos como isso, perfeitos, quero dizer, sem nenhuma manchazinha de hesitação, de receio, de desconfiança das próprias possibilidades, de crença nas dos outros, de medo, enfim, do ridículo. Não há muitos, não, mas, quando existem, eles são uma das maravilhas da criação. Estão sempre a conseguir o negócio do ano, a escrever o livro do século, a partir amanhã para Garut ou a chegar ontem de Penang, sabem todos os segredos políticos (o X ainda ontem lhe disse... amanhã jantam com o Y e hão de perguntar-lhe...), compuseram uma sinfonia admirável, ao nível de Beethoven, você verá (nós veremos – veremos?), são aparentados – pois não sabíamos? – com o Kissinger ou com o Pompidou. E por aí fora.

Mitómanos, chamam-lhes alguns. Mentirosos, dizem outros. E sorriem com superioridade. Com superioridade, vejam lá.

Não compreendem que eles são eleitos dos deuses, os milionários de mãos vazias, os que possuem o que não existe, os que realizam em voz alta os sonhos secretos, envergonhados, silenciosos, que às vezes nos visitam. Pegam neles sem receio, erguem-nos do nevoeiro e exibem-nos, triunfantes, à luz do dia, dando-lhes rosto, voz e uma verdade, embora momentânea. E durante um minuto, uma hora quem sabe?, o milagre aconteceu e eles foram felizes, saudavelmente realizados, durante um minuto ou uma hora foram, pois, os autores gloriosos do livro do século (quem é Sartre, quem é Sarraute, quem é Malraux depois daquele livro?), fizeram o negócio fabuloso que os vai transformar numa espécie de Onassis ou de Rockefeller, tratam por tu A e Z, conhecem os recantos mais caros ou mais exóticos do mundo, nunca vistos nem ouvidos pelo interlocutor estupefacto, estático de pura admiração ou completamente incrédulo, mas isso que importa se aquele homem – aquela mulher – fala para se ouvir, ouve-se como se as suas palavras fossem música e é – enquanto aquilo dura – feliz?

Diário de Lisboa, 16-1-73

PERPLEXIDADE

A criança estava perplexa. Tinha os olhos maiores e mais brilhantes do que nos outros dias e um risquinho novo, vertical, entre as sobrancelhas breves. «Não percebo», disse.

Em frente da televisão, os pais. Olhar para o pequeno *écran* era a maneira de olharem um para o outro. Mas nessa noite, nem isso. Ela fazia tricô, ele tinha o jornal aberto. Mas tricô e jornal eram álibis. Nessa noite recusavam mesmo o *écran* onde os seus olhares se confundiam. A menina, porém, ainda não tinha idade para fingimentos tão adultos e subtis e, sentada no chão, olhava de frente, com toda a sua alma. E então o olhar grande e a rugazinha e aquilo de não perceber. «Não percebo», repetiu.

«O que é que não percebes?», disse a mãe por dizer, no fim da carreira, aproveitando a deixa para rasgar o silêncio ruidoso em que alguém espancava alguém com requintes de malvadez.

«Isto, por exemplo.»

«Isto o quê?»

«Sei lá. A vida», disse a criança com seriedade.

O pai dobrou o jornal, quis saber qual era o problema que preocupava tanto a filha de oito anos, tão subitamente confrontada com a vida. «Diz lá.»

Como de costume, preparava-se para lhe explicar todos os problemas, os de aritmética e os outros.

«Tudo o que nos dizem para não fazermos é mentira.»

«Não percebo.»

«Ora, tanta coisa. Tudo. Tenho pensado muito e... Dizem-nos para não matar, para não bater. Até não beber álcool, porque faz mal. E depois a televisão... Nos filmes, nos anúncios... Como é a vida, afinal?»

A mão largou o tricô e engoliu em seco. O pai respirou fundo como quem se prepara para uma corrida difícil.

«Ora vejamos», disse ele olhando para o teto em busca de inspiração. «A vida...»
Mas não era tão fácil como isso falar do desrespeito, do desamor, do absurdo que ele aceitara como normal e que a filha, aos oito anos, recusava.
«A vida...», repetiu.
As agulhas do tricô tinham recomeçado a esvoaçar como pássaros de asas cortadas.

O Jornal, 2-10-81

UM HOMEM

Ei-lo na escola-repartição, pelos séculos dos séculos. E desde que o mundo é mundo. Porque o mundo, dissessem as pessoas o que dissessem, tinha sessenta e um anos, afirmou ele num dos seus últimos dias. Na escola-repartição, pois. Entrava às nove, saía às seis, com intervalo, naturalmente, à hora do almoço. Era bem-comportado, bem-educado com os seus superiores, seria uma injustiça não ter o peito constelado de medalhas. Tinha-as, pois claro, embora invisíveis, feitas de palavras ou de pensamentos: «bom empregado», «tipo de confiança», «dedicado à casa», coisas assim. Na escola tinham-no ensinado a não soprar a resposta certa aos outros e assim continuou. Também o tinham feito um dia chefe de turma e competia-lhe acusar os irrequietos, o que fez sempre. O seu grande cuidado – um dos seus grandes cuidados – era não precisar de cábulas e não fazer nada de que pudesse – ele – ser acusado.

Era um homem extremamente atento ao que o cercava. Não porque tal coisa o interessasse, mas para se manter incontaminado, bacteriologicamente puro, enfim. Movimentava-se – pouco, verdade seja –, mas sempre protegido pela sua redoma. Um dos seus truques

– havia quem o tomasse por estupidez, mas não, era simplesmente uma recusa consciente, calculada –, um dos seus truques, pois, era não pensar nas coisas que tinham o perigo de mudar de cor após reflexão. Era por isso um homem cheio de certezas tranquilizadoras. Havia os bons, havia os maus. Havia os que tinham razão e os que não a tinham. Havia acima de tudo ele, integrado num conjunto – nós – bons – e havia os outros. Tudo aquilo em compartimentos estanques. E nada de tonalidades de transição de uma cor para outra.

Um dia, ao fim da tarde, não se levantou da carteira-secretária onde morava, porque a corda do relógio, sempre tão certo, se quebrara de repente, sem prevenir. As pessoas em volta ficaram espantadas. Mas houve quem se sentisse contente. Não o disse, porém, nem mesmo a si próprio. O ritual da morte não consente tal coisa. Portanto, durante alguns dias as qualidades daquele homem foram muito faladas.

Diário de Lisboa, 9-5-73

LEITOR NO METROPOLITANO

Um livro aberto e um homem atento, absorto na leitura. Um homem modesto, diga-se de passagem. Eu, um pouco distante dele, no metropolitano. Só conseguia ver a capa do volume recostado em ângulo obtuso sobre uma hipotética vertical e a lapiseira *Bic* com que de vez em quando ele tirava breves notas à margem, movendo os lábios ao de leve, como quem reza. Mas talvez não fosse à margem que ele fazia as suas anotações. Talvez sublinhasse esta ou aquela frase que o tivesse impressionado de momento ou que não tivesse compreendido bem e deixasse para uma nova leitura, mais tranquila, ou até uma frase da qual discordasse. Gosto de ver as pessoas a riscar livros, embora não com lapiseiras *Bic*, claro está. Riscar um livro é uma espécie de diálogo que se trava. Um livro imaculado pode significar respeito mas também frieza, desatenção, pressa de chegar ao fim.

O homem, portanto, e o livro aberto e a lapiseira *Bic*. Não importa que livro. Em todo o caso um livro do qual gostei muito há muitos anos e do qual aquele homem estava agora a gostar, tanto que conversava com o autor por meio de sublinhados, ou até era possível, de palavras.

Era um homem modesto, já disse, e que não lia com facilidade, por isso aquele bichanar, por isso aquela lentidão. Abrira o livro no Rossio, no Parque ainda não tinha voltado a página. E no entanto levara-o consigo e lia-o durante o breve percurso que todos os dias tinha que fazer entre o emprego e a casa. E pensei que isso era admirável.

Mas a minha paragem aproximava-se. Levantei-me, olhei maquinalmente ou com curiosidade para o livro, agora que passava por aquele homem. Um homem que afinal preenchia, pensativo, concentrado, hesitante, bichanando hipóteses. Calculando possibilidades, o seu Totobola semanal.

Diário de Lisboa, 20-7-68

INTERROGATÓRIO

– Quando nasceu? – perguntaram ao homem.

Ele hesitou ao de leve antes de dar uma resposta. Porque «quando teria sido mesmo que eu nasci?», interrogou-se. E ao mesmo tempo que dizia uma data, pensava que era mentira, que não nascera no dia do Cartão de Identidade de modo nenhum. E, já agora, quando teria morrido? Porque era vida, aquilo? Estava só, estava quase na idade da reforma... Quando teriam essas coisas acontecido? Em que dia, de que mês, de que ano?

– O que faz? Enfim, qual é a sua ocupação?

AS DUAS SENHORAS, OS POMBOS E A FITA

Qual seria, vendo bem? Passara oito horas por dia, de quase quarenta anos, sentado a uma velha secretária, a ler, a escrever, a fazer seguir para quem de direito papéis para ele completamente vazios de sentido, desertos. Fora aquele o seu lugar neste mundo, que tristeza. Como se fizesse parte de uma enorme corrente e fosse um simples elo, o mais pequenino de todos os elos, e o dono da corrente nem mesmo soubesse da sua existência.

– Sou empregado de escritório – respondeu em voz baixa.
– Tem vivido sempre em Lisboa?
Vivido?
– Sim – disse. Mas ao mesmo tempo pensava outra vez se teria, na verdade, vivido aqui ou noutro lugar qualquer, se a sua longa existência cinzenta, passada entre a secretária onde trabalhava, o autocarro onde viajava e a cama onde dormia, podia mesmo chamar--se vida. Pensando bem, nunca lhe acontecera nada, ou tão pouco...
– Tem família?
– Uma filha – disse. Uma filha, pensou, que raramente o procurava, um neto que mal conhecia, que achava sempre enorme porque só o via pelo Natal.
– Alguns bens?
Hesitou de novo, depois sorriu. Bens... Houvera um casinhoto na terra dos pais, que um dia tinha vendido. Dois palmos de terra, há quantos anos? Nessa altura ainda pensava que havia de fazer isto e aquilo e que aquele emprego era transitório.
– Os terríveis empregos transitórios – disse.
– O quê? – espantou-se, na sua frente, quem fazia as perguntas.
– Desculpe, estava a pensar noutra coisa. Não, não tenho bens.
– Pronto – declararam. Estavam satisfeitos.
– Boa tarde – disse o homem.
– Boa tarde – responderam-lhe.

O Jornal, 18-12-81

DIÁRIO

Uma família no Tamariz em domingo de sol outoniço. Cabelos loiros, as peles ainda levemente rosadas. Uma certa maneira arrastada de falar. Crianças bonitas, desembaraçadas, por ali, brincando. Uma mulher passou, parou, disse: «Olá!» Era morena e miúda e vestia uma coisa qualquer amarrada na cintura, preta com pintas verdes e lilases.

«Que é feito?», disse a outra. «Aos anos, não é? Senta-te um bocado. O meu marido... A... Fomos colegas. Senhor, o tempo!»

A recém-chegada não se sentou mas deixou-se ficar um pouco como se isso lhe soubesse bem, como se assim, olhando para a antiga colega, regressasse um pouco ao passado.

«Tens visto alguém de lá?», perguntou.

«Tenho. No S. Carlos, em casa de amigos comuns. Continuei a dar-me com a Clarinha, lembras-te da Clarinha? É madrinha do meu pequeno mais velho. Tens filhos?»

A outra disse que não, que não tinha filhos. E mudou rapidamente de assunto, ou melhor, voltou atrás. Que nunca mais tinha visto ninguém. Também era raro sair. Hoje tinha sido uma festa. «Viemos com uns amigos, estão ali adiante, na praia.»

«O teu marido?»

«Também lá está. Nunca temos tempo para nada. A vida, não é verdade? Bem, vou indo.»

Mas ainda ficou. Melhor, foi partindo mas tão lentamente que nem se dava por isso. Aquilo era vagaroso embora implacável como o tempo. Acabou por dizer:

«Então, adeus, Guida, gostei muito de te ver, estás na mesma.»

«Ora! Não era mau, não. Na mesma, vê lá tu.»

Mas sabia que o que a outra dizia era quase verdade, que estava quase na mesma.

«Aparece.»

«Um dia, talvez.»
A outra afastou-se, foi até lá adiante, desapareceu.
A mulher ficou pensativa, depois disse:
«Não consigo lembrar-me do nome dela. Também, não tem importância. Naturalmente nunca mais a vejo.»
«Disseste-lhe que aparecesse», lembrou o marido.
«Coisas que se dizem. Nem lhe dei a morada nem ela a perguntou, reparaste?»
O marido tinha reparado.

Diário de Lisboa, «Suplemento Mulheres», 9-11-71

UM HOMEM INCRÉDULO

Um homem que não acredita, que se recusa terminantemente a acreditar. É, às vezes, tamanha a sua indignação que, de início, nem explicações dá, não é capaz, faltam-lhe as palavras, tropeça, gagueja. Que não pode ser, diz por fim quando consegue falar, que não pode ser e pronto. Como querem que ele acredite em coisas impossíveis? Se nunca acreditou em fantasmas nem bruxas nem na sorte grande que lhe há de sair um dia, porque havia de acreditar em coisas dessas?

Que dê um exemplo, dizem-lhe para o ouvir, quem fala já conhece as suas razões.

– Sei lá. Pega-se no jornal, no rádio-jornal, no telejornal e pronto. É raro o dia em que não aparece uma, às vezes mais. Se acreditasse, entrava no jogo, começava a achar tudo natural. E aí está uma coisa que eu recuso. Terminantemente. Se entrasse nele, no jogo, até era capaz de achar natural que...

– O quê?

– Sei lá. Tudo. Olhe! (E agita um jornal.) Você leu? Que *A* disse isto. Que *B* fez aquilo. Quem terá inventado estas coisas? Sim, porque você não acredita decerto...

– Claro que acredito. *A* disse e *B* fez.

Gagueja de novo.

– Como se eu, um indivíduo normal, nem inteligente nem estúpido, nem bom nem mau, *vulgaris de Lineu*, enfim, pudesse aceitar como verdade... Ora, ora, meu amigo.

– Vem em todos os jornais escritos e falados.

– Vem mal explicado. Você leu mal. Eu li mal. Todos lemos mal. Não pode ser. Acho espantosa esta gente que acredita em tudo o que lhe contam. Espantosa. Olhe, sabe que mais? Boa tarde.

E foi-se embora zangado com o mundo.

O Jornal, 30-3-79

CONVERSA COM UMA ESTÁTUA

Coisas há que estranhamente recordamos.

Coisas sem importância. De nascer e morrer logo de seguida, como é normal. Mas não, ei-las que perduram, enquanto tantas outras, importantes, graves até, e que nos dizem respeito, se vão dissolvendo ao longo dos dias.

Passo, por exemplo, num jardim, olho para uma estátua, mais concretamente para um busto em seu pedestal, depois para um homem qualquer que vai a passar, de gabardina clara, se possível, e volto a ver com relativa nitidez a imagem. E a escutar de novo as palavras com que o homem insultou a estátua.

Porque foi isso mesmo. Um homem a insultar uma estátua. E daí, talvez insultar não seja a palavra certa. A dizer-lhe, isso sim, umas verdades.

AS DUAS SENHORAS, OS POMBOS E A FITA

É possível que estivesse um pouco bêbado ou fosse um pouco louco, mas se assim era não se dava por isso. Era um homem de aparência normal, nem alto nem baixo, nem novo nem velho. Não gritava, não esbracejava. Falava em voz calma, dizia pois umas verdades à estátua, só isso.

– Eras uma formiga e não sabias – dizia ele, por exemplo, de dedo apontado. – Até eras capaz de ter um ar importante e falar de papo. Estátua e tudo, ah! Não te bastava nome numa rua... Uma estátua, vejam lá. Mas desapareceram todos os que te conheciam. Ninguém sabe, podes crer, ninguém. Nem eu, que estou aqui a falar contigo.

Olhou para duas ou três pessoas que tinham parado, e o seu olhar deteve-se num miúdo.

– Olá, miúdo, sabes por acaso quem foi este figurão?

O miúdo nem respondeu, de siderado. Era pequeno e andava por ali a descobrir a vida. Um homem a ralhar com uma estátua, nunca tinha visto. Estava, pois, de olhos muito abertos e atentos. Aprendia.

– E os senhores, sabem?

Como ninguém lhe respondesse, considerou o silêncio uma resposta suficiente, disse «estás a ver?» e foi-se embora, de gabardina ao vento, como que liberto de um grande peso.

O miúdo ainda ficou a olhar, talvez à espera de que a estátua dissesse por fim o que quer que fosse. Mas a estátua, se não era surda, muda era de certeza, e ele depressa desistiu, até porque a realidade o solicitava na figura de uma bola em trânsito.

E é tudo.

Nunca soube de quem era a estátua. Quanto ao jardim, perdi-o na confusão dos jardins. Mas a imagem e as palavras resistiram à usura do tempo. Porque há coisas antigas e sem importância que, não se sabe porquê, ficam assim, como que à espera de ser lembradas.

O Jornal, 12-5-78

NO CINEMA

A senhora alta e alourada, um pouco forte, já não muito nova (ah, estes eufemismos são o sal da vida!), olhou-me de passagem, deteve o olhar em mim, sorriu-me amavelmente, disse «como está?» antes de se sentar na fila em frente, na cadeira em frente. Ei-la pois entre mim e o *écran*, não posso esquecê-la por mais que queira, até porque a sua cabeça (cabelo amplo, fofo, arredondado, recém-saído, vê-se mesmo, do secador, esculpido por uma nuvem de laca) me impede de seguir o fio ao discurso, porque o filme é americano e para mim inglês da América é chinês. Sem legendas, nicles.

Agora, no intervalo, vejo-a de perfil. Fala com a pessoa que a acompanha e trata-se de ar condicionado e de uma casa com muito sol e de outras sem sol nenhum (uma maçada, no inverno, se bem que no verão...), não sei, nem me interessa, claro, qual delas é a casa da senhora em questão. Conheço-a, pois claro, não conheço eu outra coisa, mas de onde? Já falei também com ela, a sua voz, não direi que me seja familiar, mas é, sem dúvida, minha conhecida. Já que não consigo ler as legendas, por mais esforços que faça (perco sempre a metade da esquerda e da direita ou a parte central), começo a pôr hipóteses. Onde encontrei eu a senhora alta e alourada? Em casa de alguém, de A a Z? Num hotel, no verão passado? Numa praia? Uma médica, uma analista, uma enfermeira? Mas não a vejo, por mais que me esforce, de bata branca, o que também excluiu a hipótese – remota – de termos sido colegas no liceu. Mas na faculdade, quem sabe? Não, também não. Impossível.

Não vejo as legendas, vejo a cabeça da senhora, redonda no *écran*, imóvel e opaca, sem me deixar saber o que se passa. Desisto. À saída, agora na coxia central, sorri-me de novo.

– Ao tempo que não a via. Que é feito de si?

– Cá estou – respondo cautamente.

– Eu passei estes dois anos na quinta, um horror.

– Ah, sim? – espanto-me um pouco, levezinho. (Na quinta? Que quinta?)
– Um ho-rror!
– Compreendo.

Não compreendo. Avança um pouco, eu recuo porque alguém se interpõe. Faz-me um adeus amigável, desaparece. Claro que continuo sem saber quem é a senhora que não me deixou ver o filme. É uma pessoa perdida no passado, uma figura sem nome. Porque o passado mistura nomes e rostos que às vezes nunca mais se encontram.

Se gostei do filme, perguntam-me. O filme? Ah, o filme, pois claro. Um bom filme, não é verdade? O que vale é que li a crítica e acredito no crítico.

Diário de Lisboa, 21-7-70

TEMPESTADES

Num copo de água, diz o povo. Num copo de água, que é, como quem diz, no corpo – na alma? – de uma criatura. Mas há coisas tão importantes para todos e não só para um, pensam os outros. Que importância teve aquilo?, perguntam, porque são os outros. Mas aí está, para a pessoa em questão aquilo foi importantíssimo, porque ela – pessoa – é o centro do mundo, e tudo o resto gira à sua volta em desprezíveis movimentos de translação. É bom pensar, é bom dizer. Mas quando nos toca pela porta? Mas qual é a nossa atitude quando isso nos toca pela porta? E aí está, quando tal coisa acontece, eis-nos ofendidos, indignados, revoltados. Quando, pelo contrário, nos vêm dizer que somos maravilhosos, que o que escrevemos – por exemplo – é sensacional, que felicidade! Por isso as pessoas sem grandes convicções políticas se deixaram muitas vezes arrastar para situações perigosas ou somente ridículas, porque um dia lhes disseram que elas eram incomparáveis e geniais.

E porque elas, claro está, acreditaram. No fundo de si próprias, uma luzinha bem escondida, ainda envergonhada, acreditou.

Piamente.

Mas a tempestade, a tal, no copo de água. Senhor, a indignação das criaturas. Contra o crítico (destrutivo), contra o colega (invejoso), contra o mundo (ignorante ou mal-intencionado).

No entanto... Não será esse pequeno orgulho, essa vaidade que faz sorrir, necessária ou, pelo menos, vantajosa, útil, enfim, à saúde mental das criaturas? Porque não sei se já repararam que os grandes vaidosos, os que nunca duvidam de si próprios, nem um bocadinho assim (os outros é que têm sempre a culpa, os outros destrutivos, ignorantes, mal-intencionados – às vezes, até é verdade, mas adiante) são muito mais saudáveis do que aqueles que duvidam.

Diário de Lisboa, 26-5-75

FELICIDADE

Era uma mulher qualquer falando com outra, de banco para banco, num autocarro. Há gente de falar alto e bom som, que discursa para todos os presentes ou que dir-se-ia tê-los assassinado a todos, poupando apenas um, não interlocutor mas simples ouvinte. A mulher que falava era deste último tipo, e eu, por exemplo, embora sentada na sua frente, não existia. Só a minha vizinha de banco, que, de resto, se limitava a escutar e a pontuar de vez em quando a prosa da outra com curtas palavras que iam do *sim* sem admiração ao *ah* sem espanto, passando pelo *claro* e pelo *pois*. Só fez uma pergunta, mais nada.

AS DUAS SENHORAS, OS POMBOS E A FITA

Quando entrei e me sentei, já a mulher ia lançada na narração de determinado incidente, melhor, já o tinha narrado e chegara ao fim. Ela e o marido tinham estado dum lado, *eles*, do outro. Repetia com grande convicção o que lhes dissera, as verdades como punhos com que lhes tinha abatido a prosápia e que o seu anjo da guarda lhe ditara. E a certa altura uma frase saiu da amálgama das palavras:

«Eu tenho a minha casa, sou uma senhora.» Aquilo de ser uma senhora devia ter para ela um significado quase místico porque houve um breve silêncio de homenagem. A outra disse «pois», e então ela continuou e agora tratava-se do marido e de como se sentira mal, um homem como ele, uma criatura assim. Tinha tido educação, não era um qualquer.

«Claro», pontuou a outra. E depois perguntou se ele continuava no mesmo escritório.

A resposta veio rápida. «Nem podiam passar sem ele. Havia de ser bonito. Tiveram muita sorte em o encontrarem. Ele também, diga-se de passagem. Nós, enfim.»

Nos seus lugares quinze cadáveres ouviam-na com maior ou menor nitidez, mas decerto razoavelmente, porque ela tinha uma voz forte que não se dominava. O marido é que tivera educação, é bom não esquecer.

Depois saíram. Duas mulheres tão modestamente vestidas. Mas uma delas, pelo menos, a de saia amarrotada e casaco pingão, era uma criatura feliz. Casara com uma pessoa assim, que tinha tido educação, que era indispensável, que tivera sorte, ambos, enfim tinham tido sorte, e ela própria era dona da sua casa, uma senhora. Que até um anjo da guarda possuía, um anjo da guarda, estão a ver?

Diário de Lisboa, 31-7-72

ESTEJAMOS ATENTOS

Cuidado com o álcool, com o tabaco. Muita atenção ao *stress*. Sejamos cautelosos na estrada. Vigiemos o colesterol. É aconselhável fazer de vez em quando um *check-up*. Não nos deixemos engordar. Os alimentos devem ser criteriosamente escolhidos. As gorduras, os açúcares, o sal, o excesso de peso são um perigo para a saúde. O cancro do pulmão espreita-nos. E as doenças do coração. E as circulatórias. E a cirrose. Estejamos atentos. Se nenhum destes males, tão ameaçadores, nos levar, se conseguirmos escapar a todos eles, talvez sejamos eternos. Ou, pelo menos, talvez possamos receber condignamente, cheios de saúde e amor à vida, as bombas atómicas ou de neutrões, que, com tanto esforço e dinheiro, são construídas e aperfeiçoadas em nossa intenção. E recebê-las em bom estado físico é o menos que podemos fazer para corresponder a tanta dedicação do homem pelo homem.

O Jornal, 25-9-81

NO METROPOLITANO

Sentada num dos bancos da ponta da carruagem, olho para o banco fronteiro, momentaneamente deserto mas para o qual se precipitam em grande alarido três rapazinhos entre os onze e os quinze anos, daqueles que se julgam engraçados e gostam de dar espetáculo e também de rir à custa das outras pessoas sem olhar a quem. A ideia era apertarem-se muito uns contra os outros, de modo a deixar livre o maior espaço possível. Quando alguém se preparasse para se sentar, afastar-se-iam e diriam que o banco era só de três lugares. Enfim, não tinha graça nenhuma mas eles estavam entusiasmadíssimos.

O primeiro (e único) a cair logo foi um homem de muita idade. Veio atravessando com esforço a massa humana, bem densa àquela hora de ponta, e ia sentar-se, decerto com um suspiro de alívio, quando o maior disse com um arzinho sonso que o banco era só para três pessoas. O homem ficou perplexo, não percebeu logo que era brincadeira. Ia talvez perceber quando o mais pequenino, decerto impressionado por se tratar de um velho, lhe ofereceu o seu lugar. Os outros fizeram muita troça dele e continuaram, o mais juntinhos possível, à espera da próxima vítima.

Foi então que a mulher gorda, a abençoada mulher gorda, avançou como um carro de assalto ou, pensei depois, como uma defensora dos oprimidos passados e futuros. Uma mulher decidida e sem papas na língua. Devia ter estado como eu, a observá-los e por isso, quando o maior lhe disse em voz macia e com ar muito ingénuo que só havia lugar para três pessoas, ela declarou sem hesitar e em voz alta:

– Chega perfeitamente. Está este senhor, sento-me eu, até fica um lugar vago. Vocês ainda não merecem ser considerados pessoas. São garotos malcriados que mereciam duas bofetadas, só isso. Girem!

O mais engraçado é que giraram mesmo. Resmungando, mas giraram. Poucas vezes tenho visto e ouvido uma voz forte, um ar decidido e uma grande dose de razão, talvez um tanto exagerada, convenhamos, dominarem tão rapidamente as circunstâncias.

O Jornal, 29-12-78

JANTAR NA PRAIA

Era um grupo a jantar no barracão mal erguido sobre a pequena praia deserta àquela hora. Um grupo e mais ninguém, a não ser o proprietário e a mulher deste, que cozinhara a refeição, ambos sentados lá para o fundo a ouvir. Já se estava na sobremesa, e eles, o proprietário e a mulher, descansavam um pouco e escutavam. Estavam decerto fatigados e aquela era uma maneira como qualquer outra de passar o tempo. O mundo vinha ter com eles, ali, durante alguns meses do ano, mas não se davam talvez conta disso. E àquela hora costumavam estar sós. Hoje era uma variante, por isso mesmo o «transístor» estava silencioso. Mulher e marido escutavam, portanto.

– Sim – dizia alguém. – O povo das aldeias mais recuadas sabe, hoje, o que se passa. Há a televisão, há a rádio.

– Será assim? – duvidava outro alguém. – Será assim, amigo? Ouvirão eles mais do que aquilo que desejam ouvir? Os cançonetistas que colaboram com o seu mau gosto, perdão, com o seu gosto não trabalhado, não ensinado, e as rubricas desportivas? Receberão o resto? Aceitarão o resto? Não lhes resvalará pela pele tudo o mais? Darão mesmo por que há mais coisas neste mundo de Cristo?

– Há bons programas, na rádio.

– Há. Mas ao mesmo tempo há programas maus. Basta dar a volta ao botão. Depois há o desporto em doses excessivas. Eu não sou contra o desporto, quando era novo joguei mesmo um pouco de futebol...

Aí, o dono da barraca aproximou-se, sorridente.

– Em que clube jogou o senhor?

O senhor em questão ficou momentaneamente perturbado, depois disse o nome do clube. O dono da barraca lembrava-se de que no ano tal o referido clube ganhara determinado jogo. O senhor em questão assistira mesmo ao desafio e podia dizer que...

E daí por um instante estavam todos a falar de futebol. O dono da barraca ofereceu então uma aguardente de abrunho que foi muitíssimo apreciada.

Diário de Lisboa, 16-10-70

OS LIVROS SEM TEXTO

É uma celebridade indesejada, esta que há anos sofrem alguns escritores vivos ou já desaparecidos, portugueses e estrangeiros, cujos nomes andam, por assim dizer, nas bocas do mundo. Isto é, nas montras das livrarias. Porque só esses, por assim dizer óbvios, interessam ao comprador da mercadoria a que me refiro. Quem compra um desses objetos, pelos vistos decorativos, nunca leu nada que jeito tenha, aposto, e então quer ter a certeza. E daí, quem sabe? Há gente tão estranha neste mundo.

Não é novidade, portanto. Mas hoje entrei numa loja e vi cinco bonitas e sobretudo luxuosas lombadas de cinco livros conhecidos de cinco autores não menos conhecidos. Tudo aquilo, lombadas, capa do primeiro, contracapa do último, folhas, era na verdade uma beleza em cabedal e oiro. Mas abria-se, e lá dentro havia um frasco para *whisky* e dois copos *idem*. Também já vi algures *A Selva* e *Os Capitães da Areia* (creio que eram estes romances mas não tenho a certeza) transformados em caixas para cigarros.

Nunca vi mas li, já não sei onde, que há decoradores que utilizam – utilizavam? – as tais lombadas de cabedal e oiro, a metro, para as suas decorações novo-riquistas. Porque não usavam livros autênticos, isto é para mim um mistério. Ou talvez não. Assim, as almas tranquilas não se sentiam ignorantes nem diminuídas. Estavam acima de tudo. Senhoras de um invólucro luxuoso e de um núcleo tranquilizador. Dentro dele, nada de problemas, só álcool e fumo. Só coisa nenhuma, o vazio a metro.

Diário de Lisboa, 21-2-75

COMEMORAÇÕES

São dias de ilusão, portanto, fora da vida. Apeámo-nos de novo do implacável comboio sem regresso, passámos umas horas verdes em grande ou pequena companhia. O piquenique repete-se todos os anos desde que chegámos e, se não tivermos companheiros para a comemoração, sentimo-nos frustrados. E a solidão nesses dias chega a ser causa de suicídio. Dias de ilusão, portanto, e tradicionalmente marcados para este ou aquele estado de alma. Há, por exemplo, o dia de sermos bons como o pão e perfeitos em família. Nesse dia reúnem-se à volta de uma mesa luxuosa (sempre luxuosa porque o luxo é sempre relativo) pessoas que às vezes durante um ano inteiro se ignoram, pessoas entre as quais o diálogo é impossível. Nesse dia, porém, não se dialoga, come-se, bebe-se, sorri-se abertamente, todos são bons, graciosos, onde as invejas, os egoísmos, as indiferenças, onde? Há também o dia de estarmos alegres porque à meia-noite em ponto tudo vai recomeçar, é como se chegássemos a outro planeta onde só houvesse amor, êxito, saúde, dinheiro. Estamos no país das fadas ou em plena ficção científica. Há ainda o dia em que parentes e amigos festejam, em que nós próprios festejamos, a data pelos vistos importantíssima da nossa chegada a este mundo. E, claro, ainda existem os dias em que é aconselhável divertirmo-nos e o mês em que devemos sair de casa e ir por aí fora até uma praia qualquer, de preferência com muita gente.

Depois, no dia 26 de dezembro, no dia 2 de janeiro, no dia 1 de setembro, noutras datas não fixas ou muito pessoais subimos de novo para o comboio cinzento que nos leva para a vida.

Diário de Lisboa, 20-2-75

TRANQUILIDADE

Num dos dias de maior calor deste verão apareceu no patamar, deitado, sequioso e quase morto (pelo menos assim parecia), um cão arruivado. Todos os que subiam ou desciam a escada paravam, olhavam para o bicho com piedade, pobrezinho, como teria vindo ali parar?, houve quem lhe desse um pires de leite, uma pessoa acabou por o levar consigo não sei para onde.

Há dias, antes do Natal, quando a longa seca terminou e se abriram de par em par as comportas do céu, um homem de água, muito velho e muito trémulo, quase completamente surdo e talvez meio cego, apareceu sentado num degrau daquela mesma escada. Um inquilino tentou expulsá-lo, aos gritos, mas ele, coitado, não ouvia ou não percebia o que lhe diziam e tinha um meio sorriso parado na cara escura e engelhada. Depois, quando o deixaram só, encostou a cabeça à parede e adormeceu. As pessoas iam subindo e descendo mas ninguém pensou em ajudar o velho. Talvez as pessoas andassem mesmo mais depressa do que era seu costume, com receio de que ele, de repente, acordasse e pedisse qualquer coisa, ou fugissem de si próprias ao fugir dele, para não se sentirem culpadas, talvez.

Depois, daí por meia hora o velho acordou, levantou-se com dificuldade e foi-se embora apoiando-se às paredes. As arcadas luminosas do Natal iluminavam-lhe talvez o rosto deserto.

Na escada ficou a marca do seu corpo molhado. E a tranquilidade voltou ao prédio.

O Jornal, 29-1-82

AQUELE HOMEM

Aquele homem tem, como todos os humanos, um mundo à sua medida. E, como todos eles, não o sabe. Só nos damos conta de coisas dessas quando caímos em nós e começamos a pensar nisto e naquilo. Mas no dia a dia... Quem vai pensar, quem vai – se o pensasse – aceitar que o seu mundo é a sua casa (como o diz o azuleijozinho, em tantas paredes), ou o escritório onde trabalha, ou até, faça o que fizer, more onde morar, aquele clube de futebol, sua razão de viver, ideal que defende durante a semana, como se defendesse a pátria?
Mas aquele homem...
Um pequeno comerciante ultramodesto, dono de uma lojinha condenada. Porque a lojinha em questão é uma sobrevivente, ali, na base daquele prédio estreitinho e despintado, velho sem nunca ter chegado a ser antigo, cujo segundo andar já não tem vidros nas janelas, porque o inquilino morreu há um ano e não vai ser substituído. Mas falávamos dele, do homem. Baixinho, discreto, apagado mesmo. Senhor Joaquim ou senhor Francisco, não sei. Um homem sem esperanças de triunfar na vida. Tem sessenta anos, é viúvo, não teve filhos, só um vago sobrinho tão apagado como ele. Vê com um sorriso triste, de desistência, as antigas «freguesas» passarem sem hesitação a caminho do supermercado recém-aberto, sabe que o prédio onde mora já tem dentro de si, no segundo andar, a morte.
Um homem assim. Como será um mundo à medida de um homem assim? Como será? Discreto, apagado, está bem de ver, um mundo de frustração, de vazio. Um mundo à beira do fim do mundo, ainda por cima.
E não, afinal, nada disso. Entrei há tempos para comprar já não sei o quê e esperei que ele terminasse a conversa em curso com alguém. A certa altura dei atenção, teve que ser, porque a voz dele era, vissem lá, visse eu lá, alta e terminante. E que se ele mandasse... ah, se ele mandasse... Quase deslumbrada escutei o seu programa. E não

pensem que era qualquer coisa. Não e não. Ele muito simplesmente proibia. Isto, aquilo e aqueloutro. Não fixei tudo, era impossível, ou talvez o defeito fosse meu, e, de tão espantada, a minha memória se tivesse recusado a guardar coisas. Não fixei tudo. Mas no que fixei, havia automóveis particulares, motoretas, rapazes de cabelo comprido e gente conhecida (não sei de quê). E falava do alto da sua sabedoria. Se ele mandasse... E não era nesta rua, nesta cidade, neste país. Era se ele mandasse sem fronteiras. Seria cósmico, o seu desejo de mandar?, receei, ouvindo-o lançar as pérolas do seu saber tanto tempo guardado a uma pessoazinha cinzenta, que aquém-balcão dizia que era assim mesmo, assim mesmo, senhor Joaquim (ou Francisco).

Venham cá falar-me, venha eu cá falar-me, de mundos à medida deste ou daquele.

Diário de Lisboa, 15-2-74

A PATEADA

Há dias vi e ouvi uma pateada das antigas. Não venho falar mal da dita porque acho que é uma coisa normal e, se uma pessoa paga o seu bilhete, gosta e aplaude, também pode pagar o seu bilhete, não gostar e patear. É lógico e parece-me indiscutível. Se não se pudesse patear – o que, de resto, aconteceu durante muito tempo –, acho que também devia ser proibido aplaudir, e nós, público, ficaríamos a olhar em frente hirtos e quedos, e os artistas a fazerem as suas vénias finais e o autor a vir ao palco, pois claro, todos sem saberem nada de nada. Agradara, não agradara? Mistério. E só à saída poderíamos talvez murmurar ao ouvido de alguém que aquilo tinha sido uma beleza ou uma grande borracheira. Isto se fossem proibidos os aplausos, o que se me afigura tão lógico como a proibição da pateada.

Entre nós a pateada tem tradição. A certa altura, porém, deixou de acontecer, e as pessoas aplaudiam com entusiasmo, com delicadeza ou por mimetismo. Aplaudiam e vinham cá para fora dizer bem ou dizer assim-assim. Às vezes até diziam mal.

Os autores, os autores e mesmo os espectadores (estes principalmente) têm de refazer a sua educação, no que respeita à pateada. A pateada leal, franca, sem agressividade deve ser bem compreendida, não conduzir à guerra. Ela diz simplesmente: «Amigos, não gostei. Lamento mas tenho que dizer desde já o que penso. Mentiras não é comigo. Depois gastei o meu dinheiro e o meu tempo, vocês compreendem, não é verdade?» E não há razão para aquela menina, que exaltadamente aplaudia, ter tentado agredir o espectador seu vizinho, que exaltadamente pateava.

Sou, pois, pela pateada e pelos aplausos porque ambos revelam amor pelo teatro. Amor certo, amor errado? Para cada um a sua verdade. E que todos a digam. Têm direito a isso, não?

Diário de Lisboa, 2-5-69

A JANELA

Às vezes penso – até porque sou a isso levada pelas circunstâncias – que um bom programa televisivo em que se exponham e discutam ideias, uma boa peça de teatro ou filme excecional são coisas decerto muitíssimo agradáveis, aconselháveis, enriquecedoras, etc., mas não – ai de nós – essenciais à sobrevivência das televisões, esta e outras. Porque todos sabemos de famílias inteiras, sentadas e silenciosas, como que em transe, vendo-ouvindo com igual interesse o bom, o mau e o péssimo. E pergunto a mim própria se a principal coisa que as pessoas (aquelas em quem estou a pensar e que até são muitas) pedem à televisão não será muito simplesmente que ela esteja ali, disponível, presente, preenchendo (mal ou bem, pouco interessa) os espaços vazios, da hora A à hora Z.

AS DUAS SENHORAS, OS POMBOS E A FITA

A maioria das criaturas que possuem televisão não percebe nada do seu funcionamento, mas, na infância e até na idade adulta, aprendeu alguma coisa de fadas, de bruxas e de génios. E a televisão é uma caixa maravilhosa (de Pandora às vezes, é certo, mas adiante), principalmente depois daquela primeira transmissão da Lua, tão fantástica que muito boa gente desconfiou do que viu, ou melhor, talvez tenha acreditado mas do mesmo modo que nos fantasmas do capitão Gregg e do Hopkirk, ou nas bruxas da família Samantha de má memória.

A janelinha que se abriu (tão pouco, tão pouco), ali, onde dantes existia uma parede cega, obriga-nos a olhar lá para dentro até quando estamos convencidos de que é lá para fora que estamos a olhar. Lê-se menos, sabe-se menos, trocam-se menos impressões. E as pessoas conhecem-se muito pior, mesmo as que moram debaixo do mesmo teto. A família, sentada em fila, reúne-se, por assim dizer, no pequeno *écran* que todos igualmente olham. Lá adiante, o génio da caixa muda de aparência, muda de voz quando quer, como quer. Ei-lo que adivinha o tempo para amanhã (via satélite, vejam lá), ei-lo que canta, que joga, que sabe mais do que os outros génios dos outros países (que também sabem mais, com os génios é assim).

Nós (vós, eles) olhamos, ouvimos. Até que a janela, à hora certa, se fecha. O génio, bem-educado, deseja boas-noites aos senhores telespectadores e marca encontro para amanhã à hora do costume.

Diário de Lisboa, 3-1-73

OS PEDINTES RICOS

E, de vez em quando, lemos no jornal que numa cidade qualquer do mundo um pedinte foi preso e lhe foram descobertas e apreendidas no fato que vestia, ou no tugúrio onde morava, somas avultadas. Enfim, somas avultadas para um pedinte. De vez em quando, o pedinte referido até conta bancária possuía.

Mas porque não há de um indivíduo, pergunto eu, guardar o que lhe sobra? Porque há de uma tal atitude – a de guardar – ser aconselhável para todos menos para ele, pedinte? Ora, ele não roubou nada e, parece-me, nunca prejudicou ninguém. Pode mesmo dizer-se que aquele dinheiro é limpo e que, para existir, não houve gente pisada nem magoada. Pelo contrário. Ao dá-lo sentimo-nos muito bons e quase com lugar marcado no céu.

Talvez esse dinheiro não tenha sido ganho – isso é outra história – de um modo muito ortodoxo. Mas a chuva e o frio, e o estar ali ou além, de pé, horas e horas, meses e meses, anos e anos, estendendo a mão à caridade? E tudo isso? Não estou a defender a profissão – que às vezes o é, pelos vistos (mas tão raramente, senhores, que as exceções são notícia) – do pedinte que triunfa, do pedinte à Joracy Camargo. Estou só a pensar que há muitas pessoas com contas bancárias de dinheiro muito mal ganho, muito sujo, que lhes custou muito menos a ganhar, e que nunca ninguém lhes apreenderá. E os seus nomes também nunca serão publicados assim, acusadoramente, nos jornais do mundo.

Estes pedintes com pé-de-meia são acima de tudo, parece-me, perigosos para a tranquilidade das pessoas, porque perturbam, modificam o ambiente a que elas estão acostumadas e que é, por isso, normal. Como se as pessoas verificassem, de súbito, com espanto e com indignação, que alguém que sempre consideraram infeliz (que tinha tudo para o ser, tudo) era afinal de contas felicíssimo, ou que um doente incurável, quase às portas da morte, era ao fim e ao cabo, e como que à falsa fé, saudável como um pero e com uma longa vida na sua frente. Ou que um pobre de pedir, o mais pobre dos pobres, conseguiu essa coisa em todos admirável, mas nele simplesmente traiçoeira, indigna, criminosa, que é amealhar e ter o seu pecúlio. Se há direito de nos fazerem, a nós, pessoas normais, traições assim!

O Jornal, 11-7-80

A CARREIRA

O garotinho veio do campo largo, onde nascera e crescera até aos dez anos, para a rua estreita da cidade antiga, onde uma tia rica e sem filhos ia encarregar-se de fazer dele alguém. Passou, pois, dos seus montes e vales – da cepa torta, da parvalheira, dizia a tia sorrindo, das ruas de terra batida, daquele cheirinho de quando chovia e das redondas noites estreladas, pensava ele com os seus botões – para as meias-tintas, a mornidão, a parede em frente, a falta de ar, o capote negro do céu, a imitação de campo numa varanda exígua e com sardinheiras.

À noite o garotinho ia acendendo estrelas pela casa fora, e a tia gritava apaga as luzes, quando vier a conta da eletricidade é que vai ser bonito. Reticente mas bem-educado – é preciso obedecer à tia, tinham-lhe dito à partida, a tia é que te vai pagar os estudos –, o rapazinho ia-as apagando uma após outra e sentava-se com um suspiro pequenino a preparar as lições para o dia seguinte.

Mas o tempo foi passando e o garotinho estudou para arquiteto, que era, não se sabe porquê, o grande sonho da tia. E pôs-se a fazer grandes casarões esburacados e sem varandas porque o tempo passara e cada vez o espaço era mais precioso. E foi deixando de olhar o céu e acabou por não saber se ainda havia estrelas por entre as luzes da cidade. E às árvores já só as via como ladras de solo útil.

A tia, porém, morreu contente. Ele, de resto, também acabou por se convencer de que era um homem feliz. E, quando as pessoas se convencem de coisas assim, é uma maravilha.

O Jornal, 6-5-83

CONVERSA

– Não calcula a chuva que apanhámos nesse dia. É que foi um autêntico dilúvio. Ficámos todos, *to-dos*, completamente encharcados. Não pode calcular. *En-char-ca-dos*.

A manicura podia, até porque decerto já apanhara chuva muitas vezes, mas, sabedora de que tal coisa não era para ali chamada, mostrava-se extremamente interessada na chuva da *madame*. Esta, de resto, não estava ali para ouvir mas sim para falar. Escutavam-na e ainda por cima arranjavam-lhe as unhas e o cabelo, era de graça.

– Constipámo-nos todos, um *horror*. O mais pequeno foi para a cama cheio de febre. Apanhei um destes sustos, só a mim. Estava a arder, tiro-lhe a temperatura, *39 graus*. Chamei o médico, mas qual, era domingo, e ao domingo, não é verdade?.. Uma *ra-la-ção*. Depois foram os outros, o que vale é que já sou um pouco médica e lá os tratei. E com a criada de férias na terra. As criadas, agora...

A manicura concordou que as criadas atualmente...

– *Um horror*. Ah, aquele dia fica-me de lembrança, pode crer. Já disse ao meu marido, passeios em dias de chuva, acabaram-se.

– E ainda a *madame* tem carro, um bom carro...

– Sim, não é mau, custou cento e oitenta contos, não é mau, mas as crianças não sossegam, querem ir para a rua, é uma ralação. *A-ca-bou-se*.

A manicura concordou que era uma ralação no momento em que dava a última demão à última unha da *madame*.

Diário de Lisboa, «Suplemento Mulheres», 2-3-72

POR EXEMPLO, MARGARIDA

POR EXEMPLO, MARGARIDA

Criada, era assim que se dizia. Não havia nesse tempo outra designação melhor. Criada, pois. Teria vinte anos, era muito magra, de ar adoentado e chamava-se, por exemplo, Margarida. Por exemplo porque com a passagem dos anos o seu nome verdadeiro caiu no rol dos esquecidos.

Margarida chegou a Lisboa desconfiada e desconfiada partiu. Durante a sua breve estada, nenhum deslumbramento, nenhum espanto sequer. Pouco esperta? Talvez fosse pouco esperta, mas era principalmente embezerrada, fechada ao mundo exterior. «Não gosto disto», dizia às vezes com ar zangado cortando um silêncio ou talvez mesmo uma reflexão. «Não gosto mesmo nada disto.»

«Mas de quê?», perguntavam-lhe.

«Desta terra, se isto se pode chamar terra. Não tem árvores, não tem estrelas à noite. O vento nem cheiro tem e a chuva é outra coisa. Não é terra de vivos, parece um cemitério.»

A conterrânea que a mandara vir levou-a um domingo ao Jardim Zoológico e uma noite à revista. Mas ela chegava a casa dos patrões com o ar *blasé* de quem já tudo viu, tudo conheceu. Em melhor, naturalmente.

Era de uma aldeola esquecida, do Norte ou do Nordeste, e para lá escrevia longas cartas difíceis, em letra vagarosa, muito desenhada, decerto a dizer que não gostava «disto» e que tudo o que lhe tinham contado era mentira.

Uma coisa de que gostava, e muito, a coisa de que talvez mais gostava na vida, era de comer. Fazia-o como se não se tratasse de uma coisa normal. Punha a sua mesa devagar, sentava-se com cuidado, alisava a saia, suspirava fundo, talvez rezasse ou se preparasse de qualquer outro modo espiritual para a cerimónia solene que se ia seguir. Depois comia. Senhor, o que ela comia! E lentamente, mastigando bem, saboreando. Às vezes semicerrava os olhos como se tivesse partido para longe e só ali estivesse comendo, o seu corpo transplantado.

Um dia declarou que no fim do mês voltava para a terra, porque tinha a mãe doente, «e a senhora vá procurando criada». E quando mais tarde se foi, vergada ao peso da mala, deixou a quem ficava a impressão primeiro vaga, depois mais precisa, de que viera para Lisboa só para comer, mas que não resistira à saudade.

O Jornal, 30-11-78

NA RUA

Como em certas ocasiões não apetece nada utilizar a palavra senhora e menos ainda mulher, direi que eram duas donas de tempos idos (tão idos como isso? Adiante). Eram, pois, duas donas desses tempos, embora novas e até bonitas, bem vestidas (claro que com a discrição que o momento político aconselha) e as vozes características de uma categoria social muito bem demarcada. Vozes altas, nítidas, definitivas, vozes que dizem o que querem, porque sabem – continuam a saber – que não há consequências graves, digam elas o que disserem.

Era também um homem pobre, já velho. Duas donas muito «bem» e um pobre de pedir, até parece que vai sair daqui uma fábula, mas não, não disponho de nenhum conceito, de nenhuma moral. Um simples caso de rua.

O pobre era velho e mirrado, e a senhora mão, aberta e esquecida era velha também. Ele não pedia, estava para ali quieto e silencioso, à espera de que alguém em trânsito desse por ele. Parecia uma estátua de si próprio, assim encostado à parede de uma tarde de Lisboa. Elas passaram lentamente, e então o olhar da mais alta, azul e frio, deteve-se no pobre, e a cabeça loira e bem penteada voltou-se indignamente para a companheira:

«Que lhes peça a eles!», disse bem alto, agressiva.

E pronto, foi só isto. A estátua manteve-se hirta no seu posto. Porque não ouvia, porque não quis ouvir ou porque já não era capaz disso. Há gente cujos ouvidos, de inúteis ou de exaustos ou de desolados, já não ouvem.

Diário de Lisboa, 24-11-75

ALDEIAS DE GENTE SÓ

Vieram um dia num comboio chamado esperança. Alguns. Outros saíram de casa porque os pais não os compreendiam. Eram de outra geração, às vezes de outra cultura, de outro mundo, os pais. Mas todos eles sonhavam, com uma coisa chamada independência, com um andar ou um pequeno apartamento, enfim, uma casa sua.

Muitos deles nunca irão possuir essa casa tão desejada. Aqueles em quem estou a pensar não casaram, ou divorciaram-se, separaram-se ou enviuvaram. E viver só não é tão fácil! Tão atraente como lhes parecera naquele tempo. Ei-los, a tantos deles, num pequeno quarto com vista para o prédio em frente. Enquanto esperam. O quê? Quem? Quando serão libertos? Esperam, é tudo, nesses grandes e velhos andares lisboetas, do tempo das famílias numerosas e das rendas baratas, transformados em pensões-dormitórios, verdadeiras aldeias de gente só. Acabam por se conhecer todos, por saberem

a vida uns dos outros. Como nas aldeias de onde – algures, pelo menos – chegaram um dia, no tal comboio que lhes parecera verde. De vez em quando há um transitório, porque é estudante, por exemplo, e um dia destes a sua vida vai mudar. Mas os outros? Mas aquela mulher divorciada (ou abandonada), e o cavalheiro respeitável, e a datilógrafa, tão feiinha, e o rapaz que manda tudo o que ganha – quase tudo – à mãe, para ajudar a criar os irmãos, e a senhora viúva, sempre a ler os pequenos anúncios do jornal, sempre a suspirar de desalento porque já não tem, pelos vistos, idade de trabalho?
Aldeias de gente só. Quantas haverá nesta cidade desumanizada?

Diário de Lisboa, 24-4-75

OS DESAPARECIDOS

Por onde andarão as grandes trovoadas de outros tempos, que me atiravam, lívida e apavorada, para os braços protetores da família? O céu de chumbo abria-se em luz, rebentava logo a seguir com fragor, seria o fim do mundo, aquilo? As trovoadas de agora são rápidas e não merecem o meu terror. Não passam de mais uma música de fundo, barulhenta, como tantas outras, há sempre coisas mais importantes em primeiro plano.
Que será feito daquela escuridão assustadora que me obrigava a caminhar lentamente, pé ante pé, pelo corredor fora, de braço levantado em busca do interruptor, de coração inquieto ou petrificado, duro e pequenino dentro do peito? A escuridão agora é menos densa ou talvez menos escura, não mete medo a ninguém. Ou terei aprendido com o tempo ou com os gatos a ver de noite?
Que fim terão levado as lágrimas que chorei por o primeiro dos gatos que tive e que a carroça levou um dia? Se isso acontecesse hoje não choraria decerto a tanta altura e com tanta indignidade. Teria

muita pena, claro, mas chorar... Há coisas mais importantes, tantas, tantas... Tem que existir uma certa hierarquia de valores, aí está uma das coisas que a vida nos ensina.

Onde estará o jardim-floresta com árvores enormes e um possível mistério aqui e além? O jardim, passei por lá ontem para encurtar caminho – que outra razão poderia eu ter para lá voltar senão o de chegar mais depressa aonde tinha que chegar? – é vulgar, com árvores que nem são grandes nem belas. Simples árvores. Quanto aos mistérios, também eles estão no rol dos desaparecidos.

Diário de Lisboa, 4-12-71

TRANSPLANTADOS

Menina sem minissaia nem calças compridas (maxissaia nem pensar nisso, terá oito anos se tanto), menina de saia de pregas a tapar pudicamente o joelhinho magro, porque os pais ainda não são ou nunca serão de Lisboa, transplantaram-se. O pai usa fato-macaco e boné, quer chova ou faça sol, só nos dias de grande frio veste samarra. A mãe, saia comprida, lenço, xaile de lã, em malha aos altinhos. Ela, a menina, um pequeno xaile à sua medida.

A menina toma conta do tabuleiro enquanto os pais se distanciam um pouco, na venda. Sabe o preço das coisas, vai fazendo as suas contas pequeninas e vê-se-lhe nos olhos grandes o receio que tem de que a enganem. Já não é a primeira vez, decerto, e quando isso aconteceu teve que ouvir o pai. Lá em casa todas as moedas são contadas porque o dinheiro é pouco. Gente do campo de repente sem nesga de terra, sem batatas nem couves a ser tratadas, a crescer. Nada cresce, aqui, na cidade. E são secas aquelas moedas do fim do dia, aquelas amarrotadas notas de vinte escudos quase sem cor.

Lá vai a menina pela manhã, de livros na sacola, a aprender contas, imagino eu, porque só à tarde a vejo ali. Deve viver na periferia, numa casa muito pequena ou até num quarto com serventia de cozinha.

Gente transplantada, sem sol nem bom ar, nem terra, como há de ser feliz? No entanto, todos os dias chegam, de lá de onde nasceram – e viveram pior ainda –, às cidades poluídas onde procuram uma existência melhor, onde acabam por ficar até ao fim dos seus dias, porque voltar atrás é prova de fraqueza e, na maioria das vezes, já não lhes é possível recuar e não há mais nenhum lugar para onde ir neste mundo de Cristo.

Diário de Lisboa, 20-2-70

A CIDADE E AS SERRAS

Quase total é o nosso divórcio da terra. Aqui, onde moramos, onde talvez tenhamos nascido, só há pedras, alcatrão, cimento esburacado e vidraça, e as poucas árvores que até agora resistiram à fúria destrutora--construtora dos homens têm as suas secas e tristes raízes mergulhadas em terra-pó sem cor, terra morta, esqueleto de terra. Claro que há os jardins que às vezes ainda se chamam campo. Mas terra de jardim é outra coisa. É terra ociosa, de excelentes famílias e muitos haveres, que não trabalha para ganhar a vida, que vive para se enfeitar com bonitos verdes, sombras agradáveis, flores coloridas. Não é terra, aquilo.

Terra é o que nos dá de comer. Mas as gentes aventureiras vão para as Franças e Alemanhas, as mais sedentárias ficam-se por uma Lisboa, chamada Almada, Amadora, Damaia ou Reboleira, e por outras, satélites menores da cidade grande. Partem em busca de um trabalho mais compensador, menos duro, de uma promoção para os filhos, quem pode levar-lhes a mal?

Nós, os da cidade, é que nunca tínhamos pensado em como éramos os felizes privilegiados, os eleitores, por assim dizer, e, de súbito, as aldeias tão abandonadas, os campos tão desertos deixam-nos com medo. Quem tratará um dia do próprio trigo para o nosso pão?, pensamos pela primeira vez com certo pânico. Estamos habituados a recebê--lo, ao pão, como a um fruto que nasce e cresce e cai sem intervenção humana, a não ser talvez a do homem que no-lo traz a casa. E de repente sabemos que não é assim. E damos connosco e recear por ele e por tudo o que comemos, nós, está bem de ver. Somos um bicho egoísta como tudo, para quê negá-lo?

Continuamos divorciados da terra, claro. Na nossa rua só há três ou quatro árvores miseravelmente raquíticas e descoradas. Mas sentimo-nos receosos. Desde quando? Até quando? Como vai ser um dia?, pensamos.

Diário de Lisboa, 22-2-72

RAPAZINHO NO METROPOLITANO

Ele nunca tinha saído da terra – nem vale a pena dizer que terra é, fui procurar por espírito científico, não vem no mapa. «Fica lá muito ó norte própé da Galiza», explicou-me o rapazinho. É (imagino eu, que disso ele não falou) uma rua mal empedrada com casebres de ambos os lados e ao fundo o largozinho da igreja. Mas não posso afiançar que seja assim. Conheço mal o Norte e, como tal, o espírito científico nem sempre ajuda a cronista, imagino.

«É bonita?»
«Quem?»
«A sua terra.»
Pensou um bocado. «Não sei bem. É a minha terra, não é verdade? Há serras lá por perto.»
«Então deve ser bonita.»

Sorriu. Estava-se mesmo a ver que era essa a sua opinião, embora aqui em Lisboa, e por motivo à vista mais adiante, receasse passar por parvo dizendo o que pensava. Porque Lisboa ainda devia ser para ele o mundo: o seu Brasil, o seu Eldorado. Se ele alguma vez tivesse ouvido falar em Eldorados.

Viera para marçano e dormia em casa dos donos da mercearia. Como eles não tinham televisão, estava havia dois meses – quando aconteceu o que se segue – por assim dizer em regime prisional, embora o ignorasse.

A merceeira levara-o uma vez ao Jardim Zoológico, fora tudo. E então, um domingo em que os patrões tinham saído, meteu no bolso alguns escudos das gorjetas poucas que as senhoras lhe davam e saiu sem dizer água-vai. Embora não se desse conta disso, foi-lhe precisa quase tanta coragem como aos navegadores à conquista do mar tenebroso. Ele também tinha, de resto, um objetivo: passear no metropolitano, onde ainda não entrara porque a merceeira a quem os pais o tinham entregue sofria de claustrofobia, ele dizia um medo danado e talvez estivesse na razão.

Entrou, pois, na paragem que ficava perto da loja e cujo nome sabia de cor, comprou o bilhete, foi atrás das gentes, entrou no comboio, sentou-se. Era hora de lugares vagos.

Foi então que começou o seu grande espanto de estrangeiro na cidade. Porque havia enormes cartazes bonitos e convidativos. «Este é o novo dinheiro, use-o.» «Fulano pensa na sua casa.» «Vá aos Jogos Olímpicos.» Etc., etc., etc.

O rapazinho gostaria de fazer tudo aquilo para que tão gentilmente o convidavam, de aceitar o que queriam oferecer-lhe. Alguém pensava numa casa para ele, que vivia num quarto sem janela, havia um dinheiro novo para gastar, queriam que fosse a uns jogos... Mas como conseguir tudo isso? Como?

Chegou ao fim da linha, subiu à superfície, olhou em redor, mas não estava interessado. Aquilo dos cartazes é que o preocupava.

Desceu de novo, olhou, pensou, voltou para casa. E resolveu perguntar aos patrões como se conseguiam aquelas coisas.

«Foi um arraial de gargalhada», disse o rapazinho. «E então fiquei a perceber. Ninguém dá nada a ninguém. Só assim uma gorjeta de vez em quando porque as escadas custam a subir, não é, minha senhora?»

Diário de Lisboa, 26-4-72

NO JARDIM

Duas crianças num jardim. Cinco, seis anos, mais? Entusiasmadas, brincam dentro do sol do meio-dia, que parece ter caído todo inteiro naquele pequeno largo debruado de árvores espessas. No banco, a mãe loira do rapazinho, loiro também, ou doirado, lindamente vestido por um bom especialista de elegância infantil, olha em frente com espanto, logo com um princípio de indignação. Ela, a garotinha, não trouxe mãe. Está sozinha mas isso não parece preocupá-la grandemente. Já sabe tratar da sua pequena vida, fugir dos pequenos perigos diários que a ameaçam. Aprendeu à sua custa, vai aprendendo. Tem os joelhos magrinhos e talvez a alma, quem sabe, pintalgados de mercurocromo.

Há duas rugas preocupadas na fronte lisa e branca da senhora. Não por haver pessoas diferentes, crianças diferentes, são coisas que não a interessam, tem mais em que pensar, mas porque o seu filho, e isso já é outra ordem de ideias, vai dar entrada numa vida onde há coisas tão chocantes como aquela miúda que está ali a brincar com ele, a falar como fala. Como é possível que os pais... Mas os pais, naturalmente... Há ali perto um bairro de lata...

Agora brincam aos casados, a ideia, claro está, foi da garota. O menino diz em voz macia: «Vou já, querida, não demoro nada, querida. Vou tratar das bebidas.» A pequenita, porém, responde em tom de censura: «Bebidas o quê? Ai a minha vida! 'Tás outra vez é cos copos!»

No seu banco a jovem mãe loira tem um sobressalto e procura o mesmo sobressalto no rostinho do filho. Não o encontra, porém. O menino está entusiasmado, e ela não percebe se eles estão a recitar os seus monólogos em companhia, mais nada, ou se, muito simplesmente, ainda não sabem que pertencem a mundos diferentes. Felizmente diferentes, pensa como quem grita. Não lhe ocorre que eles ainda são irmãos.

Levanta-se então, diz numa voz cuja aspereza não ouve que são-horas-de-nos-irmos-embora. Ele tem um princípio de birra e a miúda fica quieta, tristinha. E despedem-se com um olhar.

Para todo o sempre. Porque aquele jardim, perto de um bairro de lata, foi desde já riscado do mapa dos jardins.

O Jornal, 9-6-78

MIGUEL

No cais, o rapazinho gritou bem alto viva o general Humberto Delgado, e houve um frio. O frio era compreensível, tendo em vista o tempo e o lugar em que decorria o acontecimento. As pessoas olharam decerto com desconfiança para aquela criatura frágil e inquieta que assim gritava por entre a multidão. O rapazinho tinha quatro anos e ia entrar daí a momentos no barco do exílio que o levaria para o grande país de esperança de todos nós, do outro lado do mar. Já não sei quem então mandava nesse país verde, mas era gente de liberdade, pelo menos relativa, gente de se poder respirar livremente e pensar alto e escrever.

Nunca mais vi esse menino, meu sobrinho, agora preso político no Brasil. Entretanto passaram dezoito anos, e dezoito anos é tempo.

A última fotografia sua, via-a neste jornal. Não consigo, no entanto, imaginá-lo no ambiente de pavor para onde o levaram, jovem de vinte e dois anos que pôs de parte (ou que sempre os ignorou) privilégios, egoísmos e lugar ao sol. Um jovem como o são os homens que a seu tempo foram jovens, o que não é tão vulgar como pode parecer à primeira vista. Mas eu recordo-o é menino pequeno, lançando por entre a multidão a sua palavra de ordem.

Diário de Lisboa, 5-11-75

CRIANÇAS

A criança de colo, ou ensaiando os primeiros passos na vida, é intocável, não se censura, não se critica, é bonita ou só bonitinha, enfim, um amor. Mesmo quando pertence a uma classe social inferior. Por ser demasiado vulnerável? Por não ser perigosa? Porque a sua imagem lembra às criaturas os filhos que um dia tiveram ou nunca chegaram a ter? Porque elas se sentem, de súbito, muitos anos antes, junto da boneca que lhes foi oferecida? De qualquer modo, a verdade é que a criança de colo não tem classe social, e as gentes bem pensantes, finas e até ilustres consentem com um sorriso que o bebé da mulher a dias lhes puxe os cabelos ou quebre um prato que não seja de muita estimação.

Em que idade é que o bebé da mulher a dias – um exemplo como qualquer outro – passa a ser garoto, malcriado, insuportável, mas acima de tudo incómodo, em que idade é que o racismo começa a vir ao de cima? Porque, sem nos darmos conta disso, há um racismo. Claro que, quando me refiro ao filho da mulher a dias, ponho de parte os problemas inerentes ao facto de ela, mulher a dias, levar de vez em quando a criança para o lugar de trabalho por não ter a quem o deixe. E de a criança fazer barulho, mexer em tudo, etc.

Não, eu quero referir-me unicamente à maneira de a patroa encarar essa criança e outras crianças.

Há pois o garoto, o miúdo da mulher a dias, e os meninos, os pequeninos, as crianças da sua família ou filhos dos seus amigos. Esses meninos, etc., estão na idade de fazer isto e aquilo, são crianças, não é verdade? E mesmo quando se portam mal, quem tem a culpa são as mães que não os sabem educar. O miúdo da mulher a dias, porém, é desde cedo responsabilizado pelas suas atitudes. Porque ele devia ter a noção de que está numa casa onde só em bebé (nos tempos em que censurá-lo era uma interdição) podia andar à vontade. Porque ele devia saber que o seu único modo de estar, possível, é sentadinho e calado.

O filho da mulher a dias já ultrapassou – quando? – a fronteira para além da qual era intocável. Ei-lo, pois (aos seis anos, por exemplo), integrado na sua classe social.

Quando isso aconteceu não sei. O movimento é lento e invisível como o dos ponteiros do tempo.

Revista *Eva*, julho 73

NA LOJA DE BRINQUEDOS

Olhos muito abertos, enormes, de quem acaba de ver um prodígio. Olhos parados que nem pestanejam com receio de perder tempo ou de que a imagem entretanto se desvaneça. E eles querem, esses olhos, agarrá-la, à imagem, às imagens, não as deixar fugir por nada deste mundo. As mãos estendem-se para lhes tocar, mesmo ao de leve. Mas logo recuam sem insistir, até porque estão habituadas a obedecer e poucas vezes lhes é consentido ultrapassar o «não» dos adultos fatigados e impacientes, para quem uma criança não é um serzinho de luxo mas um homem, ou uma mulher, pequeno, portanto, uma máquina de trabalho em preparação, que cedo se deve habituar à vida. E a vida será a maioria das vezes o «não», o «não pode ser».

Por isso os olhos abertos, enormes, de olhar imenso, deslumbrado, agarram, enquanto é possível, o mais que é possível, a imagem dos brinquedos para os meninos ricos, e a loja de onde saem com um carrinho de pau ou uma mona de trapos. Em dias grandes, naturalmente.

Diário de Lisboa, 9-1-72

BREVE ENCONTRO

A criança é, por assim dizer, rafeira. O cachorrinho, esse, é de raça pura. Mas ambos têm grandes olhos de espanto. O rapazinho usa *jeans* remendados – não por requinte, claro está, mas por necessidade absoluta – e uma blusa pingona cuja cor primitiva é difícil, é mesmo impossível descobrir. Ainda pode, no entanto, ler-se-lhe no peito estreitinho o nome já meio apagado de uma universidade qualquer, americana, está bem de ver. Porque os Estados Unidos, ao que parece, exportaram para cá, nestes últimos tempos, grosas de cultura em *T-shirt*.

Mas o cachorrinho. Tem negros caracóis de astracã e coleira de cabedal com pregos amarelos, uma autêntica joia em coleira. Chama-se, ouvi eu, *Sheik*, e aposto que o nome tem pouco a ver com música e muito com petróleo. O rapazinho, esse, é Zé, nome tão pobre como ele e que nem muitas letras gasta. Um nome poupado, em suma, uma só emissão de voz.

Estão a olhar um para o outro, especados, e é o amor à primeira vista. Sentem-se, sabem-se amigos sinceros. O *Sheik* precipita-se para o Zé, e este faz-lhe carinhos, esquecido das caixas de alfinetes e outros artefactos que tem que vender. Porque é uma amizade para a vida e para a morte.

Mas uma voz a rebentar pelas costuras grita *Sheeeik* de dentro de um bonito carro. O cachorro hesita ao de leve, gane um pouco de entusiasmo e receio. Mas acaba por caminhar, como é dos livros, embora com esforço, com dor, para os hábitos adquiridos, afastando-se cada vez mais da aventura. Os seus negros olhos estão, porém, marejados de cobardia.

O rapazinho dá um pontapé na vida que ali está sob a forma de uma carica e pega de novo na caixa dos alfinetes. Mas nesse dia já não vai ter entusiasmo para o negócio. Está ali por estar.

O Jornal, 28-4-78

OS GOLFINHOS

Deixei de os ver mas não sei quando isso aconteceu. Só que um dia olhei e não estavam ali. Não venham dizer-me que os via, porque nesse tempo, longe, era criança e estava atenta e depois fiquei adulta e tive muito em que pensar. Não e não. As crianças também têm muito em que pensar e os adultos nem sempre estão tão atentos como isso.

Eu, por exemplo, em criança, sentava-me na areia e ficava horas e horas a olhar para o mar, mas pensava, pensava, pensava. Nem sempre estava à espera deles, claro. Às vezes era da serpente no horizonte, riscando o azul do céu, outras, da sereia trazida por uma onda mais forte, outras ainda do barco-pirata-bom. Mas creio que era principalmente deles que eu estava à espera, tão alegres, tão vivos, peixes-aves (ainda não sabia de mamíferos do mar, talvez não soubesse ou me tivesse esquecido, eram férias), mas adorava ter um que fosse meu, como, não o sabia, nem isso importava, ter um mesmo em sonhos, numa piscina não – que sonho luxuoso – mas num tanque que eu própria construía e pintava de azul, fechando os olhos com muita força.

Onde estão hoje os golfinhos? De que fugiram eles? Dos barcos a motor do verão? É possível. Mas no inverno e na primavera e no outono? De que têm medo para nunca mais terem passado, carruagens vivas de um comboio ondulante, emergindo das águas fundas, logo mergulhando?
 Saberão? Que são quase tão inteligentes como nós, afirma-se. Há mesmo por esse mundo fora velhas lendas segundo as quais eles conversavam outrora com os humanos. Saberão, portanto, que a morte os espreita nas águas poluídas das praias do mundo? Andarão para além do horizonte ou não sairão mesmo do seu grande e misterioso mundo de água verde?
 O certo é que nunca mais os vi. Um dia, já não sei quando, lembrei-me deles, olhei, mas não estavam lá.

Diário de Lisboa, 19-8-73

35 ANOS

Ele disse: «Tenho 36 anos, sou um homem acabado. Não casei tarde, o meu filho entrou agora para o liceu, mas talvez não possa fazer o curso. Porque sou um homem acabado, não ria, não é coisa para rir. Perdi o emprego, não tive culpa, coisas que acontecem. Ando há uma semana a ler anúncios, a responder a anúncios. E trinta e cinco anos, amigo, é o limite consentido. Não por todos, está claro, mas por muitos. E é bom não esquecer os que exigem carta com ordenado pretendido, e, pois claro, idade. Trinta e cinco anos? Menos? Que interesse tem a idade quando se é advogado ou engenheiro ou professor ou arquiteto? Quando se é médico, mesmo operador? Quando se é qualquer outra coisa? Mas o que é, pelos vistos, proibido é recomeçar, partir do zero, em suma. Nos anúncios encontrei, por exemplo, um lugar de orçamentista, mas só até aos trinta e cinco anos. Vi ainda um auxiliar de laboratório, *idem*. E um contabilista. E mais, e mais. Tudo até aos trinta e cinco anos. Um homem perde o emprego, na minha idade, vai procurar no jornal e recebe como que uma recusa do mundo. Nunca tinha pensado nisso, julgava-me novo e capaz, na flor da vida há quem diga. Na flor da vida. E descobri essa coisa inesperada. Tenho trinta e seis anos e recusam-me, não por incapacidade, ninguém me viu, ninguém me examinou. Porque tenho mais de trinta e cinco anos.»

Despediu-se, encolhendo os ombros. E arrastava um pouco os pés como se de súbito tivesse aceitado a acusação que lhe fora feita.

Diário de Lisboa, 6-8-74

MULHER A DIAS

Fui roubada a vida inteira, disse ela. Lembro-me vagamente (às vezes chego a pensar que foi um sonho) de uma mulher alta e alegre que me chamava menina, a sua menina, e me beijava. O desaparecimento dela foi o primeiro roubo de que fui vítima. Fiquei perdida no mundo. Claro que tudo cresce, mal, mas cresce. E eu cresci. Aos tombos, como é natural. E os tombos foram-se sucedendo. Roubaram-me a infância que não tive – sabe lá a idade com que comecei a trabalhar! –, a casa, a família, a alegria de brincar e de aprender, a escola, o amor, pois claro. Até a recordação do primeiro namorado. Porque o primeiro (primeiro e único) deixou-me um filho. Aos dezassete anos e com um filho. O namorado, esse, desapareceu em três tempos. Não queria sarilhos, está bem de ver. E desejava ser alguém, já não sei em quê mas era numa coisa de desporto. Talvez fosse correr ou andar de bicicleta, como é possível que eu me lembre? Às vezes quando ouço no rádio o nome de tipos que ganham coisas, fico à espera de ouvir o nome dele. Por nada.

Curiosidade. Até gostava que... Mas nunca ouvi. Não deve ter conseguido o que queria, coitado.

Não, não lhe quero mal, até porque a única coisa que não me roubaram foi este filho que é só meu. É tão bom rapazinho, é tão meu amigo. Dá-me tudo quanto ganha... Que eu também me mato a trabalhar a dias. Estuda à noite, sabe? Quer subir na vida e há de subir, tenho a certeza. Se não fosse essa certeza que tenho, se não fosse isso... Casa? Casa nunca tive nem terei. Vivo com o pequeno num quarto, como havia de ser?

Não, nunca me casei nem pensei mais nisso. Aquele, o desportista bastou.

Revista Mulheres, n.º 6, outubro 78

O LIVRO

O olhar da mulher passeou, pensativo, um pouco trocista, valha a verdade, por aquela estante repleta de livros, um exagero, quem sabe. Depois ela declarou: «Só tenho um livro. Foi uma senhora para quem eu trabalhava que mo deu. Há seis anos, quando estive no hospital. Apareceu lá uma tarde e disse: é para se entreter e o tempo custar menos a passar.»

Durante esses seis anos a mulher a dias, contou ela, mudou de um quarto para uma parte de casa, daí para casa da sogra, depois outra vez para um quarto, e outro, e outro.

Mas o livro, pelos vistos, resistiu a todas essas mudanças e nunca por nunca ser ficou esquecido ou foi perdido. Se lhe chamassem a atenção para tal facto, é possível que ela ficasse espantada ou então que o considerasse sem importância, risível. Um objeto que ela talvez tenha ao lado de uma jarrinha com flor de plástico e de uma pequena moldura com retrato-recordação. Mas quem sabe se o livro não é, sem ela se dar conta, a sua modestíssima quota-parte cultural nesta vida?

No dia em que disse aquilo de só ter um livro, perguntou a quem a ouvia: «Já leu? É muito bonito. Chama-se *O Amor de Perdição*. O autor é, deixe-me pensar, Camilo... Camilo de...»

Recearam o pior e propuseram-lhe logo o Castelo Branco. Aceitou-o sem espanto e até falou na Ana Plácido. No entanto, a mulher a dias só tinha aquele livro e lera-o porque estivera imobilizada numa cama. Depois, talvez o houvesse relido, mas aos pedacinhos, às escondidas, com a convicção de estar a roubar tempo a alguém ou até a proceder como uma tonta. Porque no seu ambiente o tempo não é de leituras.

Diário de Lisboa, 21-10-74

À ESPERA

PESCADOR

Tranquilo e feliz o velho pesca à linha. A seu lado uma criança pequena e palradora. Ele, porém, não a ouve e tem nos lábios um sorriso que ficou esquecido e já não é sorriso, só gesto, marca, ruga, mais uma naquele rosto que o sol deve ter curtido ao longo da vida. Olho-o mas não penso num pescador profissional, que esses não gastam o tempo de ganhar o pão a pescar assim, peixe a peixe, sonho a sonho, mas num pescador de horas vagas, dos que passam meses, quase diria anos das suas vidas, sentados num rochedo, à espera, e que conhecem, ou julgam conhecer, os lugares mais propícios, o tempo mais favorável, as melhores marés.

O velho está, pois, a pescar e ao seu lado a criança, tão pequena que ainda não sabe fazer troça dele, diz coisas sem sentido e bate as palmas. E ambos sorriem sorrisos diferentes que ainda ou já não são deste mundo onde a criança vai entrar e de onde o velho vai sair, deste mundo de que os breves e ingénuos adultos-formigas se imaginam os senhores e o centro.

O velho pesca e as pessoas passam por ele e riem, às vezes param mesmo para rir melhor, mais comodamente. Porque ele está sentado no degrau de uma porta daquela rua estreita e escura da cidade, o seu mar é o asfalto e a sua cana de pesca um cabo de vassoura. O velho, porém, não dá pelas criaturas trocistas, de pés firmes no momento presente e que sabem que nunca vão envelhecer assim, que nunca mesmo vão envelhecer. E que por isso riem sem medo nem amargura nem remorso.

O Jornal, 15-9-78

O INSTINTO DE SOBREVIVÊNCIA

Era magra e desidratada pelos vendavais da vida, que tantas vezes secam corpos e almas. Mirradinha. A pele apagara-se-lhe como os cabelos, como os olhos que talvez tivessem sido luminosos, como a voz, bela, quem sabe, um dia, e irresistível. Uma folha ao vento também, uma folha seca que se encostava às casas para não se deixar arrastar. Era uma poeira ainda com forma – durante quanto tempo? –, um esqueleto fraquinho, já curvado, ainda próximo da vertical mas sem poder regressar a ela. Nunca mais. Dentro da sua cabeça as ideias também tinham ficado lentas e amolecidas, misturadas, confusas. Isto ou aquilo acontecera mesmo ou fora ela que o pensara um dia? Tinha conhecido tal pessoa, ou não teria, muito simplesmente, ouvido falar dela? Seria essa pessoa um ser humano ou o vago habitante de um sonho qualquer? Em que ano nascera? Quantos anos tinha? Quantos filhos tivera? Quantos netos? Sabia lá.

Vivia num pequeno quarto interior por bondade da senhora de quem em tempos fora costureira. À noite, quando não havia visitas, deixavam-na ver televisão, sentada numa cadeirinha ao pé da porta, mas ela adormecia quase sempre e então acordavam-na, diziam-lhe um pouco agastados que se fosse deitar. Para se tornar útil fazia recados sem responsabilidade: ia comprar cigarros, meter uma carta no marco, buscar o jornal, coisas assim. Sobrevivia.

E então há dias ia ficando atropelada. De tão esquecida de tudo, não olhou para os lados, não deu pelas luzes. O homem do carro gritou-lhe: «Então, avó! Tudo isso é vontade de morrer?»

Morrer? Quem tinha dito morrer? Parou assustada, com o coração aos pulos dentro do peito. Escapara por milagre. Por milagre. Senhor, como, de súbito, se sentiu feliz por estar viva! «Obrigada, meu Deus», pensou em voz alta. Há muito que não se sentia tão feliz. Embora essa felicidade fosse, como é natural, modesta, pequenina, incerta.

Quando chegou a casa quis contar o que se passara, mas na altura não puderam dar-lhe atenção. Mais tarde, quando lhe perguntaram o que era, tinha-se esquecido.

O Jornal, 21-3-80

CENA DE RUA

Era uma velha senhora feliz e sofria do coração, ou antes, tinha um coração que a idade havia tornado frágil. Os que a amavam (porque na hora já tão antiga da atribuição dos dons lhe fora concedido o de ser amada) diziam que ela não podia incomodar-se e embrulhavam-na, por assim dizer, em algodão, para que as pontas e as arestas da vida a não magoassem. Ela deixava-se manipular sem luta e tinha nos lábios um sorriso contrafeito que dizia: Sou velha, desculpem a maçada, coisas que acontecem...

Um dia ia a atravessar uma rua, devagarinho como sempre, e por pouco não foi atropelada por um carro que vinha demasiado depressa, obliquou para fugir dela e foi apanhar, mais adiante, um rapazinho. Ela deu um grito e aproximou-se como pôde do magote que rapidamente se formara em torno do pequeno fardo azul, tombado no chão. E as pessoas diziam pobre pequeno e morte e vida e 115 e hospital e pobre mãe. E depois alguém olhou para ela e comentou: «Teve sorte!» E o olhar de quem falara não acabava nunca mais e havia nele uma censura muito clara.

«Não podes incomodar-te. A mãe tem que ter cuidado consigo. Não façam barulho por causa da avó», disseram vozes familiares dentro da sua velha cabeça. Para quê?, pensou. Que importância podia ter ela respirar um pouco mais de ar, ver um pouco mais de luz? Salvara-se, no entanto, e a criança talvez morresse por sua causa. E alguém vira. «Teve sorte!»

A ambulância chegava, o pequeno fardo era levado para um horror qualquer, o grupo ganhava clareiras e havia mesmo um polícia a afastar as pessoas. Que circulassem.

Circulou. Devagar, triste e envergonhada – mas porquê? Quando entrou em casa foi recebida por gente aflita com a sua demora. Então, a pouco e pouco, começou a sentir-se desobrigada de toda a tristeza e vestiu, embora com certa relutância, a roupa confortável que o amor dos outros lhe oferecia e ela aceitara desde sempre por comodismo, por egoísmo, dando muito pouca coisa em troca, quase nada.

«Andei por aí», disse. Mas não teve coragem de falar na crueldade do destino. E como a sua memória já não era muito boa, acabou mesmo por meter a sua salvação e o carro e até o próprio menino de azul no gavetão onde guardava, misturados, em desordem total nos últimos tempos, sonhos muito reais e realidades cada vez mais vagas.

O Jornal, 16-10-81

CENTENÁRIAS

Vêm no jornal com retrato a uma coluna, e isso só porque dobraram o cabo (da Boa Esperança? das Tormentas?), um cabo difícil, enfim, embora, claro está, nunca vão chegar a Índia nenhuma. Talvez se tenham sentido felizes com aquele retrato nos jornais. É que na verdade conseguiram algo de raro: viver mais de cem anos,

À ESPERA

sobreviver a todos os amigos e parentes da sua idade e até muito mais novos. Algumas ainda têm boa vista, nem sequer usam óculos. Vemo-las muito cuidadas, dando uns pontos, ou conversando, risonhas, com o repórter. Possuem uma excelente memória, afirma-se, porque recordam com a maior nitidez coisas de um passado perdido. Ninguém diz, porém, que elas esqueceram o que ontem ou agora mesmo, neste instante, aconteceu. Boa memória? Enfim, recordam, e isso parece extraordinário, numa idade tão avançada. É bom não esquecer que foram durante alguns anos contemporâneas da rainha Vitória. Já tinham netos e começavam a envelhecer – é certo que se envelhecia mais cedo naquele tempo – quando a República foi implantada. Atribuem sempre a sua longevidade a qualquer coisa que lhes agrada muito ou a que a vida as obrigou. Levantarem-se e deitarem-se cedo, beberem café forte, tomarem o seu copito de aguardente ao acordar (as que são mulheres do povo e dizem o que pensam). Têm sempre junto de si, à mão de semear, um saco cheio de recordações, e as do fundo são, já o disse, as que estão melhor preservadas. Às de cima, baralha-as aquele vento que continuamente sopra.

São velhinhas alegres, afirma o jornal. É possível. É mesmo natural que o sejam. Senão como teriam elas suportado a pé firme mais de cem anos neste vale de lágrimas? Cem anos durante os quais lhes morreram pai, mãe, marido, filhos, netos... Parecem folhas secas, e o tal vento que lhes confunde as ideias pode de súbito, soprando mais forte, arrancá-las do ramo (que ao de leve as sustenta), sem ninguém dar por isso, nem mesmo elas próprias. Uns olhos que se fecham, uma breve respiração que se detém. É o bastante. Já não têm forças para lutar. O que é lutar? Sentem de súbito um grande, um enorme desejo de tranquilidade. Entregam-se. «Faleceu ontem com a idade de cento e cinco anos...»

Diário de Lisboa, 14-12-68

REFORMADA

Uma mulher velha à saída de um supermercado. Movia os lábios, falava sem palavras, indignava-se em silêncio. Outra mulher passou, sorriu-lhe, perguntou como estava, ao tempo que não a via, e ela então disse as duas verdades que naquele momento lhe eram necessárias, e tanto pior se todos podiam ouvi-la, estava-se nas tintas, chegara à altura em que se estava mesmo nas tintas para coisas tão insignificantes como isso de ser ouvida pelos outros.

«O grande mal», disse, pois, «é que eles não acreditam na velhice, nem os novos nem mesmo os que ainda se julgam novos porque ninguém lhes diz que estão quase velhos. São eles quem manda e pensam, sempre pensaram, foi sempre o mesmo, que não têm nada a ver com isso, que nunca vão ter. É como o cancro, é como a morte. Coisas que estão muito longe, que só acontecem aos outros. Uma pessoa é nova, ou pensa que é nova, é saudável, tem a vida diante de si, como é que vai acreditar? Eu creio que dantes também não acreditava. Mas logo que nos reformam é como se passássemos a ser de outra raça. Somos de um dia para o outro os que não produzem. Temos tempo, descontos (a certas horas) nos transportes coletivos, Bilhete de Identidade vitalício, somos os que se sentam ao sol, os que passeiam os netos. Bonita imagem, tranquilizadora. Até apetece ser velho, não? O pior é a realidade da reforma que não dá para sobreviver. Ter uma pessoa trabalhado a vida inteira para chegar a isto: ficar à esmola dos filhos, quando há filhos, naturalmente, e quando eles podem ou querem ajudar. Eu, por exemplo, nem filhos tive. E todos os dias a comida está mais cara. Agora, por exemplo, vinha comprar carne mas desisti. E eles não sabem, estão certos, como dois e dois serem quatro, de que não vão ter o cancro, nem ser velhos, nem morrer.»

A outra mulher disse sem entusiasmo: «Olhe que não é tanto assim.»

Mas ela nem resposta lhe deu. Encolheu os ombros e foi-se embora. Tinha dito.

O Jornal, 14-7-78

O JOÃO

Começa a conhecer aquela voz matinal. Uma voz de mulher, de idade quase certa, à volta dos sessenta anos, cansada, lenta, arrastada. Levanta o auscultador e a voz pergunta sem perder tempo com números, com nomes, como é costume (é do número tal? É Fulano? É Sicrana?), a voz pergunta, pois: «O João está melhor?» Ou: «O João dormiu bem?» Ou ainda: «O que disse o médico?»

Explica que é engano, para onde queria falar? Fez a pergunta nos primeiros dias, agora já não. É que o número é quase o mesmo, só dois algarismos invertidos. «Não vejo muito bem, sabe?», desculpou-se a voz no primeiro dia. Agora, porém, também já não se desculpa, desliga apressadamente logo que lhe dizem que é engano, que não mora nenhum João ali.

Será filho dela, da voz, o João que está doente, que não dorme bem, que médico? Não pode perguntar-lhe, naturalmente, quem é o João. Não pode? Um dia destes ainda se atreve a fazê-lo, tem esse direito. Porque o João, e a voz todas as manhãs em busca de notícias, uma voz preocupada, uma voz maternal, fazem-na levantar-se da mesa à hora do pequeno-almoço, e é como se pertencessem à família. «O João está melhor? Dormiu bem? O que disse o médico?» E dá consigo a pensar se ele estará melhor, se terá dormido tranquilo, qual terá sido a opinião do médico, ontem, ao auscultá-lo.

Diário de Lisboa, 20-11-74

O PROBLEMA

A velhinha trazia um grande problema. Ou talvez fosse o problema a arrastá-la consigo, talvez. É que ouvira dizer... É que não percebia nada de política mas tinham-lhe dito... Nunca mais dormira sossegada, podia lá ser! Mas pelo sim pelo não... O sobrinho dissera que talvez ali lhe explicassem. Também não sabia nada de política, o sobrinho. «Somos gente sossegada, sabe?»

A entrada no assunto foi árdua. Aos oitenta anos – fazia oitenta anos daí a dias, explicou –, as coisas podem ser lentas de pensar, de dizer. Havia arcos de círculo, havia espirais, havia, o que era pior, espaços em branco. Quando conseguiram perceber o problema, ficaram em silêncio, só depois lhes foi possível falar. Porque o problema dela era estranho. E daí, pensando em, pensando melhor...

Fora, durante muitos anos, costureira em casa de uma família rica. Depois começara a ter bicos de papagaio, a ver mal. A trabalhar mal. Agora vivia em casa de uns sobrinhos, mas eles, coitados, eram muito pobres e ela sentia-se pesada.

Mas esses senhores em casa de quem trabalhava não a ajudavam?

Claro que sim. E o problema até era esse. Esse?

Pois. Ouvira dizer que os comunistas, esses que não podiam falar e agora falam, não gostam da gente rica e então começara a andar preocupada. Porque o que seria dela se aquela família deixasse de a ajudar?

Quem a ouviu ainda tentou explicar-lhe coisas, isto e aquilo, mas acabou por desistir. Há pessoas de oitenta anos... Aquela não. Era muito velha e as palavras não atravessavam a larga estrada do seu medo. Tão grande que a trouxera até ali, arrastando os pés doridos. A única coisa que conseguiram foi tranquilizá-la.

Diário de Lisboa, 22-7-74

À ESPERA

Sempre que tem um momento livre senta-se junto à janela, na cadeira já velha, rasgada, esventrada, que é, por assim dizer, o seu lugar no mundo. Claro que não está ociosa, as mulheres não sabem estar ociosas, muitas delas como que se envergonham disso, e as suas mãos trabalham ativamente, independentes do seu corpo cansado, que espera. Não sei, nunca perguntei a ninguém nem mesmo a ela própria, mal a conheço, há quanto tempo aquilo dura, mas suponho que começou quando o filho se pôs a bater a todas as portas à procura de emprego, e todas as portas se lhe foram fechando. «A verdade é que ela nunca regulou muito bem», diz aquela amiga – amiga? – que a conhece desde sempre, ou, pelo menos, desde há muito. E há quem lamente o marido, coitado, pobre homem, a ela nunca ouvi ninguém lamentá-la, para ali sozinha o dia inteiro, com a lida da casa e principalmente com aquela sua terrível espera. Sempre arranjada, penteadinha, como que preparada para o que der e vier, fazendo renda e olhando furtivamente para além da vidraça, atendendo às vezes o telefone de coração inquieto.

Mas à espera de quê, de quem?

Pois à espera de ajuda, terá dito um dia. Mas que não contassem, ainda iam rir-se dela. Mas a vida estava tão complicada que a única maneira...

Que maneira?

«Esta. Alguém.»

Mas quem?

Que havia dias que esperava pelo correio. Sim, a pessoa mais importante era o correio que lhe traria uma carta dos Estados Unidos.

Havia alguém importante para ela nos Estados Unidos?

Um tio tinha emigrado para lá há uns cinquenta anos, talvez fosse milionário...

Ficaram sem voz. Porque cinquenta anos...

«É muito, não é?», disse preocupada. «Mas deve ter filhos, não deve? Um deles podia muito bem... Até estar cá, comunicar comigo por intermédio de um advogado. Às vezes quando ouço o telefone...»

Não seria melhor pensar que o marido podia ser aumentado no emprego e que o filho, um dia destes...

Encolheu os ombros, suspirou. «Isso é difícil, é mesmo impossível. Onde é que se arranjam empregos bons, empregos mesmo maus?» E o seu olhar abandonou quem estava, voltou a procurar na rua.

Que era preciso ter esperança, disseram-lhe sem convicção.

«Esperança, não é? Mas já gastei tantas quantidades, tantas qualidades de esperança... Às vezes chego a olhar para aquela nesga de céu, ali, e a imaginar um viajante vindo do espaço e que...» Mas endireitou-se logo, envergonhada, sorriu, mudou de assunto. «Estávamos há bocado a falar... Meu Deus, esqueci-me, de que era mesmo?»

Para caiar bem caiadas as palavras proibidas que não deviam ter sido ditas nem escutadas.

O Jornal, 7-5-82

À VARANDA

Eram um casal de velhos e perguntei a mim mesma se não o haveriam sido sempre, embora no tempo em que eu era criança ainda não tivessem rugas nem cabelos brancos nem um andar tão lento e difícil como hoje, quando ocasionalmente passei pela rua onde sempre moraram e olhei para a varanda com cravos daquele primeiro andar.

Então aquilo aconteceu. A janela abriu-se e ela surgiu e encostou-se ao corrimão. Reconheci-a mas só porque a via no lugar do costume. Uma senhora idosa, gordinha, de xaile roxo. E parei, certa de que a porta da rua ia abrir-se também e ele ia aparecer.

Dantes era um homenzarrão forte e direito, mas mirrara com o tempo. Dantes, ia jurar, as pessoas olhavam para cima sempre que falavam com ele, e agora o meu olhar partia horizontal, detinha-se no chapéu diplomata, no cachecol tapando-lhe o queixo, no grosso sobretudo. O meu olhar descia à procura das polainas de então, mas a essas não as encontrava. Uma concessão feita à atualidade.

Não os via desde criança, por isso não havia perigo de que me reconhecessem. Sabiam lá quem eu era! Eu, porém, guardara-os comigo porque tinha morado ali em frente e adivinhava como a cena iria desenrolar-se.

O homem deu alguns passos, quatro ou cinco. Ao sexto, a mão dela ergueu-se devagarinho, ficou suspensa no ar como a de uma velha marioneta. A espera não foi longa porque ele se voltou um pouco ao sétimo passo, sorriu, fez-lhe um sinal amistoso. Então a mãozinha agitou-se como se alguém tivesse puxado várias vezes e com entusiasmo o fio que a prendia. O homem continuava a descer a rua e ela a olhá-lo, nem via mais nada. Pensei que podia haver um atropelamento, um incêndio ali mesmo ao pé mas que os seus olhos só dariam por isso quando ele tivesse desaparecido na esquina. O bracinho gordo continuava, pois, dobrado em ângulo reto, e a mão esperava que ele se voltasse de novo para se agitar com amor.

Depois, quando o homem desapareceu, como dantes quando eu era criança e eles para mim já velhos – depois haviam de remoçar, naturalmente –, ela fechou outra vez a janela ao mundo e foi para casa fazer os seus eternos bordados.

Diário de Lisboa, 3-1-69

VELHINHAS

O casaco é preto, longo e direito (nada a ver com maxis, claro está), os sapatos têm salto baixo, o cabelo está sempre escondido por um chapelinho (*toque*, diz ela) de palha no verão, de feltro no inverno. Porque para ela e para muitas outras pessoas, está bem de ver, só há duas estações. Olhamo-la, dizemos: «Aquela velhinha, ali...» Não senhora idosa, não velha. Velhinha. Por causa do casaco, dos sapatos, da *toque*, sobretudo. Sem *toque* não há velhinhas. Sem *toque* podem ser velhas, senhoras idosas, etc. Velhinhas, nunca. Ei-las, pois, com um trajo sem criador, sem costureiro. Quando terá nascido? Como? Porquê? Onde?

Já há poucas, cada vez menos. Vivem de uma pensão ou de uns papéis de crédito ou de uma casita que possuem na província, mas que tem as rendas mais do que desatualizadas. Vivem de esmolas, tantas vezes, embora não lhes chamem isso. São solteiras ou enviuvaram há tantos anos que a memória, já um pouco senil, faz com que voltem mais facilmente ao seu tempo de raparigas. Estão neste mundo mas não o conhecem. Vivem numa casa pequena e estalada pelo tempo, que não envelhece só as criaturas de Deus, com uma sobrinha ou uma afilhada, ou uma criada quase tão velha como elas. Conheci em tempos uma dessas criadas que andavam pelas casas conhecidas a pedir para a patroa (de setenta e dois anos), a quem chamava «menina». A patroa ignorava o facto, talvez o tenha sempre ignorado, se morreu primeiro, não sei. Isto passou-se há uns vinte anos bem contados. Um dia a velha criada deixou de aparecer. Foi tudo.

Têm um gato, têm uma gaiola, têm um vaso com uma planta. Não sabem de guerras nem de revoltas nem de razões ou desrazões. Não leem o jornal. Nunca o leram, talvez, mas agora não o compram porque têm de poupar nas mais pequenas coisas. Não deixam uma luz acesa quando isso é desnecessário, não compram senão um tanto

de carne e de peixe por mês, porque há um limite que não podem ultrapassar. Que seria delas se o fizessem?
São as velhinhas da minha cidade.

Revista *O Escritório*, maio 71

NUM JARDIM

Velhinha (velhinha?) num jardim ao sol de inverno. Foi-se de repente o sol, apagou-se para não se acender tão depressa, mas o chapéu dela, um feio chapelão preto, ficou aberto. Porque naquela idade as distrações podem ser longas, imensas. Ei-la, pois, sentada na sua ponta de banco da cor tão gasta dos bancos de jardim, muito direita, tristemente esquecida. Quem passa fica a olhar para ela porque uma campainha qualquer, longínqua, levezinha, se agitou. E então quem passa põe-se à procura e anda mais devagar porque não sabe bem o que é que busca, onde as buscas se estão a efetivar no seu subconsciente, embora saiba que isso ocorre longe, bem longe no tempo e no espaço. Onde? Quando?

Entre velhinha (velhinha?) e transeunte, um grupo de miúdos passa. Ali perto há um bairro de lata, e eles moram (moram?) lá. Miúdos magrinhos e desembaraçados, despenteados, sujos, gritadores. Não lhes ensinaram muitas coisas e uma delas é decerto respeitar a velhice. Porque ei-los que riem da velhinha (velhinha?) de chapéu aberto sob um sol que não há. Avançam, recuam, dizem coisas não muito bonitas. Ela então acorda, é como se acordasse, fecha o chapéu com um gesto seco, agita-o na direção dos miúdos, que logo fogem, tenta gritar mas a voz sai-lhe fraca, cinzenta, dobra-se em ângulo quase reto.

Então a transeunte lembra-se. Porque a voz é a mesma, embora tão diferente, e o gesto agressivo, se bem que impotente, também.

A transeunte não sabe se está contente ou triste, se lhe apetece rir, se chorar. Porque a velha (não velhinha, não, bem lhe parecia) aterrorizou várias gerações de crianças. Foi terrível, foi cruel. Agora...
    Não, a transeunte, dantes criança de castigo em cima de um banco, não ri. Porque é de uma grande nitidez a decadência dos grandes, e ela, a mulher velha, foi a figura maior e mais aterradora da sua infância.

Diário de Lisboa, 4-12-74

NA RUA

    Uma velha de muitos, muitos anos, com saia rodada, lenço, meia preta e pantufa, a descer devagarinho a rua. Nunca a tinha visto mas soube logo, adivinhava-se à distância, que o tempo a reduzira, a mirrara, a secara, tão pequenina, Senhor, era como se só as grandes pantufas a prendessem ao chão, a protegessem do vento que talvez pudesse arrastá-la. Eu estava dentro de um carro parado num engarrafamento e por isso tive todo o meu tempo. Era muito, muito velha e pedia esmola. Pobreza envergonhada ou sem esperança? Ia andando e, quando se cruzava com alguém, dizia qualquer coisa, estendia lentamente, por estender, a mão encarquilhada. Ninguém, que eu visse, lhe deu esmola. Passou um homem bem vestido, duas damas, *idem*. Ninguém lhe deu um olhar sequer, por mais breve, todos seguiram depois de a terem tornado transparente, ninguém reparou nela e, se não houve choque, isso foi por causa do radar que todos nós temos. Ninguém nem mesmo a rapariga grávida que veio depois. A velha estendeu a mão, maquinal, e a rapariga também seguiu em frente. Foi então, só então, que a velha estacou, fincada nas suas grandes pantufas, indiferente ao vento e ao tempo, e desatou a gritar quase sem voz, que diria? A mão há pouco estendida agitou-se, desenhou gestos ameaçadores, porquê? Que traria, ao seu cérebro usado pelo tempo, já senil, aquela rapariga? Um filho que teve e que a abandonou porque partiu ou porque morreu? Ela própria, jovem um dia, à espera de um filho?

O carro começou a andar. A velha lá ficou, já de braços tombados e esquecidos, náufraga na vida e só no mundo.

Diário de Lisboa, 7-5-75

À ESPERA

Num dia de festa popular, de esperança verde e de liberdade não vigiada, aquela velha sentada na soleira da porta. Da sua porta, suponho. Baixa, sequinha, toda de preto vestida como no campo é normal em idades assim. Porque viúva decerto. É raro um casal sobreviver tanto tempo, e aquela mulher era muito velha. À sua volta, os gritos alegres, os braços erguidos, os *slogans*, incessantemente escandidos por vozes de todas as idades. Ela, porém, silenciosa. Ensimesmada na sua tristeza solitária. As mãos estavam-lhe esquecidas sobre os joelhos. Mãos escuras, trabalhadas, gravadas pelo tempo, com altas cordilheiras endurecidas e rios bem fundos, e riachos. Mãos humildes que nunca se haviam erguido assim, como as outras, e já não iam, está bem de ver, erguer-se. Invento aquela velha. E sei, portanto, que ela assiste a um entusiasmo que é dos outros e que a transcende. Porque o amanhã e até o hoje é deles, desses outros. Outros que eu sei que não são seus filhos nem seus netos. Aquela mulher é só no mundo e ficou esquecida. Por isso aquele ar acabrunhado.

A mulher olha vagamente, desinteressada, ou sem compreender, a multidão agitada e sonora. Invento-a, já disse, e por isso sei o que ela sente, ali na soleira da sua porta. Que aquele dia chegou tarde, por exemplo. E que para ela já é sem significado. Porque não sabe – nunca soube – o que é fraternidade e já é tarde para o aprender. Já é tarde para muitas coisas. Ela está no fio da navalha e largou tudo o que era presente. Nada no seu rasto, nem filhos, nem netos. Foi andando, andando, tombou ali, sentada e à espera. Não da esperança verde, da liberdade não vigiada, não. Ela está muito simplesmente à espera da morte e de mais nada.

Diário de Lisboa, 29-5-74

DESEXISTÊNCIA

Não sei se desistiu mesmo, um dia, tendo para tal, parece-me, várias circunstâncias atenuantes, ou se a sua vida foi sempre uma não-vida, um tempo passado ao lado, de fora da faixa por onde os outros se movimentavam. Há pessoas que não conseguem habituar-se a beber cerveja ou a comer caril ou a vestir-se de determinada cor. Há outras – raras – que, por mais que vivam, nunca se habituam a viver. Assim, por desinteresse, por falta de gosto, desistem de toda e qualquer competição. Estão ali mas ocupam o menos possível de espaço e nunca por nunca ser empurram ninguém. Também não falam alto porque Deus ou a Natureza, enfim, o programador, lhes atribuiu (na altura da atribuição dos dons) uma voz fraca. É a gente mansa, que – parece-nos – flutua, murmura, não dá nas vistas, não deixa impressões digitais nem pegadas e que, quando morre, provoca alguns espantos de passagem: «Pois ainda estava vivo?»

Com ele não sei como foi, só que um dia disseram: «O Fulano, lembras-te?» Lembrava-se, melhor, lembraram-se depois de pensarem melhor, de fazerem uma curta exploração pelo passado. «O Fulano», é verdade, «nunca mais me tinha lembrado dele!»

O Fulano desempregara-se duas vezes porque havia à sua volta pessoas que falavam mais alto, que diziam palavras vivas, embora

À ESPERA

às vezes falsas, palavras esculpidas no espaço, que duravam e adquiriam por isso importância. Havia quem as escutasse, quem meditasse nelas, enfim. Ele tivera de ambas as vezes a impressão de que perdera, por assim dizer, o seu corpo material. Uma simples roupa, aí estava aquilo em que se tornara. Uma simples roupa atirada para ali, ali esquecida. Depois, a mulher, que essa, esperava muito da vida e via, angustiada, o tempo a passar, tinha-o deixado. E ele para ali ficou num terceiro emprego e depois noutro, e noutro, apanhados no lixo miúdo do jornal. Da última vez que soube dele andava pelas casas a receber contas. Subia e descia escadas, mas raramente conseguia o seu objetivo porque falava de mansinho e as pessoas sabiam logo que ele já desistira.

Depois desapareceu de circulação. Ninguém sabe se desistiu mesmo, como já disse. Mas não. Para uma desistência dessas, a grande, a maior de todas, é precisa uma coragem que ele nunca teve, um olhar em frente que não conseguia. Não, não era homem para isso. Desexistência, era tudo.

Diário de Lisboa, 19-12-73

O RELÓGIO

O velho relógio de parede morreu ontem às seis da tarde. Já há dias que o coração lhe batia mais lentamente, cansado, com esforço, e então ontem parou. Viveu noventa e cinco anos e dois meses, está lindamente escrito a finos e grossos no seu Cartão de Identidade nunca renovado. Uma longuíssima vida de criatura, sem uma única doença. Foi, de facto, um velho relógio saudável e resistente que nunca criou problemas, acordou sempre as pessoas e adormeceu-as também, tranquilizou-as durante a noite. Porque começava logo a cantar de quarto em quarto de hora na parede onde o colocaram.

Alguém disse que o relógio se tinha escangalhado, fazia muita falta e era urgente mandar consertá-lo. Que maneira de se lhe referir! Escangalhado! Consertá-lo!

Claro que o teria feito se o relógio houvesse parado aos dois, aos dez, aos quinze anos de idade. Teria sido uma doença da infância ou da adolescência, que se poderia tratar com um minucioso médico de relógios. Mas aos noventa e cinco anos! Um relógio que nunca tinha estado doente, não se via mesmo que era o coração cansado, exausto? Não se via mesmo que era a morte?

O seu silêncio, melhor, a ausência do seu canto, impressionou o homem idoso a quem pertencia e que levou a noite acordado porque lhe faltava a voz do relógio. Na manhã seguinte viu-se bem ao espelho, apalpou a cara, estudou os poucos cabelos – brancos – que lhe restavam. E pensou em fazer um eletrocardiograma um destes dias só para ver se... Enfim, só para ficar momentaneamente tranquilo ou eternamente inquieto.

Antes disso, porém, telefonou ao ferro-velho para vir buscar o relógio. Mas recusou-se a assistir à cerimónia fúnebre.

Diário de Lisboa, 26-2-69

O COMBOIO

O COMBOIO

O homem estava especado a olhar. Esquecido. Melhor, perdido. Perdido no tempo. Era um homem modesto, vestido como os homens modestos, que, por assim dizer, não se vestem, andam vestidos, sempre do mesmo modo e da mesma cor, o cinzento.

Estava-se numa loja de brinquedos, e o homem cinzento olhava atentamente, tradicionalmente como nas anedotas sem graça, para um comboio elétrico em movimento. Mas aquele homem não dava vontade de rir. Mais adiante, a mulher, também modesta, escolhera o que tinha que escolher – o que tinha possibilidade de escolher, claro –, pagara, estava à espera do troco e também de que lhe fizessem um bonito embrulho florido, com um grande laçarote de fita. Quando tudo ficou pronto, chegou junto do marido e disse:

– Então, José, vamos?

Ele acordou, voltou apressadamente a este mundo onde talvez nunca tivesse sido criança, onde talvez, quem sabe, nunca tivesse tido oportunidade de sonhar com um comboio elétrico, onde se fora tornando homem irremediavelmente cinzento, e sorriu:

– Vamos, pois. Estava à tua espera.

Mas não falara verdade. Passara aqueles minutos num tempo que não estava situado na infância nem na idade adulta nem em nenhuma idade, mas onde era bom estar. E olhara com um olhar que também não era o seu para aquele comboio minúsculo e barulhento, passando por pontes e túneis de brinquedo e chegando por fim – enquanto não partia de novo – a uma estaçãozinha maravilhosa e tranquila onde havia flores e pessoas alegres sentadas à espera.

Diário de Lisboa, 20-3-71

A AVENTURA

O que ele procurava nos jornais era a sonhada e nunca conhecida, já agora desconhecida para todo o sempre (tinha quase cinquenta anos), aventura pessoal. Seguia atentamente a rota do navegador solitário – da navegadora, vissem lá, uma jovem de 27 anos sozinha a atravessar o Atlântico –, admirava não o corpo mas o sonho da *starlett*, em Cannes, o grande gesto de recusa do célebre ator de cinema, e ficava desconsolado sempre que o jornal largava, por assim dizer, a notícia, não dizia mais nada do navegador nem do ator nem da *starlett*.

Gostava de trocar impressões com os conhecidos que por ali passavam e paravam um pouco. Mas nada feito. Eles só queriam saber, em voz muito alta ou muito baixa, de futebol e de política. E encolhiam os ombros. «Homem, atores e atrizes... Homem, um tipo que anda sozinho num barco é um bocado chalupa, diga você o que disser...»

Claro que o ouviam um pouco, diziam das suas e ele ouvia-os também, fazia de conta. Depois, os conhecidos iam à vida, e ele sentava-se, de jornal bem aberto, à mesa de torcidos e tremidos onde morava e partia em viagem. De vez em quando interrompia-a, era forçado pelas circunstâncias a regressar à pressa, sem bagagens nem nada, só porque falavam lá de cima, de um dos andares – a porta do elevador ficara aberta –, e ele, porteiro, tinha que tratar do caso. Mas depois voltava a partir pelo jornal fora, espécie de mapa-mundo a preto e branco, que todos os dias surgia atualizado e suscetível de fornecer aventuras assim, sedentárias e apaixonantes.

Diário de Lisboa, 25-6-73

OS MAPAS

«Subo o mapa, desço-o, é a vida», disse o homem. «Quando vou para o norte, sei que tenho o mar à minha esquerda, quando vou para o sul sei que ele está à minha direita. Porque o meu mapa é o das estradas. Sou uma espécie de caixeiro-viajante da firma onde trabalho, já veem...

«Desde criança que me sinto atraído pelos mapas. Era muito pequeno e já conhecia todos os países, todos os mares, todos os rios, todas as montanhas. Enfim, quase todos. Pensava às vezes, o que não era nada científico, que a mão de Deus tinha talhado, com uma enorme faca, esta fatia chamada Portugal, deitando depois restos e migalhas para o fundo do mar. Onde enfeitados de pérolas e corais se encontravam.

«É que nesse tempo parecia-me – era muito criança – que os mapas eram sobre o esquisito e que o jardim da Europa era uma coisa estranha como tudo. Porque não se tinha ele posto a escorrer lá para baixo?, perguntava eu. Diziam-me então terminantemente que não havia lá em baixo nem lá em cima, que diabo é que me ensinavam na escola? Mas então porque é que as terras se tinham posto a escorrer? A Espanha, por exemplo, a Itália, a Grécia... mas nós, tão reto e algarviamente horizontal, como era possível? Parecia uma caixinha retangular, este meu País, ou o tal jardim, afinal de contas, bem gradeado para segurar os canteiros e as flores. E os homens, pensaria mais tarde. E as ideias. Um jardim isolado do mundo, uma estufa nesse tempo.

«Enfim, é como se tivessem condenado à terra um homem que sonhou ser marinheiro. Um mapa das estradas é tudo o que tenho. Sei de estradas e de ramais como pouca gente. Mas nunca fui lá fora. Só um dia a Badajoz. A vida prega cada partida às criaturas...»

Mais ou menos isto dizia o homem a outras pessoas, ali, na bomba de gasolina. Depois seguiu o seu caminho.

O Jornal, 7-12-78

UM SONHO

Não há nada mais tranquilizador, reconfortante e doce do que um sonho reconhecidamente irrealizável. Os sonhos que podiam perfeitamente acontecer-nos, se quisessem – se eles, sonhos, quisessem –, deixam-nos um pingo de amargor na boca, uma pontada de frustração na alma. É que à nossa volta há pessoas que os vivem, ou vão vivê-los um destes dias. Isso pode ser muito desagradável para nós, os abandonados. Mas os sonhos irrealizáveis, mas os grandes sonhos ilógicos, insensatos? Senhor, que beleza...

Este é, por exemplo, uma casa na praia. Que é um sonho possível? Nem pensar nisso. O meu sonho exige uma certa casa de uma certa cor, de um certo formato (fui eu o arquiteto-decorador...), situada o mais ao sul possível do mapa deste jardim da Europa, e com uma praia pessoal, e intransmissível e ainda por cima não poluída. Tenho também, para além da casa – como, ignoro-o, e tal coisa não me interessa –, um muro de Sintra, com musgo, uma fonte da serra onde toca Debussy, uma água cristalina de princípio do mundo, uns metros quadrados de relva, e uma enorme árvore, tudo aquilo, como já disse, lá para os Algarves. Que é impossível? Claro que é, e depois?

O que têm de bom os sonhos impossíveis é que, para além da doce tranquilidade que nos trazem, são isentos de sentimentos de culpa. Se eu tivesse tudo aquilo que sonho, se tal coisa fosse viável, era capaz de ter problemas de consciência. Mas, assim, que perfeição. Estou numa praia de domingo, agora, aqui, e o mês chama-se agosto. Mas fecho os olhos e os ouvidos ao mundo exterior. Eis-me na praia que inventei, ou sentada à sombra daquela enorme árvore que não sei como se chama, só que tem uma enorme, suave cabeleira verde. As vozes não atravessam os muros de silêncio que ergui à minha volta por cinco minutos, dois minutos, um, o que puder ser.
Sinto-me feliz.

Diário de Lisboa, 6-8-72

MENINA ALICE

Nunca mais a tinha visto e há dias, ao cruzar-me com ela na rua, não soube logo de quem se tratava, em que época da minha vida teria surgido para logo desaparecer. Só depois de uma paciente viagem pelo passado, consegui localizá-la, bastante mais nova mas já apagada, como se um mata-borrão lhe tivesse conscienciosamente secado todas as veleidades de brilho: olhos baços, voz igual, gestos discretos. Trabalhava em costura e fora essa a razão que me levara a sua casa. Não era careira e não era mentirosa. Mas não trabalhava bem, por isso deixei de lá ir. Esteve, pois, sepultada na secção dos meus objetos perdidos. Até há alguns dias.

A sala onde provava era muito modesta e de um mau gosto enternecedor. Bonecas e *napperons* em profusão, a família inteira emoldurada em todos os tamanhos e feitios, uma carpete florida forrada de plástico transparente, o espelho inevitável, *bibelots* muito *kitsch*, como hoje se diz.

Chamava-se Alice. Menina Alice porque era solteira, embora já tivesse mais de trinta anos. O pai, com quem vivia, era escriturário, um homem tão apagado e baço como a filha e que colecionava selos. A um canto da sala, numa mesinha de verga com *napperon*, estava o álbum. Tudo aquilo era triste, intemporal e um tanto velhote.

E então um dia a menina Alice falou de Cocteau. Sim, sim, de Cocteau. Já não sei como chegou lá, porque chegou lá. Só que falou de Cocteau. Creio que primeiro se referiu à *Antígona* que estava a ensaiar aos sábados à noite e aos domingos, com um grupo de empregados não sei de onde. Então eu, estupefacta, perguntei se era a *Antígona* de Sófocles. Perguntei antes de refletir que ela decerto não sabia quem era Sófocles. Sabia. E disse-me que não, enfim, que não propriamente. O senhor Costa – o encenador – pusera em português a tradução do Cocteau. Eu conhecia o Cocteau?

Conhecia, respondi baixinho, quase sem voz. Conhecia.

A menina Alice falou de Cocteau e da *Antígona*, que era uma figura maravilhosa – eu não achava? – e também do seu papel, enquanto ia deitando abaixo uma bainha. Ah, sempre desejara ser atriz! Então, quando aquele grupo se formara... Eu compreendia, não é verdade?

E eu sem regressar do meu estúpido espanto. Sófocles, Cocteau, *Antígona*... O sonho da menina Alice de manhã à noite a coser naquela casa onde o pai colecionava selos...

Claro que compreendia, disse-lhe apressadamente, com convicção. Mas não era verdade. Só mais tarde teria entendido aquela sua necessidade de fuga. Mas mais tarde esqueci-a. Só há dias me cruzei com ela na rua e a encontrei depois por entre os meus objetos perdidos.

Diário de Lisboa, 27-12-74

O AVÔ, O NETO E O SONHO

Um homem idoso, magrinho e de cabelos brancos, passeando pelas praias ao fim da tarde, sempre que a maré está vazia. Caminha pela areia molhada, mesmo à beira daquela onda tão suave que nem sequer tem espuma a debruá-la, atento, no entanto, a não molhar os sapatos de lona. Nesses passeios solitários leva sempre consigo uma bengala. Às vezes detém-se junto a um ou outro pequeno rochedo, procura com expressão ausente o que quer que seja na areia, junto dele, ou não procura nada, é um tique. A ponta da bengala agita-se um pouco, sempre do lado esquerdo das pedras. As praias por onde o velho passeia ficam voltadas ao sul.

Depois o passeio continua, e ele parece esquecido das pessoas que ainda por ali andam, dentro e fora da água. Até às oito horas e mais, dentro e fora da água. Escusado será dizer que isto era em agosto.

O neto acompanhou-o uma tarde. Neto ou bisneto? Um garotinho pequeno, cabeludo, sempre às corridas para trás e para diante, como um cachorrinho solto na natureza. De súbito estacou, olhou meditativo para aquela bengala tão inquieta.

«Avô...?»

«O que é?»

«Avô...? Procura alguma coisa?»

«Se procuro alguma coisa?»

«Sim, ao pé das rochas.»

O velho sorriu vagamente, encolheu os ombros.

«Queres mesmo saber?»

«Pois quero.»

«E prometes não contar?»

«Sou um poço, avô.»

«Quando eu tinha a tua idade... Pois bem, sonhava que havia de encontrar um dia um tesouro numa praia. Assim, ao lado de uma

rocha, na maré vazia. No meu sonho a praia era deserta. Já lá vão tantos anos! Pode lá sonhar-se com uma praia assim, hoje em dia!»
«Está quase, avô.»
«É. A esta hora já faz jeito.»
O garotinho riu:
«E podia ser, não podia? Quero dizer, acharmos o tesouro?»
«Claro que podia. Claro que pode.»
Prosseguiram o seu caminho, e o neto já não corria, agora olhava atentamente para as rochas e para a bengala do avô. Houve então um sorriso na boca do velho, talvez por sentir que o seu sonho, insignificante como era, inútil como era, não morreria com ele, um dia destes.

Diário de Lisboa, 25-9-69

PETRÓLEO NO AUTOCARRO

«E se fosse verdade?», perguntou o homem a seu lado no autocarro. «E se fosse verdade?», repetiu. «E se ele estivesse ali adiante, no estuário ou até, já agora porque não, aqui mesmo, nesta rua por onde vamos a passar? À espera? Há milénios à espera?»

«Claro que não é verdade», afirmou, rindo, o assassino de todas as esperanças, há sempre um por cento.

Ele, porém, recusou a interrupção e morte e prosseguiu:

«Quem sabe se quando o prédio onde moro foi construído, quando andaram a fazer-lhe os alicerces, não estiveram mesmo ao pé dele, enfim, relativamente... Já reparaste que só vemos mesmo o que está diante dos nossos olhos? Ainda quando olhamos para o céu, vemos a Lua, o planeta Vénus, algumas estrelas sem nome, mas, quando olhamos para a terra, nunca descemos abaixo da cova em que somos enterrados...»

«Estás muito profundo, pá.»

«Não te rias. Tenho pensado muito nisto por causa do que li há tempos nos jornais, do que ouvi na televisão.»

«Não rio. Mas são histórias de fadas, amigo. Acreditas em histórias de fadas, tu? Francamente na nossa idade...»

O homem hesitou, acabou por confessar, embora sob pressão, que não acreditava em histórias dessas, claro que não, mas em todo o caso...

Houve um silêncio, depois o outro homem, o das *killer phrases* e da ausência de sonho, mudou de assunto e disse:

«Mudando de assunto, que tal vão as coisas lá no escritório?»

«Más. Estou mais farto... Se eu pudesse arranjar outra coisa... Ouve cá. Se houvesse petróleo no quintal da minha casa, era meu ou era do senhorio?»

O Jornal, 18-8-78

BRINQUEDOS DE RUA

São brinquedos baratos, feitos de madeira ou de plástico, e que todos podem comprar. É preciso que uma criança seja muito pobre de bens materiais, ou até simplesmente de afeto, para que, de vez em quando, não possa levar um consigo. Vendem-se na rua, são-nos propostos, embora maquinalmente, sem grande esperança, mesmo quando temos uma criança connosco, porque a clientela é outra e os vendedores conhecem-na. São baratos, pois, esses brinquedos, porque o preço dos sonhos e a qualidade dos sonhos variam de sonhador para sonhador. Aqueles são sonhos à medida das crianças pobres, das que deambulam sozinhas pela cidade, porque as mães estão a trabalhar, não são mães de ir às compras. Sonhos que não ultrapassam as moedinhas brancas, uma, duas, quando muito.

É certo que essas crianças se detêm às vezes nas montras, esborracham o nariz na vidraça, olham com todo o seu olhar para as maravilhas expostas nas lojas dos brinquedos fabulosos. Mas veem-nas, a essas maravilhas, como nós vemos quadros num museu. As crianças pobres sabem muitas coisas, aprenderam cedo, à sua custa. Os seus brinquedos são o carro de madeira puxado por um cordel, a marafona de trapos, os tais brinquedos que ao largo dos anos os vendedores ambulantes lhes oferecem em troca de tal ou das tais moedas brancas.

Lembro-me do ioiô da minha infância, mais tarde daquele prato miraculoso que girava na ponta de uma vara e depois, julgo lembrar-me, partia voando tal como um «disco» rudimentar, do arco dentro do qual se dançava e que não devia tocar no chão, do macaquinho a trepar pelo cordel, que, segundo creio, ainda vive.

E há alguns anos, na primavera, as bolas de sabão remoçadas. Eram leves como flores e tombavam às vezes sobre nós, quando passávamos, tocando-nos no rosto, estalando ao contacto com a nossa pele. Ainda não as vi este ano. Terão passado de moda? É possível, tudo tem o seu tempo, mesmo os brinquedos pobres. Mas sinto pena. Porque estas bolas de sabão já faziam parte de Lisboa e eram as frágeis mensageiras do bom tempo.

Diário de Lisboa, 2-7-68

PASSEIO À INFÂNCIA

Vinha eu desprevenidamente pela Rua D. Pedro V, a dos antiquários, devagar porque tinha um quarto de hora na frente e também porque fazia muito calor, vinha eu, pois, por ali fora olhando sem ver, quando de súbito me senti arrebatada por uma nuvem e colocada de mansinho num dia qualquer, bastante longínquo, mas macio, que eu julgava definitivamente esquecido. O meu corpo continuava a caminhar mas ao mesmo tempo eu estava dentro doutro invólucro muito mais pequeno, magrinho mas agilíssimo, em casa de uma tia que morreu há muito. Era num quinto andar, essa casa, e eu chegava sempre lá acima esbaforida porque subia os degraus a dois e dois para não demorar tanto a escalada e porque era muitíssimo divertido subir escadas assim. Entrava e pedia logo um copo de água fresca. Respondiam-me que fosse à cozinha mas que bebesse aos golinhos porque vinha da rua e podia fazer-me mal. Aí estava eu, pois, na Rua D. Pedro V e na cozinha da minha tia, a receber das mãos da criada um copo de água e outra recomendação: «Beba devagar. Está a suar muito, como é que arranjou isso? Aposto que subiu outra vez as escadas a correr.»

Meu Deus, que sede, agora ali na Rua D. Pedro V. Entrei na pastelaria e pedi um copo de água fresca, que bebi como me recomendavam nessa tarde e como nunca mais bebera, aos golinhos compassados de boa menina obediente.

Voltei à rua e pus-me a pensar por que razão fizera eu aquela brusca viagem ao passado. Então, em vez de seguir o meu caminho, voltei atrás e fui olhando, à procura.

Foi então que dei com elas, alinhadas numa prateleira, umas ao lado das outras a fitarem-me quietas e inexpressivas. Eram cinco ou seis muito parecidas mas não iguais, com o bico a meio da testa, a asa na parte posterior da cabeça. Apesar do bico e da asa, não eram pássaros mas leiteiras ou canecas talvez, de louça pintada, e todas tinham uma grande cara rosada e lunar e olhos negros, debruados com um risco grosso. Havia uma parecida na cozinha da minha tia e eu um dia – nesse dia? – tinha-lhe pegado e quebrara-a.

Senti um grande desejo de comprar uma daquelas horríveis caras que me tinham levado, por artes mágicas, a um dia perdido da minha infância. Mas eram quase duas horas, horas de lojas fechadas e de começar a trabalhar.

Segui, pois, viagem agora por inteiro na rua dos antiquários, olhando outra vez sem ver as coisas desde sempre conhecidas que me rodeavam.

Diário de Lisboa, 6-8-68

MORTE DE POETA

Mãe, filha e neto na paragem do autocarro. Ao fundo uma estátua de pedra e pombos.

A mãe continuava em tom amargo uma conversa iniciada não sei quando.

– Quase dois contos, vê lá tu – dizia. – Uma pessoa tem que andar vestida e calçada. E, pronto, dá cá quase dois contos por uma porcaria de uns sapatos. Como havia de ser se não fosses tu, enfim, se eu não morasse contigo?

– Ora, mãe, deixe-se disso – respondeu a filha enquanto ajeitava maquinalmente o cabelo do garotinho.

– Claro que eu ajudo lá em casa. Mas quando eu não puder ajudar? Mas quando eu for um peso morto? Que dirá o teu marido? Já agora...

– A mãe bem sabe que o José é seu amigo – tornou a filha levemente enfadada.

– Para quem trabalhou toda a vida, ver-se com esta reforma miserável... hás de concordar que é duro. Ainda se vocês vivessem sem dificuldades, não digo. Mas assim...

A bicha ia avançando lentamente. O garotinho, que tinha estado calado, olhando o mundo, viajando nos seus inquietos pensamentos, perguntou a certa altura:

– Como é que nascem as pombas? É nas mãos dos ilu... dos ilusi... dos ilusionistas?

A avó disse:
— Olha a ideia! Nascem dos ovos como os pintos. Este miúdo tem cada uma!
E a mãe:
— Às vezes até parece parvo.

O menino embezerrou, e com toda a razão. Porque assim morrem tantos poetas. De uma espécie de mortalidade infantil.

O Jornal, 29-2-80

O POEMA

Entre as poucas coisas que tinha na vida, herdadas, não adquiridas (de resto nunca adquirira coisa nenhuma que valesse a pena), havia a recordação de um pai que estivera de passagem, não deixando por isso grandes marcas, só um ou outro despojo: uma carteira avermelhada, um cachimbo, dois retratos amarelecidos, «os papéis», entre os quais aquele poema manuscrito, que ele, de tantas vezes o ter lido, sabia de cor.
— O pai era mesmo poeta? — perguntara um dia à mãe.
— Era vendedor — tinha-lhe respondido. — E rabiscava umas coisas, estava sempre a ler e a escrever, eu às vezes até ralhava com ele por causa da eletricidade. Agora se era poeta... Era capaz de ser, porque não? Essa coisa que aí tens é mesmo bonita.
Bonita não era o adjetivo adequado às circunstâncias. O poema era belíssimo, ele compreendeu-o logo aos quinze anos, um vislumbre, e emoldurou-o, e andou com ele por todas as paredes da sua vida, dormida em quartos alugados desde a morte da mãe. Ajudara-o muito, o poema. À sua volta os colegas tinham coisas e pessoas: mulher, filhos, casa, carro, amigos, clube desportivo, alguns até tinham um

ideal, um partido. Ele não. A sua vida decorria desoladoramente tranquila, entre o quarto, o escritório, o restaurantezinho de bairro onde tinha mesa marcada e o conheciam pelo nome, o cinema aonde ia uma vez por semana, gostava muito de cinema. Mas durante esses anos – uma vida – dizia às vezes a propósito ou a despropósito disto e daquilo: «O meu pai, que embora nunca tivesse publicado nada, era um grande poeta...» E depois, talvez para contrabalançar e porque era verdade: «A minha mãe, coitada, era uma mulher simples. Devo-lhe muito, só não lhe perdoo o facto de não o ter ajudado mais.»

Mesmo quando falava nela, esquecia, fazia por isso, a mãe já viúva, trabalhando como uma moura para ele poder fazer o quinto ano. Porque o poema era mais forte que tudo, varria como uma onda todas as recordações incómodas.

E depois, um dia, aquilo. Ligou o transístor e um locutor falava de um poeta cujo nome não ouviu ou fez por não ouvir, ou se apressou talvez a esquecer. Mas o locutor dizia que era um grande poeta e nascera há cem anos e aquele poema chamava-se «Sonho» e fazia parte de um livro intitulado... E leu o poema.

O homem sentiu o coração muito quieto e duro dentro do peito. Uma impressão que não sentia desde o dia em que, ainda criança, o pai tinha morrido pela primeira vez, algures por onde andava com um poema copiado dentro da carteira.

Pegou no quadro, abriu-o, rasgou o papel aos pedacinhos, devagar, cuidadosamente. Estava triste e só, de mãos vazias. Dera-se a desertificação do pequeno oásis.

O Jornal, 7-1-83

FELICIDADE

Mora ali a felicidade. Ali, naquela mulher que pode ser facilmente confundida com muitas outras mulheres, porque não é bonita nem feia, não é gorda nem magra, não é nova nem velha, e usa cabelo encarniçado e a «farda» das esposas dos vencedores no campo de batalha da vida: brilhantes nos dedos e casaco de astracã com gola de *vison*. Mas, céus, vale a pena ouvi-la. Ou será desaconselhável? Bem, é conforme os dias. Nos dias bons, sentimo-nos contentes por ela, tão feliz, coitada, ainda bem; nos outros, a frustração apossa-se de quem a ouve, é como um manto negro.

Para começar do princípio, a sua infância de sonho, até porque ela teve um paraíso (jardim, quinta ou quintal, não sei, mas metia árvores e bichos, era Alice no País das Maravilhas). Depois houve muitos apaixonados, mesmo muitos, uma autêntica corte. Parece que era «engraçada». A maneira modesta como diz «engraçada», sorrindo como quem pede desculpa daquela fortuna involuntária, é digna de incondicional admiração. Recusa adjetivos como bonita, atraente, elegante, outros. Mas diz «engraçada», sorri assim, e ei-los presentes. Todos. Depois o noivo, que estava quase para casar com outra rapariga, a pobrezinha, quando a conheceu a ela. Depois o casamento. E o marido que é um homem extraordinário, não há ninguém melhor, um verdadeiro santo. E um verdadeiro santo perito em negócios, ainda por cima. Isso não diz nem vale a pena, todos o sabem, todos, pelo menos, o adivinham. E o filho que se formou com a nota mais alta? Mas recuemos um pouco para verificar que o filho foi um bebé lindíssimo, as pessoas até paravam na rua para o ver melhor, e, como ela era então muito nova – e engraçada, é bom não esquecer –, perguntavam-lhe se era irmão, ficavam muito espantados quando dizia que era seu filho. Claro que o bebé lindíssimo é hoje um homem muito atraente, inteligente, belo. Mas vejam lá, está a pensar em ir viver para Londres, adora Londres. Tem lá uma ótima situação. Um bater de pestanas e uma voz quebrada. É assim com os filhos, quebram as amarras e partem. Ah, não é por se gabar mas melhor mãe do que ela não houve. Igual talvez, admite, consente, embora sem entusiasmo, mas melhor...

    Olha para o relógio, levanta-se, despede-se, sai. Ela e o seu casaco de astracã, ela e o seu cabelo castanho-levemente-encarniçado, ela e a sua felicidade.

    – Seria mesmo engraçada? – pergunta alguém, pensativo.

    Mas ninguém sabe, ninguém a conheceu nesse tempo. Mas apostam que não era. E que todos se sentem frustradíssimos. A humanidade é rara, mas acontece.

Diário de Lisboa, 22-4-73

ASTRÓLOGAS

    São altamente tranquilizantes e sem o perigo sempre possível das drogas que nos vêm da farmácia. Ainda por cima são grátis. E neste mundo não há muitas coisas que assim nos sejam oferecidas de mão beijada. Então...

    Simples letras para quem queira lê-las, dar entrada num tempo paralelo, cor-de-rosa ou verde-esperança, que nada tem a ver com este nosso tempo veloz, ameaçador, violento, implacável, tantas vezes negro. Senhor, que agradáveis problemas, se assim se pode dizer, que suaves doenças, que doce correr mal a vida, que ameaças amáveis. Isto o mau, que do bom nem vale a pena falar. Ele é sempre ótimo. Ele anuncia-nos sempre a riqueza, o êxito, a saúde total, o amor perfeito. Adiante.

    Por exemplo, as doenças. São leves depressões que a ajuda do médico logo soluciona, são acautelarmo-nos com o frio, são essa aborrecida tendência para engordar (atenção, portanto, à dieta), são reumatismos facilmente curáveis, são dores de dentes (é, pois, de aconselhar uma visita ao dentista). Às vezes, se a saúde não é perfeita, é que Júpiter (ou qualquer outro planeta igualmente categorizado) perturba o equilíbrio do signo, mas que diferença entre isto de não ser perfeita e o ser francamente má. Não ser perfeita é uma leve, breve, suave ameaça, quem vai assustar-se com ameaças assim? Encontro hoje, aqui, no seu signo, um problema com Neptuno, mas o diferendo é facilmente resolúvel, que maravilha. Devo evitar discussões inúteis com pessoas pouco educadas. Fácil, não é?

Fala-nos o jornal ou o *magazine* de crimes, de desastres naturais ou propositados, de doenças terríveis, de mortes. Por isso eu gosto tanto dos horóscopos que diária ou semanalmente nos visitam. De que signo ignorado seriam as vítimas do dia de hoje? Ora, é melhor não pensar em tal. O que interessa é isto de irmos, por exemplo, conhecer pessoas que terão grande importância na nossa vida. Vamos, portanto, estar atentos a sorrir em volta.

Diário de Lisboa, 31-1-73

A MELHOR VISTA DE MAR

Realize os seus projetos através do crédito individual, dizem-me no jornal de hoje ou de há oito dias ou de há quinze, já não sei. Compre dois casacos pelo preço de um, eis uma sugestão cheia de interesse. Decida hoje o amanhã do seu filho, oferecendo-lhe um título de ocupação, aconselham-me. Escolha o seu apartamento ou moradia. E até: faça chover quando lhe apetecer, vejam lá aonde chegámos. Fale línguas. Compre a melhor vista de mar.

Passo adiante de todos os conselhos oferecidos pela módica quantia de quinze tostões, mas este da vista de mar faz-me crescer água na boca. A ideia é sedutora como tudo, lá isso é. A melhor vista de mar, vejamos: chegar a uma janela, até então sem horizontes ou de horizontes próximos (a largura de uma rua), e ir por ali adiante, sem prédios interpostos, não era mesmo maravilhoso? Aqui onde estou, preciso de uma bússola para saber de que lado fica o rio-mar e o Sul, ou o oceano e o Ocidente. Uma bússola, é isso. Hei de comprá-la um dia destes, mesmo sem nenhum anúncio a sugerir-me, a aconselhar-me a sua compra. Claro que a imaginação também serve; neste caso de barco parado, pode ser a melhor e a mais barata e a mais compreensiva das bússolas. Fecho os olhos e ali está o mar, todos os mares que conheço e que na verdade não são muitos, todos os rios que conheço e o Tejo que devia ser meu e só encontro às vezes, ao domingo, muito para lá de Lisboa, onde já não é bem rio e ainda não é bem mar.

É, portanto, útil ler os anúncios, mesmo para ficar a pensar na melhor vista de mar que vai haver quem compre um destes dias. E vou sonhando que o prédio em frente e o outro e o outro não existem, e que ali, para além das vidraças, fica a melhor vista do mar. De todos os mares de Portugal? Da Europa? Do mundo?

Do mundo, evidentemente.

Diário de Lisboa, 9-4-70

ÁGUA CHINESA

Menino pequeno, bem vestido e penteadinho, a almoçar com o pai num restaurante chinês. Pais decerto separados e pai a querer ganhar ou segurar com força o amor do filho, nos domingos em que estão juntos algumas horas. A falta de naturalidade na alegria por vezes tão difícil, em tudo o que diz, o que pergunta para preencher os espaços vazios que são de mais. Que são, por vezes, terríveis. Se continua a gostar de ir à escola, se os colegas são simpáticos, se teve muitos presentes pelos anos. Depois, a reparar na inutilidade das suas palavras. E a calar-se, preocupado, para refletir, para procurar um caminho melhor. O rapazinho, esse, também não sabe dizer àquele homem quinzenal, sem gravata e de fato amarrotado, a quem a mãe, também quinzenalmente, se refere de uma maneira esquisita, como se ele, seu filho, fosse culpado de alguma coisa.

Nessa manhã o pai dissera: «Vamos a um restaurante chinês. Nunca foste a nenhum, pois não?»

Nunca tinha ido. Como era um restaurante chinês? Ei-los, pois, sentados à mesa. Entre ambos uma travessa de galinha com amêndoas, taças de arroz chau-chau, uma garrafa de vinho e um jarro de água. O menino deixa de observar, interessado, as lanternas coloridas e o espanta-espíritos, e principalmente a senhora da mesa ao lado que maneja com tanta perícia os pauzinhos, para começar a comer com entusiasmo. A certa altura, leva o copo aos lábios, bebe um golinho de água.

«Pai, que boa que é esta água chinesa!», diz então muito sério, com ar compenetrado e em voz tão alta que, em volta, as pessoas sorriem e a senhora dos pauzinhos para de comer.

O pai também sorri. Porque teve ao longo da sua vida inquieta momentos assim, em que gostou de tudo o que o cercava e viu com olhos diferentes e provou com outro paladar o que sempre conhecera. E fica silencioso até ao fim da refeição, limitando-se a olhar o menino comendo galinha e bebendo aos golinhos a sua água chinesa.

O Jornal, 29-12-78

A MÃE E URSULA

A mãe era indiscutivelmente a mulher mais linda do mundo, indiscutivelmente se tal palavra fizesse parte do ainda reduzido vocabulário do rapazinho. Este olhava em volta e via as duas tias (francamente feias), as avós, coitadas, uma magra e uma gorda, um horror. As amigas da mãe não podiam comparar-se com ela, embora nada tivessem de repelente (outra palavra a ser adquirida mais tarde e a usar quando contasse a história). Na verdade, não o impressionavam.

Há tempos contava a história. Tem hoje quinze anos e é um rapazinho calmo, pausado, bem-falante. O pai é advogado, talvez seja por isso. Ele, porém, como é lógico, quer ser tudo menos advogado. Médico talvez, possivelmente arquiteto, ainda não sabe.

A mãe era, pois, a mulher mais linda do mundo quando ele tinha cinco ou sete anos. Agora já não sabe dizer porque era ela tão bonita. Seriam os olhos que o deslumbravam, ou a voz? Mas talvez a encarasse na sua totalidade. A mãe. Ela. Bela porque era sua mãe, porque era a mulher mais importante da sua vida, porque Freud, compreende? Complexo de Édipo, não é?

Uma noite depois do jantar, teve um enorme desgosto e lavou--se em lágrimas. Ninguém percebia a razão, pensaram mesmo em chamar o médico, falaram nisso antes de ele acabar por adormecer, soluçando. Durante horas fora como se todos os rios do mundo corressem dos seus olhos.

Estavam na sala e o pai lia o jornal e a mãe um livro, ou talvez fizesse *tricot*, já não se lembrava. Mas a certa altura o pai, que tinha o costume de ler em voz alta ou de contar as notícias de maior interesse, declarou: «Diz aqui que a Ursula Andress é a mulher mais bela do mundo.» A mãe sorriu, disse: «Não acho que seja a mais bonita. Há, por exemplo, aquela inglesa, como se chama?» O pai interrompeu-a: «Olha que a Ursula Andress é, realmente...»

Foi então que o rapazinho começou a chorar. Os pais não ligaram choro e conversa e estavam mesmo perdidos, sem compreender o seu *leitmotiv*: «É a mãe, é a mãe!» Adormeceu horas depois, de cansaço, ainda a soluçar e a murmurar baixinho que era a mãe. E durante dias evitou olhar para o pai, inocente destruidor de mitos.

Hoje acha a mãe absolutamente vulgar. Tal como o pai, de resto. E assegura que nenhum deles o compreende. Nada de original, portanto.

Diário de Lisboa, 6-3-70

O PRETENDENTE

Falaram-me dele há dias, disseram-me que fora bonitinho, de ar tranquilo, muito discreto, e que se chamava, que lhe chamam, Xico. A mãe era amiga de quem contava a história – se história se lhe pode chamar – e aparecia com frequência lá em casa. Ele, o Xico, tinha vinte anos e procurava emprego quando surgiu em Lisboa uma empresa importantíssima, chamemos-lhe SILAR, e a mãe resolveu que ele havia de entrar para lá. Tudo o resto se lhe afigurava, de súbito, insignificante e indigno dos altos méritos do Xico. Defendia a SILAR de qualquer ataque, como se de repente fosse sua e a amasse.

A senhora aparecia pelo menos uma vez por mês, era um hábito.

– Então o Xico? – perguntavam-lhe.

– Foi ontem falar com um doutor, explicava, reverente. – Mas o doutor tinha saído, e disseram-lhe que voltasse na quinta-feira. Asseguraram-lhe que na quinta-feira o doutor o recebe sem falta.

– Então, o doutor? – perguntavam-lhe quando ela voltava.

– Foi simpatiquíssimo. Mas explicou ao Xico que os lugares que ele podia preencher (os outros eram insignificantes, não eram lugares para um rapaz com as habilitações do Xico) estavam todos ocupados.

– Eu a ele aceitava um desses lugares insignificantes – sugeriram-lhe. – Sempre ficava lá dentro. Vocês não têm muito dinheiro e...

– Deixe-me acabar. O doutor mandou-o falar com outro doutor. Fez, mesmo, um telefonema, ali, diante do Xico, mas o outro ia a sair, disse que o recebia quando voltasse de Berlim. Ia no dia seguinte para Berlim. Viajam com uma destas facilidades...
Da próxima vez:
– E o homem de Berlim?
– Vê lá a pouca sorte. Chegou, teve uma dor, foi operado de urgência, ainda não voltou à SILAR. Parece que está a fazer uma falta louca.
Isto durante meses, durante anos. Pelo menos, durante dois anos. Depois quem contava o caso viveu alguns anos no estrangeiro. Antes, porém, de partir, ainda disse uma vez:
– Porque não procura ele outra coisa? Nos anúncios, sei lá. Arranjam-se às vezes bons empregos nos anúncios.
– Oh, não! – exclamava a boa senhora levemente ofendida. – Ele há de conseguir entrar. Têm sido todos muito simpáticos, têm-no recebido com muita consideração.

Diário de Lisboa, 31-3-71

AS ASAS

Sentado à mesa do café o homem contava coisas do passado e do presente. «E tu, Joãozinho, o que queres ser?», perguntavam-lhe naquele tempo-longe, quando vivia na província, mais precisamente numa aldeia do Norte e, vissem lá, ia sempre de anjo na procissão. As amigas e conhecidas da mãe, que não sabiam que lhe dizer quando o encontravam, até porque ele era uma criança desengraçada, embezerrada, de olhar mole, sempre tombado num chão qualquer, perguntavam-lhe que tal iam as coisas na escola e logo depois lá vinha a pergunta sacramental: o que queria ser quando crescesse. Da escola fazia o possível por dizer pouco, não lhe agradavam nada os estudos. Agora o que queria ser era anjo. As senhoras riam que se fartavam e a mãe acorria logo, envergonhada, como se pudessem pensar que ele, seu filho, era um atrasado mental. No entanto, todas elas eram muito devotas, não falhavam uma missa. «É que o Joãozinho adora ser anjo na procissão!», explicava, pois, a mãe, realista e convincente. Como se fosse verdade! O que ele queria era ser anjo a sério, abrir as asas e voar para bem longe da escola, onde era o último, e da casa, onde todos ralhavam sem razão. Razões tinha-as ele...

«Que razões, pá?»

Boas, excelentes razões. Talvez as mesmas que depois, já ali na cidade para onde fora transplantado, o faziam sonhar com aviões. Ser comissário de bordo era então o seu sonho. Asas metálicas que o levassem a vários países, a vários continentes no mesmo dia. Que o levassem para longe daquela secretária, do quarto alugado onde morava. Infelizmente, não havia dinheiro para os estudos de que não gostara em criança, de que passara depois a gostar, e o seu sonho tinha tantas possibilidades de se realizar como o outro, o antigo, de ser anjo. Então, para ali ficara, áptero como toda a gente, mas como que mutilado, sentado à tal secretária, há mais de vinte anos afogado em papéis.

«Há coisas piores, amigo.»

Havia. Muitas. Mas durante um certo tempo fora preparando a evasão perfeita. Longamente. Cuidadosamente. Afinal, acabara por desistir. Arranjara mulher e filhos, podia lá. E ali estava, rastejante à espera de cumprir a pena por inteiro, até à reforma ou até ao fim.

«E o anjo? E o comissário de bordo?»

Ambos mortos. Duas pás de cal e não pensara mais nisso. Mas o emprego, tão desinteressante. Mas a casa onde todos ralhavam sem razão, como dantes, na outra. Então sonhava, embora sem acreditar. «Os anjos passam, não é verdade? Agora, são sonhos de sonho. Os antigos eram de outra matéria, como que reais para mim. Podiam acontecer. Talvez acontecessem. Estes são sonhos mesmo, um remédio para sobreviver. Fecho os olhos e sou astronauta e visito planetas ignorados ou mesmo a outra face da Lua. Às vezes, a viagem dura o tempo de fechar e abrir os olhos, e começo logo a escrever para uns cavalheiros de Hamburgo ou de Manchester com quem o meu patrão mantém uma aborrecida, abstrata e, pelos vistos, vantajosa correspondência comercial, que é uma das coisas mais importantes da vida dele, pobre homem.»

O Jornal, 26-1-79

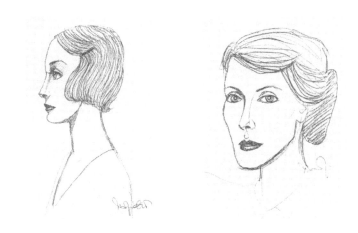

SETA DESPEDIDA

SETA DESPEDIDA

Às vezes faz um esforço e vê a casa como se ela fosse nova, com os traços nítidos e com as cores vivas da primeira vez das coisas, móveis pesados, volumosos, quase agressivos, e paredes bem lisas. Então lembra-se da criança, das crianças que lá moraram, meninas de várias idades mas muito parecidas, do pai, da mãe, da avó, da criada e do gato. O pai era um homem claro, lento e ausente, mesmo quando falava fazia-o como quem não liga grande importância a nada nem a ninguém, vê-o sempre a abrir o jornal ou a dobrá-lo depois de o ter lido. Quando mostrava um sorriso, o que era raro, todos se sentiam – deviam sentir-se – muito gratificados, era uma espécie de atenção concedida. A mãe, nos últimos tempos, estava quase sempre com os olhos inchados ou então a descansar, não faça barulho que a mamã está a descansar, dizia a criada que foram sucessivas criadas, sem rosto e sem nome, mas todas baixas, fortes, morenas, beiroas. A avó sempre tinha sido velha, era como se o tempo não pudesse feri-la mais. O gato, esse, foi enorme e imponente, depois mirrou, foi mirrando como é natural acontecer aos seres que vivem ao lado de quem cresce, embora nunca tivesse atingido, por falta de oportunidade (foi levado, uma noite de boémia, pelo carro camarário), o modesto lugar que lhe competia entre as criaturas da sua infância. Quanto à menina, às meninas, são quase sempre indecisas e vaporosas, flutuam, têm algo de ectoplásmico, fecha os olhos, agora, e andam vacilantes por aqui e por além, depois bate as pálpebras e eis que perdem a visibilidade e se alteram, se dissipam. Meninas errantes e transitórias, aloiradas ou descoloridas como retratos antigos. E, rente às suas pernas sem contorno definido, desliza a mancha amarela do gato que se chamava *Aristides* e miava como quem canta, mesmo quando uma das mais pequenas o pisava por engano, ao movimentar-se, ainda hesitante, por entre cadeiras e pernas de mesa.

Às vezes vinham outras crianças que moravam perto e essas eram barulhentas e acabavam por ir todas para o quintal das traseiras ou para o quarto dos brinquedos, porque a mãe estava a descansar. E havia em toda a casa o grande silêncio dos segredos e dos risos abafados. Uma das crianças chamava-se Ísis e o pai, quando a via, dizia sempre «Olá, deusa!».

Todas as pessoas foram morrendo, mais tarde ou mais cedo, de mortes diferentes, que podem ter sido a chamada morte ou a chamada vida, e acabaram por desaparecer dentro de uma cova e cobertas de flores, ou talvez à superfície, na outra ponta da cidade ou do outro lado do mar. Foram-se tornando vagos habitantes de uma mente desmemoriada, como eram, que vozes tinham? Quanto à menina, às meninas, também se foram apagando, apagaram-se quase por completo, nunca totalmente, claro, delas só ficou quem nesse instante teve uma espécie de vislumbre, antes de o nevoeiro descer de novo sobre a superfície dos dias.

«Fui aquela, esta, esta ainda», gosta de pensar. Entre uma e outra nunca houve uma transição lenta, suave e impercetível como são as transições, mas uma espécie de dilúvio universal, e todos desapareceram debaixo das águas revoltas e das terras e das coisas que elas arrastavam consigo. Só ficou a casa-arca, boiando mal ou bem, mais ou menos à deriva, e dentro dela a mulher, à espera sabe lá de quê, à espera de coisa nenhuma. Como seria? De vez em quando há uma resposta à pergunta que faz. Nesses momentos surge entre nada e nada, bem nítida, quase viva, mas são breves instantes e tudo foge.

Esquece-se em frente dos espelhos, principalmente do grande, do *hall*. Vai avançando devagar, estaca como se não pudesse dar mais um passo ou como se dá-lo fosse perigoso, portanto desaconselhável. O espelho é, de súbito, um lago imóvel e a sua imagem reflete-se com nitidez na água de vidro. A luz é fraca e isso ajuda a profundidade dos pegos. E ela boia à superfície, desfaz-se, refaz-se.

Amanhã vou pintar o cabelo, decide. Porque no amanhã de certos dias pinta sempre o cabelo ou compra um *bâton* diferente, mais claro, mais escuro, incolor, pinta os olhos ou ignora-os, usa ou não óculos escuros. Há ocasiões em que a encontram, hesitam, será ela?, devem pensar. «Meu Deus, estás diferente, que te aconteceu, mulher?» Apetece-lhe responder que morreu e ressuscitou, que estava na idade dos peixes e houve um cataclismo e se encontra agora na dos lagartos, mas ninguém iria compreender as suas palavras. Nem ela própria. Porque além da cor do cabelo, ou do lápis com que pintou os olhos, tudo está absolutamente igual.

Lembra-se muito bem de que era segunda-feira e era novembro, mas isso talvez fosse por causa das castanhas.

«Quem?», disse a última badalada ou a última palavra, longa e forte, a recusar desfazer-se. Depois foi um grande silêncio cheio dos ruídos característicos de todos os silêncios, uma buzina ao longe, um ladrido, uma madeira que estalou de secura, uma tossezinha abafada, um segredo. Quem?

Tudo aquilo durou, deve ter durado, uma eternidade. Quando a própria lembrança da pergunta se esvaiu, as tosses e também o bichanar e o mover dos corpos levezinhos, nos bancos, foram sendo mais fortes. Só o cão se calara. Fora com certeza dar um giro.

«Ninguém quer falar?», perguntou então a professora, que era magra e usava uns óculos redondos, muito espessos. «Se ninguém confessa tenho de passar revista às vossas pastas e aos vossos bolsos, Tu!», exclamou de ponteiro em riste, «vem cá. E antes de mais explica como é a caneta. De que cor?»

A miúda sardenta subiu ao estrado e disse outra vez, na sua voz aflautada, que era uma caneta muito bonita que o pai lhe tinha dado no dia dos anos. Preta, era preta e com um nome em letras douradas. Que a tinha na pasta e que depois já lá não estava e que...

«Muito bem, espera aí. Meninos! Tragam cá as vossas coisas. Um por um. Vamos começar por ti.»

Estojos abertos sobre a grande e velha secretária cheia de pingos de tinta ressequida, pastas despejadas, bolsos voltados do avesso. Tesouros de cromos, de moedas, de caricas, dois espelhinhos, três pentes, canivetes. Um, dez, vinte alunos regressaram aos seus lugares com o ar virtuoso e vitorioso da inocência publicamente reconhecida. Ao vigésimo primeiro a miúda sardenta gritou: «É esta! É a minha caneta, é a minha linda caneta!» E a professora olhou longamente a culpada, disse-lhe que não saísse depois da aula, tinham que ter uma conversa as duas. E entregou o corpo do delito à sua legítima e triunfante proprietária.

Como o seu lugar era na última fila, a ré desceu a coxia central quase sem forças nas pernas. Todos a olhavam e riam dela e diziam coisas que mal percebeu porque estava envolta na pesada capa da sua ignomínia. Nítida só a palavra ladra que ninguém pronunciara mas que nem por isso era menos forte. A professora disse então: «Silêncio, vamos terminar a aula, ainda faltam dez minutos.»

Talvez nunca tivesse sofrido tão intensamente, pensou mais tarde, em tempo de sofrimento adulto e compreensões possíveis. Porque tudo é relativo – e ela, naquele dia, tinha ombros estreitinhos, falta de palavras para se defender e a firme convicção de que ficaria para todo o sempre com uma marca na testa. E conseguiu pensar o menos possível naqueles minutos, nos que se lhes seguiram. De resto, sempre o fez tão à superfície, tão de passagem, tão de fugida para outros pensamentos, que acabou por não saber ao certo se teria mesmo roubado a caneta ou se alguém a teria metido no seu bolso para a incriminar. Porque num engano – razão que deu à professora e a que se agarrou com unhas e dentes – nunca acreditou muito.

A senhora condenou-a então a pena suspensa. Que por aquela vez... Mas se repetisse...

Quando saiu da aula, a fazer-se pequenina, receava o pior. Risos, insultos, pancada, quem sabe. E ladra, dizia a voz. E ladra. Atravessou os risos e os segredos e deitou a correr pela rua fora, de aflita não pensava, logo não temia, já não. A certa altura veio-lhe um cheiro a castanhas assadas, e avistou, ao fundo da rua, o fumo branco, grosso e aromático que saía da assadeira. Procurou a moeda, sentou-se num degrau a comer, melhor, a devorar. Os problemas graves sempre lhe abriram o apetite.

No dia seguinte estava com febre e não foi à escola. Depois falou-se em pneumonia. Depois, já não sabe porquê, mudaram-na de colégio. Mas agora, pensando melhor, lembra-se de que, na véspera do dia da caneta e das castanhas, o pai tinha saído de casa com duas malas, depois de uma discussão violenta com a mãe, e nunca mais tinha voltado. Mas telefonava todos os dias a saber se ela estava melhor. Quando ficou boa passou a ir almoçar com ele todos os domingos. Primeiro só com ele, depois, também, com a sua nova mulher.

De vez em quando mexe em velhos papéis, em velhos álbuns. Há dias encontrou uma fotografia sua meio apagada. Tinha os olhos muito abertos, queixo no ar, braços fininhos escorridos ao longo do corpo e estava muito séria. Macambúzia talvez fosse mais certo.

O vestido era azul, vestiam-na quase sempre de azul, era decerto a cor que a mãe preferia. Ouviu a voz do pai, de máquina em riste: «Vou disparar.» A voz estava perdida no tempo, mas ela ainda a ouvia às vezes, quando não esperava, quando não estava a pensar nisso. «Vou disparar!» Disparar como se a fuzilassem. Ela, encostadinha a uma árvore de um jardim qualquer, e, na sua frente, o pelotão de execução, melhor, o fuzilador. A palavra existiria, fuzilador? E havia no seu peito um pequeno receio duro e doloroso de fim, depois uma ressurreição sem glória, porque nem a morte nem a vida eram importantes. «Pronto. Fica como ficar», disse o pai, aborrecido, e sentou-se no banco, perto da árvore. A mãe apertou o casaco contra o peito e disse: «Começa a estar frio.» Mas de súbito duvida, pensa: Seria a mãe ou a outra? Qual delas teve frio na tarde da fotografia?

E o tempo foi passando. Seta despedida não volta ao arco.

Às vezes há reuniões de amigos. Sempre em casa porque o marido nunca gostou de sair à noite, sempre no primeiro sábado dos meses. As pessoas falam ou cacarejam, algumas, um dos homens, pelo menos, faz pequenos discursos sobre aplicações de capitais, coisas assim. Há também risos soltos ou apertados, e uma ou outra frase que dura um pouco mais que as outras. As mulheres, entre elas Ivette (ou Arlette, nunca sabe ao certo), trazem quase sempre vestidos pretos e usam joias de fantasia.

Ela é nessas alturas uma pessoazinha incolor, apagada, às vezes ausente, porque em certas ocasiões acontece-lhe despir o corpo, deixá-lo na cadeira, ou, melhor ainda, no *maple*, que está habituado a coisas dessas, parte, vai para bem longe. A mãe, que às vezes aparece «para lhe dar apoio moral», procura-a pela sala movendo lentamente a cabeça e tem uma ruga vertical entre as sobrancelhas. Ela anda por ali. Porque uma palavra a arrastou para outra palavra, uma imagem para outra imagem, mais vivas e reais do que as presentes.

Outras vezes vai desenhando com traço fino as pessoas na tela do fumo, embora as suas mãos continuem presas, a esquerda ao joelho direito, a direita ao cigarro. Porque fuma com a mão direita como todos os desocupados. Sente-se então longe longe, como se os outros falassem uma língua estranha, ou como se o mal fosse dela, bicho esquisito entre bichos de uma mesma raça.

Nessa noite foi por entre risos e conversas, decerto cheias de interesse para a maioria, que a ideia, melhor, o esboço da ideia, ou talvez o seu vislumbre, chegou. Disse-a alguém, mas ao mesmo tempo caiu de uma gaveta miniatural dentro da sua cabeça, ou de uma estante onde estava arrumada e esquecida. Caiu, foi caindo e ficou por assim dizer aos seus pés. Apanhou-a, embora continuasse quieta e encolhida, e procurou ler o que lá estava escrito preto no branco. Entretanto sorria atenta e interessadamente aos olhos um pouco estrábicos de alguém que falava consigo, melhor, que dizia um monólogo em sua intenção, ao mesmo tempo que metia um cigarro entre os lábios e o acendia. Tratava-se de Ivette ou Arlette a dizer que só fora para fugir à rotina, na verdade nem lhe apetecia, conhecia Londres como os seus dedos. Pôs o isqueiro em cima de qualquer coisa e continuou a falar agora de um avião que não pudera aterrar porque os controladores estavam em greve, uma maçada. Era o início de uma longa crónica de viagem, dava para pensar em muitas coisas, sobretudo na rotina, que não era bem aquela a que Ivette ou Arlette se referira, mas outra bem diferente. Porque o que lhe caíra aos pés dizia que a rotina, pois claro, mas a rotina do marido. E que ela vivia, desde o dia em que se tinham encontrado, na rotina dele, e antes disso na da mãe. Que, em suma, nem a rotina era sua, nunca fora. Houvera uns gritos a rasgar o silêncio mas quase todos estavam esquecidos. E isso, que talvez fosse sem importância, que faria decerto rir as pessoas se ela resolvesse dizer em voz alta: «Olhem, descobri uma coisa sensacional, querem ouvir? Nem rotina tenho, escolheram-na para mim (qual escolheram, nem isso), e eu tenho vivido nela sem dar por nada.»

Ivette ou Arlette fez um gesto mais largo e o isqueiro caiu na carpete. Moveu então o pé lentamente, como quem muda de posição, empurrou-o para debaixo do *maple*. Olhou para a mãe e deu com os olhos dela muito atentos. Tinha aquela ruga vertical, muito acentuada, entre as sobrancelhas, e a expressão de quem não compreende ainda muito bem mas já compreendeu qualquer coisa. Sorriu para ela e levantou-se porque Ivette ou Arlette e o marido, e o outro casal, se tinham levantado por já ser tarde. A mãe saiu ao mesmo tempo porque alguém lhe dava uma boleia.

Nessa noite, quando o marido adormeceu, pesadamente como sempre, levantou-se e foi sentar-se na sala. Não levara para a cozinha copos nem cinzeiros, e havia um cheiro grosso, desagradável, a tabaco frio, a álcool e também ao perfume muito intenso de uma das mulheres. Sentou-se para pensar. Mas ainda não havia em si espaços para pensamentos, só para sensações. Como se tivesse recuado e recusado – por enquanto – a ideia de há pouco. Ou ainda como se se preparasse para a receber melhor, em silêncio, de alma mais tranquila, ali, na sala de visitas, e a sós. Antes de se sentar, porém, tirou de debaixo do *maple* para onde o seu pé o empurrara o isqueiro de Ivette ou Arlette e olhou-o com atenção. Era um isqueiro qualquer, vulgaríssimo, de metal prateado. Pô-lo em cima da mesa redonda, de vidro, e partiu. Tinha a sensação de que algo havia retirado a cor ao mundo, subitamente a preto e branco (um preto e branco discreto, nada de altos contrastes), mas sem que uma tão grande transformação houvesse sido anunciada. Viu vagamente pessoas, as que ali tinham estado e outras, e elas apareciam-lhe soltas, nem uma raiz, nem uma aura que as prolongasse até si, que a aflorasse sequer. Tão subitamente estranhas, as pessoas. Manequins falantes, passeando como manequins, e ela acabando por ser um deles, embora imperfeito. Ela e a perfeição... Mas um manequim que se levantava às oito horas, que sujava e lavava panelas, que fazia uma cama, que ia às compras, que ouvia rádio como pano de fundo, que olhava para o relógio porque talvez estivesse a fazer-se tarde para qualquer coisa.

Embora quieta, abriu e fechou gavetas silenciosas e sem segredos. Todas menos uma, onde havia, dentro de uma caixa de madeira pintada, uma flor que alguém lhe dera há eternidades, dois lenços cuja existência tinha esquecido, uma pulseira de pechisbeque também já sem história, a lembrança de uma caneta preta com um nome em letras doiradas. Nessa gaveta há também, agora, um isqueiro.

Pegou em livros e voltou a colocá-los no seu lugar entre outros dois livros que tinham – deviam ter – uma qualquer afinidade. Porque horas antes ainda era importante, aconselhável, que os livros morassem em família, melhor, em grupos que se entendessem como irmãos ou camaradas. Agora, porém, nesse instante, já não, para quê? O que era aquele volume e o outro e o outro senão papel que uma máquina qualquer sujou de tinta e outra cortou? Mas nem isso pensava, claro. Sentia-o, era tudo. De súbito era como se já não houvesse relações entre aquele cenário e as criaturas de Deus e as coisas de Deus e do diabo. A caneca mandarim caiu-lhe das mãos – terá caído? – e fez-se em cacos. Mas nem uma gota de sangue se perdeu. Porque a caneca era, de súbito, uma caneca de loiça que se quebrou, acontece, tudo está condenado. Sentia-se num lugar estranho, quieta e um pouco atordoada, e sem bússola.

Foi ao frigorífico buscar um ovo cozido. Estava, de súbito, esfomeada. E acabou por não pensar mais naquilo porque tinha sono, foi deitar-se e adormeceu como uma pedra.

– Não te apetecia às vezes mudar? – perguntou ao marido com ar natural e a voz de todos os dias.

— Mudar o quê? — espantou-se ele sem exagero.
— Sei lá. Mudar. De casa, por exemplo. Nasci aqui, estou farta. Mudar de cara. Às vezes olho para o espelho e sinto um cansaço... Tu não? Mudar de língua. De rua. De país. Mudar de vida. Arranjar papéis falsos, sei lá!

Ele poisou a colher, limpou a boca devagar, olhou-a, e na sua testa havia várias interrogações.

— Que diabo te deu? Sentes-te bem?
— Não sei.
— Não sabes o quê?
— Se me sinto bem.
— Dizes às vezes umas coisas...
— Não te acontece olhar para ti, para mim, para as paredes, para as pessoas, na rua? Não sentes que houve engano? Não sentes, pelo menos, que *pode* ter havido engano?
— Que engano?
— Sentes-te bem na tua pele? Sentes-te *sempre* bem na tua pele?
— Se queres saber, nunca me incomodou.
— Que bom!

Ficou calada, longamente calada, enquanto ele, decerto já a pensar noutra coisa, comia. A certa altura disse:

— Tive hoje um problema com o carro.

Ela, porém, recusou-se a ouvi-lo. Acontecia.

— Estou certa de que houve um engano — continuou. — Absolutamente certa. Porque hei de eu ser assim, estar aqui, contigo...
— Gostaste de mim, suponho — respondeu com frieza.
— Claro, claro. Mas aí está, porquê? E tu de mim? E porque havíamos de nos ter encontrado? Também gostaste de mim, não é verdade?

Um sorriso largo, tranquilizado. O sorriso de quem, ora aí está, percebeu tudo. As mulheres...

— Mas que diabo se te meteu na cabeça? Claro que gosto de ti, claro que és a única pessoa de quem verdadeiramente gosto.

Deu consigo a sorrir daquele «verdadeiramente» com tanta inocência lançado. E a pensar que é necessário prosseguir. Ele não compreendia e ela não sabia explicar-se melhor. Ou não podia. Ou não o desejava.

— Ótimo — disse. — Vou buscar o frango. Com ervilhas.

— Adoro frango com ervilhas.

— E eu fiz frango com ervilhas. São as pequenas coisas que dão gosto à vida, não é verdade?

— Claro que sim.

Já quase no fim da refeição, disse ele:

— É verdade, o Ricardo telefonou esta tarde.

— Quem é o Ricardo?

— O marido da Ivette.

— Ivette ou Arlette?

— Ivette.

— Ah.

— Parece que ela perdeu um isqueiro. Pensou que podia tê-lo deixado cá em casa. Disse-lhe que te perguntava.

— Um isqueiro?

— Um isqueiro de prata.

Ela sorriu vagamente.

— Não encontrei nenhum isqueiro — disse.

GEORGE

Andam lentamente, mais do que se pode, como quem luta sem forças contra o vento, ou como quem caminha, também é possível, na pesada e espessa e dura água do mar. Mas não há água nem vento, só calor, na longa rua onde George volta a passar depois de mais de vinte anos. Calor e também aquela aragem macia e como que redonda, de forno aberto, que talvez venha do sul ou de qualquer outro ponto cardeal ou colateral, perdeu a bússola não sabe onde nem quando, perdeu tanta coisa sem ser a bússola. Perdeu ou largou?

Caminham pois lentamente, George e a outra cujo nome quase quis esquecer, quase esqueceu. Trazem ambas vestidos claros, amplos, e a aragem empurra-os ao de leve, um deles para o lado esquerdo de quem vai, o outro para o lado direito de quem vem, ambos na mesma direção, naturalmente.

O rosto da jovem que se aproxima é vago e sem contornos, uma pincelada clara, e, quando os tiver, a esses contornos, ele será o rosto de uma fotografia que tem corrido mundo numa mala qualquer, que tem morado no fundo de muitas gavetas, o único fetiche de George. As suas feições ainda são incertas, salpicando a mancha pálida, como acontece com o rosto das pessoas mortas. Mas, tal como essas pessoas, tem, vai ter, uma voz muito real e viva, uma voz que a cal e as pás de terra, e a pedra e o tempo, e ainda a distância e a confusão da vida de George, não prejudicaram. Quando falar não criará espanto, um simples mal-estar.

Agora estão mais perto e ela encontra, ainda sem os ver, dois olhos largos, semicerrados, uma boca fina, cabelos escuros, lisos, sobre um pescoço alto de Modigliani. Mas nesse tempo, dantes, não sabia quem era Modigliani e outros que tais, não eram lá de casa, os pais tinham sido condenados pelas instâncias supremas à quase ignorância, gente de trabalho, diziam como se os outros não trabalhassem, e sorriam um pouco com a superioridade dessa mesma ignorância se a ouviam falar de um livro, de um filme, de um quadro nem pensar, o único que tinham visto talvez fosse a velha estampa desbotada do Angelus que estava na casa de jantar. Com superioridade, pois, e também com uma certa indignação. Ou seria mesmo vergonha? Como quem ouve um filho atrasado dizer inépcias diante de gente de fora, que depois, Senhor, pode ir contar ao mundo o que ouviu. E rir. E rir.

Já não sabe, não quer saber, quando saiu da vila e partiu à descoberta da cidade grande, onde, dizia-se lá em casa, as mulheres se perdem. Mais tarde partiu por além-terra, por além-mar. Fez loiros os cabelos, de todos os loiros, um dia ruivos por cansaço de si, mais tarde castanhos, loiros de novo, esverdeados, nunca escuros, quase pretos, como dantes eram. Teve muitos amores, grandes e não tanto, definitivos e passageiros, simples amores, casou-se, divorciou-se, partiu, chegou, voltou a partir e a chegar, quantas vezes? Agora está – estava –, até quando?, em Amsterdão.

Depois de ter deixado a vila, viveu sempre em quartos alugados mais ou menos modestos, depois em casas mobiladas mais ou menos agradáveis. As últimas foram mesmo francamente confortáveis. *Vives numa casa mobilada sem nada de teu? Mas deve ser um horror, como podes?,* teria dito a mãe, se soubesse. Não o soube, porém. As cartas que lhe escrevia nunca tinham sido minuciosas, de resto detestava escrever cartas e só muito raramente o fazia. Depois o pai morreu e a mãe logo a seguir.

GEORGE

Uma casa mobilada, sempre pensou, é a certeza de uma porta aberta de par em par, de mãos livres, de rua nova à espera dos seus pés. As pessoas ficam tão estupidamente presas a um móvel, a um tapete já gasto de tantos passos, aos *bibelots* acumulados ao longo das vidas e cheios de recordações, de vozes, de olhares, de mãos, de gente, enfim. Pega-se numa jarra e ali está algo de quem um dia apareceu com rosas. Tem alguns livros, mas poucos, como os amigos que julga sinceros, sê-lo-ão? Aos outros livros, dá-os, vende-os a peso, que leve se sente depois!

– Parece-me que às vezes fazes isso, enfim, toda essa desertificação, com esforço, com sofrimento – disse-lhe um dia o seu amor de então.

– Talvez – respondeu –, talvez. Mas prefiro não pensar no caso.

Queria estar sempre pronta para partir sem que os objetos a envolvessem, a segurassem, a obrigassem a demorar-se mais um dia que fosse. Disponível, pensava. Senhora de si. Para partir, para chegar. Mesmo para estar onde estava.

Os pais não sabiam compreender esse desejo de liberdade, por isso se foi um dia com uma velha mala de cabedal riscado, não havia outra lá em casa. Mas prefere não pensar nos primeiros tempos. E as suas malas agora são caras, leves, malas de voar, e com rodinhas.

A outra está perto. Se houve um momento de nitidez no seu rosto, ele já passou, George não deu por isso. Está novamente esfumado. A proximidade destrói ultimamente as imagens de George, por isso a vai vendo pior à medida que ela se aproxima. É certo que podia pôr os óculos, mas sabe que não vale a pena tal trabalho. Param ao mesmo tempo, espantam-se em uníssono, embora o espanto seja relativo, um pequeno espanto inverdadeiro, preparado com tempo.

– *Tu?*

– *Tu, Gi?*

Tão jovem, Gi. A rapariguinha frágil, um vime, que ela tem levado a vida inteira a pintar, primeiro à maneira de Modigliani,

depois à sua própria maneira, à de George, pintora já com nome nos *marchands* das grandes cidades da Europa. Gi com um pregador de oiro que um dia ficou, por tuta e meia, num penhorista qualquer de Lisboa. Em tempos tão difíceis.
— *Vim vender a casa.*
— *Ah, a casa.*
É esquisito não lhe causar estranheza que Gi continue tão jovem que podia ser sua filha. Quieta, de olhar esquecido, vazio, e que não se espante com a venda assim anunciada, tão subitamente, sem preparação, da casa onde talvez ainda more.
— *Que pensas fazer, Gi?*
— *Partir, não é? Em que se pode pensar aqui, neste cu de Judas, senão em partir? Ainda não me fui embora por causa do Carlos, mas... O Carlos pertence a isto, nunca se irá embora. Só a ideia o apavora, não é?*
— *Sim. Só a ideia.*
— *Ri-se de partir, como nós nos rimos de uma coisa impossível, de uma ideia louca. Quer comprar uma terra, construir uma casa a seu modo. Recebeu uma herança e só sonha com isso. Creio que é a altura de eu...*
— *Creio que sim.*
— *Pois não é verdade?*
— *Ainda desenhas?*
— *Se não desenhasse dava em maluca. E eles acham que eu tenho muito jeitinho, que hei de um dia ser uma boa senhora da vila, uma esposa exemplar, uma mãe perfeita, tudo isso com muito jeito para o desenho. Até posso fazer retratos das crianças quando tiver tempo, não é verdade?*
— *É o que eles acham, não é?*
— *A mãe está a acabar o meu enxoval.*
— *Eu sei.*
Há um breve silêncio, depois George diz devagar:

― *Que calor, cheira a queimado, o ar. Terá sido sempre assim?*
― *Farto-me de dizer: cheira a queimado, o ar. Ninguém me ouve.*
― *Ninguém ouve ninguém, não sabes? Que aprendeste com a vida, mulher?*

A sua voz está mole, pegajosa, difícil, as palavras perdem o fim, desinteressadas de si próprias, é como se se preparassem para o sono.

― *Creio que estou atrasada* ― diz então, olhando para o relógio.
― *Estou mesmo* ― acrescenta, olhando melhor. ― *E não posso perder o comboio. Amanhã bem cedo sigo para Amsterdão. Estou a viver em Amsterdão, agora. Tenho lá um* atelier.
― *Amsterdão é? Onde fica isso?*

Mas é uma pergunta que não pede resposta. Gi fá-la por fazer e sorri o seu lindo sorriso branco de 18 anos. Depois ambas dão um beijo rápido, breve, no ar, não se tocam, nem tal seria possível, começam a mover-se ao mesmo tempo, devagar, como quem anda na água ou contra o vento. Vão ficando longe, mais longe. E nenhuma delas olha para trás. O esquecimento desceu sobre ambas.

Agora está à janela a ver o comboio fugir de dantes, perder para todo o sempre árvores e casas da sua juventude, perder mesmo a mulher gorda, da passagem de nível, será a mesma ou uma filha ou uma neta igual a ela? Árvores, casas e mulher acabam agora mesmo de morrer, deram o último suspiro, adeus. Uma lágrima que não tem nada a ver com isto mas com o que se passou antes ― que terá sido que já não se lembra?, uma simples lágrima no olho direito, o outro, que esquisito, sempre se recusa a chorar. É como se se negasse a compartilhar os seus problemas, não e não.

* * *

A figura vai-se formando aos poucos como um *puzzle* gasoso, inquieto, informe. Vê-se um pedacinho bem nítido e colorido mas que logo se esvai para aparecer daí a pouco, nítido ainda, mas esfumado. George fecha os olhos com a força possível, tem sono, volta a abri-los com dificuldade, olhos de pupilas escuras, semicirculares, boiando num material qualquer, esbranquiçado e oleoso.

À sua frente uma senhora de idade, primeiro esboçada, finalmente completa, olha-a atentamente. De idade não, George detesta eufemismos, mesmo só pensados, uma mulher velha. Tem as mãos enrugadas sobre uma carteira preta, cara, talvez italiana, italiana, sim, tem a certeza. A velha sorri de si para consigo, ou então partiu para qualquer lugar e deixou o sorriso como quem deixa um guarda-chuva esquecido numa sala de espera. O seu sorriso não tem nada a ver com o de Gi – porque havia de ter? –, são como o dia e a noite. Uma velha de cabelos pintados de acaju, de rosto pintado de vários tons de rosa, é certo que discretamente mas sem grande perfeição. A boca, por exemplo, está um pouco esborratada.

Sem voz e sem perder o sorriso diz:

– *Verá que há de passar, tudo passa. Amanhã é sempre outro dia. Só há uma coisa, um crime, que ninguém nos perdoa, nada a fazer. Mas isso ainda está longe, muito longe, para quê pensar nisso? Ainda ninguém a acusa, ainda ninguém a condena. Que idade tem?*

– *Quarenta e cinco anos. Porquê?*

– *É muito nova* – afirma. – *Muito nova.*

– *Sinto-me velha, às vezes.*

– *É normal. Eu tenho quase 70 anos. Como estava a chorar, pensei...*

Encolhe os ombros, responde aborrecida:

– *Não tive desgosto nenhum, nenhum. Um encontro, um simples encontro...*

– *Também tenho muitos encontros, eu. Não quero tê-los mas sou obrigada a isso, vivo tão só. Cheguei à ignomínia de pedir*

a pessoas conhecidas retratos da minha família. Não tinha nenhum, só um retrato meu, de rapariguinha. – E retratos de amigos, também. De amigos desaparecidos, levados pelas tempestades, os mais queridos, naturalmente. Porque... o tal crime de que lhe falei, o único sem perdão, a velhice. Um dia vai acordar na sua casa mobilada...
— Como sabe que...
— E verá que está só e olhará para o espelho com mais atenção e verá que está velha. Irremediavelmente velha.
— Tenho um trabalho que me agrada.
— Não seja tonta, menina. Outro dia vai reparar, ou talvez já tenha dado por isso, que está a ver pior, e outro ainda que as mãos lhe tremem. E, se for um pouco sensata, ou se souber olhar em volta, descobrirá que este mundo já não lhe pertence, é dos outros, dos que julgam que Baden Powell é um tipo que toca guitarra e que Levi Strauss é uma marca de calças.
— Isso é ignorância, não tem nada a ver com a idade.
— Talvez seja ignorância, também. Talvez seja. Estou a incomodá-la, parece-me.
— Dói-me simplesmente a cabeça.
— Desculpe.

George fecha os olhos com força e deixa-se embalar por pensamentos mais agradáveis, bem-vindos: a exposição que vai fazer, aquele quadro que vendeu muito bem o mês passado, a próxima viagem aos Estados Unidos, o dinheiro que pôs no banco. O dinheiro no banco, nos bancos, é uma das suas últimas paixões. Ela pensa – sabe? – que com dinheiro ninguém está totalmente só, ninguém é totalmente abandonado. A velha Georgina já o deve ter esquecido. A velhice também traz consigo, deve trazer, um certo esquecimento das coisas essenciais, pensa. Abre os olhos para lho dizer, para lho pensar, para lho atirar em silêncio à cara enrugada, mas a velha já ali não está.

O calor de há pouco foi desaparecendo e agora não há vestígios daquela aragem de forno aberto. O ar está muito levemente morno e quase agradável. George suspira, tranquilizada. Amanhã estará em Amsterdão na bela casa mobilada onde, durante quanto tempo?, vai morar com o último dos seus amores.

A ABSOLVIÇÃO

Julgava ter perdido para sempre aquela voz por nuvens ou mares ou cidades. Até por ser difícil partir e chegar – o que acontecera várias vezes – trazendo consigo na bagagem uma voz tão bem resguardada que se mantivesse ilesa. De resto não era, vendo bem talvez nunca tivesse sido, uma voz muito importante. Familiar, sim, próxima em tempos, perigosa, mas não importante. Uma entre muitas na multidão da vida.

Por isso, nesse dia, quando o telefone rompeu o silêncio, não a reconheceu logo. E, quando conseguiu localizá-la, talvez tivesse começando por a rejeitar. «É impossível», pensou. «Não pode ser.» Parecia-lhe quase certo que a voz se tivesse afogado em todo aquele mar que as separava, quem sabe se não fora mesmo devorada pelos peixes. No entanto, logo que conseguiu ficar serena, a voz de Eduarda estava ali, igual a si própria, embora, que coisa esquisita, completamente estranha. A voz de sempre, gritada quando estava longe, como se receasse que as coisas importantes que tinha para dizer – sempre importantes porque eram suas – não fossem bem ouvidas e percebidas.

– És tu? – perguntou pela terceira vez. – És tu, Lúcia?

– Sou eu – disse cautelosamente e ficou à espera. Não sabia muito bem o que dizer. Fingir-se ignorante? Mostrar que sabia de quem se tratava? Perguntar pelo marido dela, que era seu irmão?

Mas pareceu-lhe demasiado cedo para agir assim, de chofre, mergulhando em plena família. Esperar era melhor. De resto, a outra sabia muito bem que nunca nenhum dos sobreviventes se preocupara muito em saber como estavam os outros. Esperou, portanto. Eduarda já sabia que ela era ela, logo...

– Sou a Eduarda. Tens tempo para me ouvir?

Sentiu que lhe aconselhavam prudência. Quem, não sabia ao certo, mas alguém era. Ela própria, decerto, quem mais podia ser?

– Ia sair agora mesmo, tenho um encontro importante, de trabalho.

– Como sempre, não é?

– Como sempre.

– Posso ligar amanhã?

– Amanhã estou em casa toda a tarde.

– Então até amanhã. Às três horas, pode ser?

– À hora que quiseres.

Desligaram, e a sua mão aflorou o pequeno globo terrestre que tinha sobre a mesa e que às vezes acendia à noite, olhando, invariavelmente, para o seu país distante, onde houvera gente que tinha morrido ou se afastara. Ou fora ela a afastar-se? Gente, em todo o caso, que amara e por quem fora amada. Mas que já não existia. Os pais tinham morrido num desastre, o irmão em Eduarda, Júlio em distância, os amigos... Mas esquecem-se tão facilmente os amigos (ou conhecidos?). Sobretudo quando o mundo é tão grande e cheio de montes e vales.

– Os amigos – disse em voz alta. – Os amigos – repetiu.

Não ia agora mesmo sair, não tinha um encontro importante de trabalho. E pensou como fora estranho aquele conselho logo seguido e aquelas palavras tão breves entre ambas. Como se se tivessem visto na véspera, como se falassem constantemente uma com a outra, como se tantos anos de afastamento nunca tivessem existido.

A ABSOLVIÇÃO

* * *

Fora a sua primeira amiga (ou conhecida?), Eduarda. Não por escolha mas por acaso, moravam na mesma rua, tinham sido colegas no liceu, depois no primeiro ano da Faculdade. Só no primeiro ano, porque depois Eduarda desinteressara-se das «belas letras», como passara a dizer em ar de troça, e voltara-se para o «bom casamento», e depois, mais tarde, para o «grande amor». O bom casamento, porém, dominara. «O dinheiro é o principal, minha querida Lúcia, é o principal», dissera um dia. «E o mais difícil. O resto aparece depois, não te rales.» Lúcia não se ralava. Até ao dia em que grande amor e bom casamento se juntaram em Vicente, que era seu irmão e acabava de herdar de uma madrinha rica e sem filhos. Ora, Vicente era pouco atraente e Eduarda sempre gostara de homens bonitos, altos de preferência. E Vicente não era nada disso. Ele e Eduarda só deviam ter de comum os números. Vicente era um tecnocrata por vocação, formara-se em Economia e enriquecera.

O casamento de Eduarda coincidiu, sem que Lúcia tivesse percebido logo porquê, com o fim da amizade entre ambas. Só se encontravam nos jantares de domingo, mas nessas ocasiões Lúcia sentia-se pouco à vontade, como se, de súbito, fosse uma estranha na sua própria casa. Os pais adoravam Eduarda, que, de resto, fazia tudo para ser adorada, e Lúcia sentia-se excluída das conversas, em que nunca entravam as «belas letras», mas que giravam quase sempre à volta dos «belos números». Às vezes ausentava-se, embora o seu corpo estivesse presente, e quando regressava falava-se da compra de umas ações ou de umas terras ou (lembrava-se perfeitamente) de uma arca portuguesa de sucupira de fins do século XVI, «a Eduarda gosta muito de móveis antigos e é uma boa aplicação, as antiguidades valem sempre mais». Era Vicente quem falava. Também vinham muito à baila os amigos, os novos, os do casal, gente com iate, com avião particular, alguns deles amorosos, com apartamento em Paris e tudo.

Quando saíam, a mãe suspirava de felicidade e o pai tinha no rosto a expressão satisfeita de quem fez algo de muito importante, a obra-prima do artista. E dizia:
– O Vicente não podia ter arranjado melhor. A Eduarda é a mulher que lhe convém. Acho que ele sempre sonhou com uma mulher assim.
– E aqui tão perto, não é? Ainda bem, ele merece – dizia a mãe.
– E tu, quando te resolves? – perguntava, perguntou pelo menos uma vez o pai.

Mas Lúcia não tinha obrigatoriamente que responder, porque nos últimos tempos o pai e a mãe faziam perguntas, mas partiam sem esperar pela resposta, estavam ali mas já pensavam noutra coisa. Pensariam?, perguntaria a si própria no dia em que Eduarda telefonou a contar tudo aquilo. Talvez não, talvez não pensassem noutra coisa. Melhor, talvez não pensassem noutra pessoa. Mas como podia adivinhar?

Um dia, ao jantar, a mãe disse com naturalidade:
– O Vicente pediu-me o colar de pérolas para a Eduarda. Não quis responder sem falar com vocês.
O pai respondeu:
– Minha querida, o colar é teu, tu fazes o que entenderes com ele.
– E tu, que te parece?
– O mesmo. O colar é seu.
Depois levantou-se e saiu.

Ultimamente saía quase todas as noites. Ou se encontrava com Júlio ou iam ambos para a reunião. Porque começara a interessar-se por política. Na verdade, sempre se interessara, mas esse interesse tinha aumentado muito sensivelmente nos últimos tempos. E viria muitas vezes a pensar, mais tarde, à distância conveniente, se isso não teria tido origem nas conversas ricaças do irmão e da mulher, no deslumbramento dos pais por esse filho e essa nora tão realizados e ao mesmo tempo ainda tão ambiciosos.

A mãe censurava-a. Saía todas as noites, era de mais. Por onde diabo é que andava? O pai nunca tinha dito nada, mas isso tinha um significado que ela conhecia bem. O pai não gostava de tocar em assuntos desagradáveis. E o seu silêncio dizia muito. Aquele devia ser um assunto extremamente desagradável. E então era como se não a visse sair, se não a ouvisse entrar, se não desse mesmo, às vezes, pela sua presença em casa. Mas Lúcia era muito jovem nesse tempo e tinha dificuldade em medir e em compreender – ou tentar compreender – sofrimentos tão dominados e que talvez lhe parecessem de um exagero despropositado.

Um dia preveniram-na de que ia ser presa e aconselharam-na a fugir. Conseguiu atravessar a fronteira, depois o mar, e só quando estava bem a salvo telefonou para casa. Não disse por que razão fugira, até porque os pais não estavam a par desse lado um tanto perigoso da sua vida e era difícil explicar tudo isso pelo telefone. Só alguns anos mais tarde, quando a visitaram – já então estava casada e até divorciada –, contou por alto a razão da sua repentina partida. Teve, no entanto, a impressão vaga de que não a tinham acreditado. Mas pensou que não valia a pena fazer juras e dar pormenores. Os pais estavam velhos e doentes, e aquela visita tinha o que quer que fosse de despedida, de última vez. Essa impressão tornou-se ainda mais forte no aeroporto, quando eles começaram a afastar-se. Caminhavam devagar, como se os pés lhes pesassem de mais, e hirtos, como se se esforçassem por não olhar uma vez mais para ela.

Eram quatro horas quando o telefone soou.

A voz que chegava de além-mar era mais baixa e mais lenta do que na véspera. Mais difícil, talvez.

– Alô! És tu?
Lúcia ouviu-se perguntar:
– Não te sentes bem?
– Há muito tempo que não me sinto bem – respondeu Eduarda.
– Tenho uma leucemia, como deves saber.
Devia? Devia porquê?
– Como havia eu de saber?
– Julguei que alguém...
– Perdi todos os contactos. O último que tive foi uma carta, umas linhas, do Vicente a comunicar a morte dos pais.
– A minha doença foi um segredo de família. Dá vontade de rir. Um segredo bem guardado. Há muito tempo que isto dura mas só há pouco chegou ao meu conhecimento. O Vicente quis-me poupar. Uma estupidez, mas, enfim...
– Porque é que resolveu dizer-te agora?
– Houve uma risadinha nervosa.
– Algum dia tinha de ser. No estado em que estou era impossível esconder durante mais tempo. Pediu ao médico, que é nosso amigo, para me dizer umas coisas numa linguagem que eu talvez não percebesse. Percebi.
– Já estavas doente quando os pais morreram?
– Já devia estar. Sentia-me cansada. Já me sentia muito cansada.
– Os teus filhos... quero dizer, agora.
– Sabiam, claro. Todos sabiam. O principal interessado é sempre o último...
– Há uma explicação. Amor.
Agora foi um riso cacarejado, sabido.
– Continuas a mesma, não? A... mor. Não será mais lógico dizer, por exemplo, tranquilidade, paz? É que aturar uma pessoa que sabe que vai morrer um dia destes não deve ser uma panaceia. E eu não queria morrer. E eu não nasci para ser uma panaceia.

– Eu sei.
– Não sabes – afirmou Eduarda. – Não sabes. Mas eu vou-te dizer. Foi para isso que te telefonei.
– Achas que é necessário? Não sei o que queres dizer-me, mas...
– Tenho falado muito com o padre Maurício. Ele acha que sim, que é necessário.

Foi então que a linha caiu. Caiu também o padre Maurício no meio da conversa. Que vinha ali fazer o padre que casara Eduarda, tão católica apostólica romana, com Vicente, que até então se dissera, não propriamente ateu, mas indiferente? O padre era então um homem gorducho e corado, e Lúcia gostava de conversar com ele porque não era pessoa para querer converter ninguém à força. Mas achara que era necessário aquele telefonema. Necessário a quê, a quem?

Deixou-se ficar onde estava, à espera da continuação, que não se fez esperar.

– Não estranhavas os teus pais nos últimos tempos?

Que últimos tempos? Mas tropeçou na pergunta que não esperava. Agora eram os pais.

– Digamos... nos últimos meses que cá passaste. No último ano. Antes da fuga.

A fuga. Devia ser assim como se referiam, em família, no seu local de trabalho, entre os amigos, à sua partida. Mas estava certo, fora mesmo fuga. Pensou um pouco, não na situação em si, que não podia esquecer, mas em como havia de se referir a ela, assim, pelo telefone, sobre o mar.

– Um certo afastamento. Uma certa distância. Por culpa minha, decerto. Nunca lhes disse nada, nunca lhes expliquei...

– O quê?

– Tudo. A minha vida.

Interrompeu-a. Embora tivesse feito uma pergunta, mal ouvira a resposta. Sentia-se que mais queria falar do que ouvir. Tratava-se de si e não de Lúcia.

– Dias depois de teres desaparecido, poucos dias depois, o teu pai teve o primeiro enfarte. Quando aí foram não te disseram?

– Não me disseram nada.

– É estranho. O teu pai era muito secreto, mas ela podia...

– Não falou nisso. Mas disseste o primeiro enfarte...

– O segundo foi anos depois quando ia a conduzir.

Houve um silêncio e Lúcia pensou que a linha caíra de novo. Mas não, Eduarda voltou e a sua voz era mais rápida e mais áspera.

– Queria pedir-te desculpa. A palavra não é essa, queria pedir-te perdão.

A dificuldade fora vencida e a palavra ali estava, perdão.

Estava sinceramente espantada. Perdão de quê?

– Pois é. É difícil mas tem de ser. De todo o mal que te fiz.

Espantou-se mais.

– Quando? Que mal? Tu, a mim?

– Também podias perguntar porquê. O porquê até é o mais difícil de explicar. Não havia razão nenhuma. Eu fui sempre mais bonita do que tu, fiz o bom casamento que desejava. Porquê, então? Tu... incomodavas-me. Tu sabias que eu queria acima de tudo na vida fazer o chamado bom casamento. Calhou ser com o teu irmão, uma maçada. Mas não ia desistir só porque o Vicente era teu irmão.

– Ainda não percebi.

– Não chega dizer que me incomodavas? Na verdade, só queria riscar-te da minha vida. Como isso era impossível, fiz o que podia para que tu própria tomasses a iniciativa.

– O que foste dizer aos meus pais?

– Nada, claro. Disse ao Vicente, fui dizendo. Conheço-o bem.
– E através dele...
– Falei-lhe em homens, em vários homens.
– Só houve o Júlio.
– Nunca lhe falei do Júlio. De dinheiro sim. Do dinheiro que te pagavam.
– Meu Deus.
Foi Eduarda que rompeu o silêncio.
– Como vês, foi difícil, mas pronto, já está. O padre Maurício disse-me que era necessário dizer-te tudo. E eu queria que me perdoasses. De coração aberto, Lúcia. Posso morrer daqui a meses, daqui a horas. Diz que me perdoas.
– Devias ter pedido perdão aos meus pais. Ao meu pobre pai.
– Nessa altura não sabia que ia morrer. Julgava que ainda tinha uma vida na minha frente. Era tão forte, Lúcia. A morte parecia-me uma coisa tão vaga, tão remota, seria mesmo verdade que as pessoas morriam?
Lúcia queria acabar com aquilo, acabar o mais depressa possível. De coração aberto, dissera a outra, na sua casa luxuosa, do outro lado do mar.
– Perdoo-te, pronto. Queres mais alguma coisa?
– Não – disse Eduarda. – Adeus.
E desligou o telefone.

Daí a poucos meses partiu. Vicente escreveu a comunicar. Era uma carta menos seca que a última, por ocasião da morte dos pais. Elogiava a pobre Eduarda, tão perfeita, só lamentava que as duas não se tivessem entendido melhor. Sentia-se que considerava Lúcia culpada desse facto. Consolava-o pensar que a mulher estava agora em paz. Fora o que ainda na véspera lhe dissera o padre Maurício, um excelente amigo.

Lúcia dera-lhe essa paz, mas sobre os seus ombros pesava agora, para sempre, a culpa, pensou. Quase todas as noites sonhava com os pais, principalmente com o pai, sempre silencioso, sem uma pergunta, sem uma censura. E acordava sempre sem vontade de viver.

Depois, foi vivendo.

A ALTA

O mais estranho não era aquele quase silêncio, rasgado às vezes por uma ou outra campainhada, que talvez fosse um grito de desespero ou medo, e depois, muito depois, pelos passos tantas vezes reticentes que consentiam em lhe responder. Não era também a imobilidade total dos primeiros dias de guerra (a última no tempo) nem a novidade monótona do cenário, todo ele feito de altas paredes lisas e um pouco sujas como se tivessem sido mil vezes tocadas, enquanto mulheres vivas e mulheres mortas iam passando por aquelas oito camas de ferro estreitas e iguais. Não, o mais estranho era ela própria, aquele seu corpo de súbito tão importante, manejado como se fosse de vidro e pudesse quebrar-se a um gesto menos cauteloso.

«Porquê tantos cuidados?», pensava a velha professora, talvez porque pensar fosse a única maneira compensadora de usar o tempo. Nunca gostara de conversar e menos ainda de ouvir as conversas dos outros, e agora estava condenada a escutar as companheiras e as gentes faladoras que as visitavam ao fim da tarde contar em voz bem forte as suas vidas secas e os seus problemas vazios. Lembrava-se de que estivera à porta da paz, que tentara mesmo forçar a fechadura, mas que não a tinham deixado ir em frente. Fora uma luta corpo a corpo num pré-purgatório (chamavam-lhe recobro), uma luta inglória que perdera. Porquê tudo aquilo? Um corpo a mais ou a menos neste mundo cada vez mais superpovoado... Um velho corpo, ainda por cima, tão descarnado e doente, tão sem esperança... Seria isso o juramento de Hipócrates?

As outras falavam disto e daquilo, e ela fechava os olhos e punha-se a pensar com muita força na sua casa, nas suas coisas, até nos miúdos, que ela não via como seus netos mas como filhos do filho querido. E também no pesadelo de há uma semana que não conseguia esquecer. Ela torturada pelos demónios brancos e, de súbito, uma pequena sala escura com um pátio ainda mais escuro ao fundo. De um verde de Sintra no inverno, ao fim da tarde. Na sala uma mobília de verga e ela sentada numa cadeira de baloiço, à espera de quê?, pensava com mais força ainda para ultrapassar os limites, mas não havia mais nada para lembrar. Porquê uma mobília de verga, uma cadeira de baloiço, porquê?, e o pátio verde-escuro, ao fundo, à sua direita? «Quietinha, quietinha», tinham-lhe dito e repetido nos primeiros dias depois do salvamento, como se ela fosse uma criança ou estivesse senil. Depois passara a ser o contrário. Que se mexesse, que o senhor doutor queria que se sentasse na cadeira, que desse uns passos. Pois não via que era importante dar uns passos, largar aquela cama, que isso era indispensável?

Importante? Indispensável? Seria ridículo se ela acreditasse em tudo o que lhe diziam. Nunca fora muito crédula e então agora... De resto, eram palavras pronunciadas sem a mínima convicção. Diziam-nas mas já a pensar noutra coisa, já a olhar para outro lado, já em trânsito.

As moradoras das outras camas acreditavam, ou talvez fingissem, em todo o caso diziam-lhe que tinha mesmo que se mexer, senão, depois, havia as escaras. Depois? Dava consigo a sorrir ou a pensar que sorria. Ora depois.

O senhor doutor era um dos semideuses daquele mar poluído, sempre acompanhado nas suas deambulações por duas ou três brancas, assépticas sereias sorridentes. Semideus chegava, pois, com a sua corte. Em vez do tridente, um estetoscópio. Era jovem e alegre, distribuidor de saúde, cortador de pontos geralmente ao sétimo dia. Perguntava sempre à velha professora se os alunos não a vinham visitar e ela respondia uma vez mais que já não tinha alunos, estava reformada, só quem a visitava era o filho.

Nesse dia semideus surgiu à porta com as «aquáticas donzelas», foi parando junto das camas, deu ordens, disse que muito bem, muito bem. «Iria dar-lhe alta?», pensou a velha professora, que, de olhos fechados, via os seus móveis, os seus retratos antigos, amarelados, os objetos que lhe recordavam este ou aquele rosto quase perdido no tempo. O retrato do casamento, numa pequena moldura de madeira e prata. Um grupo, ela e os alunos. Pusera-o na parede sem bem saber porquê. Perdera-os a todos de vista. Àqueles e aos outros que durante anos ensinara.

«Porque não vem morar connosco?», dissera-lhe o filho por várias vezes. «Que horror estar aqui sozinha!» Ela sorria, devia sorrir, porque ele, o seu filho tão amado, não percebia nada de nada, e nem sequer suspeitava de que ela só ao entrar a porta de casa, só ao fechá-la, se sentia tranquila, protegida, quase feliz. Fora sempre assim. Era-o agora. Sentia-se na situação indigna, embora reconfortante, de uma azevia enterrada na areia das profundidades. Fora de casa, fora dali, havia perigos, sempre os houvera. Os colegas, os alunos, os transeuntes, até os amigos (tão poucos, os amigos), todos tinham sido sempre «os outros». O marido, esse, fora tão breve, deixara marcas tão leves que ela não conseguia lembrar-lhe o olhar, a voz. Teria havido algum tempo em que ele não fizera parte dos outros? O filho não, o filho era o seu corpo e a sua alma, e todos os dias ao fim da tarde passava lá por casa, agora pelo hospital. «Olá mãe!», exclamava.

Agora o médico aproximava-se, parava ao seu lado.

– Quando tenho alta, senhor doutor?

– Um dia destes. Na segunda-feira, talvez. Já falei com o seu filho, ele depois explica-lhe tudo. Vem cá hoje, não vem?

– Vem sempre, todos os dias. É um bom filho.
– Isso é ótimo. Até porque...
Calou-se, já ali não estava.
A doente da cama à sua esquerda disse então que era uma felicidade ter um filho assim. A nora é que ainda não viera vê-la, nem os netos...
Que a nora tinha muito que fazer, e os netos... crianças...
Fechou os olhos porque não queria continuar a conversa, e aquelas mulheres nunca se calavam, nem de noite. A nora tinha realmente muito que fazer. E era boazinha, só que... Não sabia educar os filhos, talvez fosse mesmo incapaz de o fazer. Era boazinha mas um pouco mole, nunca a vira lutar, mesmo com as crianças, que eram violentas e agressivas quando os pais não estavam por perto. Batiam nas pessoas, já lhe tinham batido, e ela nem forças tivera para lhes dar uma abanadela. Preferia não ir a casa do filho. Preferia esperar por ele.
Apareceu ao fim da tarde e a velha professora viu-o logo, até porque àquela hora tinha sempre o olhar fito na porta. Beijou-a na testa e sentou-se à beira da cama:
– Olá, mãe. Falei com o doutor. Ele disse-me que vai sair na segunda-feira.
– Que bom, meu querido!
– Mas também me disse que a mãe não pode viver sozinha, não pode *mais* viver sozinha.
– O quê? – perguntou, incrédula.
– Foi o que ele disse. Não pode mesmo. Já combinei tudo com a Alice, e ela põe-lhe uma cama no quarto dos miúdos...
– Que ideia a tua – e quase não podia respirar.
– Claro que vou para a minha casa. Talvez não na primeira semana, mas depois...
– Tem que ser, não há outra alternativa. Até vai ser bom, a mãe toma um pouco conta deles. Sabe como é a Alice... Até vai ser bom, mãe. Para nós e para as crianças. E para si, claro.

– E a minha casa? – perguntou a medo. – As minhas coisas?
– Não são assim tão importantes, pois não? – disse ele sorrindo, também como se falasse com uma criança.

Ela hesitou, deitou por assim dizer uma vista de olhos ao seu *habitat* de sempre, à toca protetora, acabou por dizer:

– Tens razão, deves ter razão. Não são importantes.

Mais tarde as outras doentes haviam de lhe dizer que devia estar contente por ter alta, e ela responder-lhes-ia que claro que sim, estava muito contente. Como podiam elas perceber o horror de perder uma guerra e ser refém? Semicerrou os olhos e pensou que ensinara toda a vida crianças, mas que nunca gostara de crianças e elas percebiam isso, são muito espertas, mesmo as pouco inteligentes. E agora, ao fim da vida, ia ser lançada às crianças.

Pôs-se então a pensar com muita força, a que podia, que queria morrer e resolveu não respirar e ficou muito quieta, à espera do fim. Mas, claro, não conseguiu atingir o ponto necessário e respirou bem fundo e sentiu lágrimas, embora elas não caíssem, nem mesmo se debruçassem nos seus olhos.

– Está combinado – disse em silêncio. – Como quiseres.

AS IMPRESSÕES DIGITAIS

Havia três meses que tudo mudara. Vozes de sempre – de quase sempre – tinham sido silenciadas, ruídos familiares de teclados sem música tinham desaparecido. Era como se alguém tivesse erguido um muro burocrático deixando-o sozinho do outro lado, do lado do deserto. Coisas sempre tão necessárias, de presença tão imprescindível como o despertador, julgava dantes, tinham perdido a importância, estavam, de súbito, a mais, no seu pequeno universo.

É certo que todas as manhãs se levantava à hora antiga, à hora a que o seu corpo estava habituado a vir ao mundo, mas logo um nó se lhe apertava no peito cortando-lhe a respiração. Que iria fazer do dia, como iria usá-lo, gastá-lo, chegar ao seu fim sem grande dor? Andava então de cá para lá como se percorrer a casa (ou as ruas do quarteirão) o ajudasse a devorar, a digerir todo esse nada a que o tinham, sem apelo nem agravo, condenado. Pegava, de passagem, na caixa de estanho, no cinzeiro de prata que fora presente de casamento, no pequeno Cristo de pedra-sabão que um colega – que colega? – lhe trouxera de um país qualquer, no delicado solitário de cristal com trepadeiras de casquinha, noutras coisas que salpicavam a casa, e sentia, porque era mais uma sensação do que um pensamento, que elas eram uma espécie de marcos ou até de documentos, pontos de referência, enfim. Sem a sua constante presença não teria decerto tantas memórias, tantas certezas ou quase certezas, não saberia se isto ou aquilo fora realidade ou estivera simplesmente num dos seus sonhos pequenos e nítidos, que eram como que fotografias *à la minute* coladas na branca folha das últimas horas da noite.

Recordava, por exemplo, o dia em que trouxera para casa, decerto porque Rina fazia anos, a taça de vidro amarelado – «Cristal, meu caro senhor, e da Boémia», assegurava o antiquário –, pegava nela com cuidado, olhava-a atentamente à luz. Como Rina ficara contente! Pusera a taça aqui e além, à experiência, deixara-a por fim dentro de um raio de sol, ainda lá estava. O homem passava devagar do quarto para a sala, às vezes entrava no outro quarto, o mais pequeno, que fora do filho. Também esse estava cheio de memórias. Livros, a viola que comprara um ou dois anos antes de partir para a guerra, um cinzeiro de madeira. Depois *daquilo* levara meses a ouvir a musiquinha que ele tocava. Tapava os ouvidos com as mãos, a mulher dizia «O que tens?», mas ela sabia, sempre soubera tudo o que se passava à sua volta. «Então, José», dizia mansamente. «Então, José.»

Agora só, o homem olhava para os objetos do tempo da sua vida, que dantes não eram tão importantes, não gritavam tanto a sua presença, ele podia mesmo dar-se ao luxo de os olhar sem os ver, de os tocar sem os sentir, de os ignorar. E forçava-se por não entrar no quarto do filho, por não olhar para a viola, cujos sons também tinham acabado por morrer.

A mulher a dias vinha uma vez por semana limpar a casa e arranjar-lhe a roupa. Era uma criatura inexpressiva e sem idade, ossuda e descarnada, mas possuidora de algumas qualidades indiscutíveis: não falava, cuidava dos objetos com veneração e nunca lhe pedira aumento, que ele, de resto, não poderia dar-lhe, agora que estava reformado. Chamava-se Augusta, dona Augusta, dizia ele, atencioso. Um dia por semana não havia nem um grão de pó e isso lembrava-lhe Rina, pobre Rina, sempre tão dedicada à casa. Fora talvez ela, a casa, que a ajudara a ultrapassar o desaparecimento do filho, morto sabia-se lá como, em que circunstâncias. Em combate, fora-lhe comunicado. E, ao longo desse tempo de horror, Rina, de olhos vermelhos às vezes, aspirava, encerava, lustrava o cenário. Às vezes chegavam cartas da irmã mais nova, que também era viúva e vivia sozinha numa vila qualquer, para o norte. Estivera lá uma vez e guardava várias reminiscências de um largo com árvores, de uma rua estreita, quase sem luz, de uma casa de primeiro andar com varandins bojudos de ferro, verde-escuros. Do interior, não se lembrava, era como se não tivesse existido. Na última carta ela perguntava-lhe mais uma vez porque não ia passar uns dias lá acima. Sempre que escrevia lhe fazia aquela proposta, mas ele pensava que a fazia por falta de assunto. Não se viam há tantos anos que era difícil arranjar coisas para dizerem um ao outro. No tempo de Rina, do pequeno, era mais fácil. Agora, porém... Que havia um velho homem só de dizer a uma mulher quase nas mesmas condições, ainda que se tratasse de uma irmã? Se a visse, se a encontrasse na rua, pensava às vezes, não a reconheceria. Até a voz lhe perdera, mas isso era normal, nunca conservara durante muito tempo as vozes das pessoas. Mesmo a de Rina... Mesmo a do pequeno... Costumava quase sempre responder com outras perguntas: «E tu porque não apareces? Aqui em Lisboa há sempre coisas para ver. Há quanto tempo não vens tu a Lisboa?» Escrevia e ficava pensativo. A ideia da possível vinda da irmã não o entusiasmava. Coisas para ver... Que coisas? Aonde poderia levá-la se ela um dia resolvesse descer o mapa? A uma revista? Ao Jardim Zoológico fazendo o trajeto de metropolitano? Ao *shopping* das Amoreiras? À Gulbenkian? Ao Centro Cultural de Belém? Pensava e encolhia os ombros.

Um dia chegou uma carta e ele leu-a e ficou pensativo. Ela dizia-lhe que não, que não podia viajar, custava-lhe muito andar por causa do reumático. «Lembras-te da nossa mãe? Estou quase como ela.» E acrescentava: «Mas tu, agora que tens o tempo todo por tua conta...» Como se isso, ter o tempo todo por sua conta, fosse o máximo da felicidade e merecesse parabéns. Em todo o caso ficou pensativo. Porque não iria? É certo que não havia entre eles uma ligação profunda. Primeiro porque ela era mais nova, uma criança, pensava dantes, depois porque casara cedo com um indivíduo de quem ele não gostava e fora viver para cascos de rolha.

Quando o cunhado morrera, há anos, lembrava-se de que estivera tempos sem fim diante de um papel em branco sem saber o que havia de dizer. Eram, no fundo, dois estranhos que, de vez em quando, escreviam superficialidades um ao outro. O tempo. O reumático. A Aninhas que lhe fazia muita companhia, quem diabo seria a Aninhas? A dona Augusta que era quem lhe valia, a ele. O colesterol. O coração. A dieta. O tempo outra vez. Coisas assim. Tão estranhos que ele nunca lhe contara o que sentira quando o tinham reformado, posto de parte, como se lhe dissessem que ele já não pertencia a este mundo, e os passos que ainda lhe faltava dar eram passos na direção da morte.

«... agora, que tens o tempo todo por tua conta...»

Porque não iria? Escreveu a dizer que sim, que na semana seguinte, talvez na terça ou na quarta, aparecia por lá. Mas que não estivesse a fazer despesas. Bastava-lhe um prato de sopa, uma sanduíche.

Pôs-se a arranjar a mala. Era um homem meticuloso e que não tinha o hábito de fazer malas. Dona Augusta recomendara-lhe que não se esquecesse do pijama e das chinelas de quarto, e deixou-lhe ambas as coisas em cima da cómoda. O pijama, pois, as chinelas, dois pares de peúgas de lã (devia fazer frio lá em cima), cuecas, duas camisas, uma camisola grossa, a pasta de dentes e a escova, o estojo da barba. Que mais lhe faria falta?, pensou. E olhou em volta, lentamente, porque, para nada lhe fazer falta, teria de levar os objetos que o rodeavam e que tinham todos eles uma história, uma data, uma razão de ser, todos. Até a colcha da cama, que a mulher levara um inverno a fazer, até o retrato de ambos quando jovens, com a assinatura de Gaubert, de caras lisas, tão sem marcas. E, ao mesmo tempo, como era reduzido o indispensável à vida. Caberia numa mala ainda mais pequena, se ele a possuísse.

— Quando volta o senhor? — perguntou dona Augusta-a-silenciosa, muito interessada. — Eu passo por cá na véspera e deixo-lhe uma sopa. É só aquecer.

O homem agradeceu a atenção.

Sentado em frente da irmã pôs-se a reconhecê-la aos poucos. Os olhos claros, meio fechados pela gordura, de olhar um pouco dissimulado, achava dantes numa rapariguinha, esquecera-o, voltava a encontrá-lo numa mulher de cinquenta e tal anos, de cabelo sal e pimenta. Já dantes, longe no tempo, ela gostava de olhar para as pessoas quando as via distraídas e baixava os olhos para o prato ou para a renda que fazia constantemente — para o enxoval — quando se sentia observada.

— Finalmente podes descansar — disse. — O pobre Joaquim nunca teve essa sorte, foi sempre um mouro de trabalho, até ao fim da vida, coitado.

— Porque não descansas também, tu?

Olhou-o com espanto.

— Eu? Mas eu descanso, estou a descansar agora.

— Estás a fazer renda.

— Ah, isto! — Teve um riso grosso. — Mas isto não é trabalho. Com alguma coisa nos havemos de entreter, não?

Ele lembrou-se de Rina a limpar pratas, a encerar móveis. Daquele cheiro muito ativo a cera quando às vezes entrava em casa. Não seria um trabalho mas um entretenimento, um modo de gastar o tempo? De esquecer a vida?

— Que fazes com isso? — perguntou.

— Um lençol. Prometi-o à Aninhas.

— À Aninhas?

— Uma sobrinha do Joaquim. Boazinha, é quem me vale, faz-me muita companhia. Já te tenho falado nela.

— Ah, sim, é verdade.

O homem olhou em volta. Móveis velhos cobertos por toda a espécie de *napperons,* muito brancos, muito limpos, muito bem engomados. Nas paredes grandes molduras com retratos de gente morta, os pais de ambos, os pais do cunhado, também. Tão mortos, Senhor. Teve um grande desejo de partir logo no dia seguinte, de arranjar uma desculpa qualquer, mas qual? Deu um beijo no ar, junto à face gorda e mole, disse que estava cansado, foi-se deitar.

Não partiu no dia seguinte mas logo no outro, no comboio da manhã. Despedira-se para sempre da irmã, pensou logo que as últimas casas da vila desapareceram.

Subiu a escada devagar, pesadamente, sentia-se muito cansado da viagem, deu a volta à chave e entrou. A casa tinha o cheiro ou a ausência do cheiro das casas desertas, fechadas mesmo por poucos dias. Atirou a mala para cima da cama, suspirou fundo, foi à cozinha beber um copo de água. A panelinha da sopa lá estava, à sua espera, e ao lado um papel em que a mulher a dias rabiscara qualquer coisa. Veria no dia seguinte. Agora só lhe apetecia despir-se e meter-se na cama. Mas a mão avançou, pegou no papel e ele tomou conhecimento de que dona Augusta tinha muita pena mas não podia voltar porque a mãe estava muito mal, na terra, e não tinha quem a tratasse. Um aborrecimento. Outra qualquer que viesse pedir-lhe-ia mais dinheiro e talvez não fosse tão cuidadosa. Para a terra. Que terra seria a de dona Augusta? Era pouco curioso, não sabia nada dela, onde morava, se era casada, solteira ou viúva. Era dona Augusta, uma empregada que encontrara um dia num anúncio de jornal, mais nada. Amanhã perguntava ao merceeiro se sabia de alguém. Agora ia deitar-se e dormir, estava exausto.

Logo que a noite morria porque o dia começava a romper-lhe o véu, ele acordava. À sua volta tudo ainda era vago e impreciso e ele então esperava um pouco mais até que a luz que se espalhava sobre o mundo e pelo seu quarto fosse mais forte. Espreguiçava-se então, sentava-se na cama, lutava contra a ainda inércia do seu corpo, que ultimamente nunca deixava por completo de estar fatigado. Olhava em volta, olhava sempre em volta. Olhou também nessa manhã. E então viu que a paisagem não era a mesma. Porque lhe faltava a taça amarela – de cristal, meu caro senhor, e da Boémia – e a colcha, e na parede, mesmo ao lado, o pequeno Cristo de pedra-sabão. Meteu apressadamente os pés nas chinelas, foi até à cozinha, quem sabe se dona Augusta não resolvera lavar a taça e a esquecera depois... Mas o Cristo? Teria metido o Cristo na barrela? Batia-lhe o coração quando entrou na sala. E sentou-se porque não tinha força nas pernas para verificar que a caixa de estanho e o cinzeiro de prata e o solitário e muitos outros marcos da sua vida também tinham desaparecido. Levantou-se com esforço, tropeçou até ao quarto do filho, e a viola já lá não estava.

O homem não teve ocasião de saber que outras coisas, como alguns talheres de prata e o transístor e o ferro elétrico, tinham partido. O seu último pensamento foram os objetos que eram as impressões digitais da sua vida sem história. Deixou-se escorregar para uma cadeira que havia no quarto do filho e fora a sua cadeira de trabalho, e fechou para sempre os olhos.

VÍNCULO PRECÁRIO

Eram quase seis horas, mas o dia como que parara havia muito, no seu maior calor. Um tempo de árvores sem aragem, de gente sem férias, caminhando depressa ou descansando um pouco, ao sol sombrio das esplanadas. Marta ia quase sempre a pé até casa, para poupar o dinheiro do autocarro, mas também, ou principalmente, porque àquela hora andar era agradável. De caminho comprava o jornal para ler os pequenos anúncios. Há uma semana que andava a ler anúncios à procura de uma saída qualquer, mas ainda não encontrara nenhuma. Não tinha menos de 35 anos e não era fluente em inglês. Também não tinha *curriculum* que valesse a pena, nem era dinâmica. Empenhada... não, não era, nunca fora empenhada. Responsável, sim. Mas logo a seguir vinham os tais 35 anos (às vezes eram mesmo 25) ou então, Senhor, exigia-se tenacidade e vontade de vencer, mas vencer o quê?

À sua volta as pessoas caminhavam como formigas que se ignoram, que ignoram, enfim, a sua qualidade de formigas. Que estranhas deviam ser, vistas do alto, todas iguais, sem idade nem sexo nem cor. Formigas que o divino pé, caminhando incessantemente pelo mundo, ia poupando, ia esmagando ao acaso.

Quando soube que o escritório onde há mais de vinte e cinco anos trabalhava ia despedir metade do pessoal (os mais velhos talvez, os menos dinâmicos e empenhados, decerto), deu consigo a pensar que a única solução era acabar de vez com tudo. Porque, na sua idade, onde ia arranjar outro emprego? Claro que havia quem oferecesse três meses de trabalho não prorrogável. Como se as pessoas só tivessem três meses prorrogáveis, que pena. Depois... Ora, depois, quem quer saber? Nem mesmo Manuel, que lhe dissera: «Eu a ti aceitava, sempre era qualquer coisa. De resto, estás a precipitar-te. Ainda não sabes ao certo, até pode ser que não sejas despedida...»

Chegou a comprar medicamentos e a verificar se havia *whisky*. Havia sempre *whisky* por causa do Manuel, mas não só. Em todo o caso, tirou uma garrafa e guardou-a no fundo do armário da cozinha. Era a receita Marilyn. Enfim, durante anos acreditara-se nisso. Claro que havia outras hipóteses a considerar, encontradas, ao longo da vida, quase sempre em livros mas também na realidade: o comboio de Anna Karenina, o mar (ou seria um rio?) de Virginia Woolf. Mas tudo era demasiado difícil, arriscado. E se falhasse? Para mais, sempre detestara a violência, não gostava de álcool e faltava-lhe a coragem necessária para avançar. Depois, tinha medo de ir sozinha.

Que era muito medrosa, dizia-lhe às vezes o Manuel.

Era mesmo. Ainda hoje tinha medo da noite e da solidão. E da morte natural (em que circunstâncias?) e da vida. Era isso, também tinha medo de viver. Talvez porque ela, a vida, lhe pregara algumas partidas feias e lhe fora dando esmolas de amizade, de dinheiro, de beleza, no tempo em que a beleza, Vinícius, era tão fundamental, de amor. Mas a pior partida, a mais pérfida, talvez tivesse sido a sua incapacidade de lutar, mesmo pouco, por qualquer dessas coisas. Entrara sempre em becos sem saída, metera os pés pelas mãos, não chegara nem partira a tempo dos lugares. Talvez porque sempre tinha sentido um vínculo muito precário com a vida. Nunca nada lhe parecera seguro, tudo fora instável e mesmo um pouco ameaçador.

E, era isso, tinha medo de ir sozinha. Não se tratava, no entanto, de viagem para combinar fazer em companhia. Companhia de quem? O amigo – o amante, diria, com o vinagre necessário, a mãe, se fosse viva – sentia-se bem na vida, nas vidas que tinha, quantas seriam?, gostava de as viver, as coisas sempre lhe tinham corrido bem. Aparecia duas ou três vezes por semana, bebia o seu *whisky*, falava de uma ou outra coisa que não queria contar à mulher, ficava ralada com tudo, mesmo com coisas sem importância, pedia para lhe passar um artigo à máquina. Marta nem mesmo podia falar-lhe, para desabafar, de Marilyn e de Virginia Woolf e de Anna Karenina. Iria julgar que ela estava doida e tinha um verdadeiro pavor de doenças mentais. Todos têm os seus medos particulares.

Não queria. Não podia pensar na ausência do Manuel. Sabia que ele nunca deixaria a mulher e isso não era portanto um problema. Problema era saber se ele não a deixaria um dia a ela. Por isso ouvia sempre atentamente os seus pequenos problemas, por isso só lhe falava muito por alto dos seus, acompanhando-os sempre com um sorriso que lhes retirava quase toda a importância.

Manuel tinha um amigo que estava a tratar-se com um psiquiatra. Falara nisso durante algum tempo, depois deixara completamente de se referir ao caso.

– O teu amigo? Aquele...

– Nunca mais o vi. – E ponto final.

O patrão de Marta tinha medo de ser roubado. Em tempo, em velocidade de trabalho. Às vezes atravessava a sala onde ela morava há mais de vinte anos, sentada a uma secretária a que chamava sua, e punha-se a andar devagar, e parava como quem não quer a coisa, e olhava em volta, e havia no seu olhar, no seu franzir de testa, uma censura muito clara. Porque havia sempre alguém que indesculpavelmente não estava ali no seu lugar, ou que se preparava para acender um cigarro, ou até que largava o computador para respirar fundo. Considerava-se roubado, era isso. Serviam-se do tempo que era muito seu porque o pagava, gastavam-no sem lhe pedir licença para o fazer. Devia sentir qualquer coisa assim, o pobre homem. Talvez mesmo sofresse, sofria sem dúvida, coitado. «Em que livro encontrara uma pessoa assim?», pensou. Encolheu os ombros. «Li de mais e vivi de menos», pensou. «Misturo pessoas vivas e pessoas mortas com personagens de ficção, que cansaço.»

A pouco e pouco foi-se desviando do caminho habitual e andou às voltas.

Entrou num jardim onde nunca entrara e sentou-se no primeiro banco vazio, porque, de repente, estava muito cansada. Passou os olhos pelo jornal, deteve-se nos anúncios, mas, como sempre, não havia nada que pudesse interessá-la. Pôs-se de novo a caminho de sítio nenhum. Não queria ir para casa, embora soubesse que não havia mais nenhum lugar para si. Mas a casa também não lhe dizia, de repente, nada. Como se não fosse sua. E, realmente, não o era. Ela não tinha nada. A posse era uma das coisas que lhe haviam sido negadas. Nem pais, nem irmãos, nem marido nem filhos. Manuel? Durante quanto tempo? Nem queria pensar nisso, recusava-se. Se um dia ele não aparecesse, não lhe telefonasse sequer... E o pior é que essa hipótese lhe surgira desde o princípio como inevitável. Mais tarde ou mais cedo... Era uma hipótese lógica. Porque havia de não lhe acontecer?

Às vezes perguntava a si própria o porquê do seu corpo, da sua casa, do seu modo de ser, o porquê de estar neste mundo à espera de coisa nenhuma. Nessa tarde andou durante horas a pensar nisto e naquilo, e era quase noite quando chegou a casa.

Deitou-se vestida em cima da cama por fazer e dormiu pesadamente. Mas, antes de o sono chegar como uma onda, ainda pensou que no dia seguinte tinha de resolver uma situação qualquer, importante. E que talvez Manuel aparecesse.

UMA SENHORA

Era uma criatura de brancas mãos limpas e coração sereno. Tinha também um rosto liso, que o tempo se recusava a marcar, como o têm às vezes os muito santos e os muito pecadores, aqueles, enfim, a quem o pecado não preocupa grandemente, por desconhecimento total ou familiaridade. Todos a admiravam muito. Ela era, de resto, digna dessa admiração, por muitas e variadas razões, e até porque vencera na vida. Sozinha, gostava de afirmar às vezes em conversa, mas só quando vinha mesmo a talhe de foice, porque não era pessoa que se autoelogiasse com exagero, não tinha esse mau gosto. Claro que havia pessoas que duvidavam, mas há sempre gente assim, desagradável, frustrada, que fazer? Ela não ligava, pairava acima de coisas dessas, mesquinhas, maledicências, tudo, queria lá saber. Tinha um olhar azul, intenso, gelado ou quente, conforme convinha, mas tão corrosivo que diluía as palavras e até os pensamentos inconvenientes dos outros. Talvez fosse essa a razão de tudo correr tão bem na loja – tinha uma loja e vários empregados –, sem discussões, sem reivindicações de maior.

Todos eram unânimes em a considerar uma senhora. Não uma mulher, não, uma senhora. Era-o, de facto, com tudo o que uma tal designação pode conter de admirável, de detestável, de frio, de longe. Uma autêntica senhora.

O tempo foi passando para todos, embora seja sempre outro, diferente, mais claro ou mais escuro, mais lento ou mais vagaroso, mais pedregoso ou escorregadio. Foi passando, pois, e ela ficou velha. Não com muitas rugas, não. Velha porque chegara ao mundo no dia tal do ano tantos, só por isso. Mas o seu espírito continuava jovem, dizia-se, e o seu rosto liso, diziam-lhe os espelhos. Mas, ao mesmo tempo que ela envelhecera, as empregadas da loja – de modas, nem podia ser de outra coisa –, cinco ao todo, tinham envelhecido também, e essas tinham rugas porque eram pequenas pecadoras e também, é bom não esquecer, sem dinheiro para institutos de beleza, sem dinheiro para lutar contra o tempo. Porque ganhavam mal. Ela, a senhora, tinha hábitos de luxo, que, por serem seus, eram muito mais importantes do que as necessidades essenciais das outras, suas empregadas. E ei-la que um dia pensou – estava velha mas continuava inteligente, *femme de tête*, em suma –, ei-la que um dia pensou que estava cansada e tinha direito a descansar os últimos anos que lhe restavam para viver. Mas aí está, se fechasse a casa, teria de indemnizar toda aquela gente, e a palavra indemnização logo tornava «aquela gente» uma espécie de inimigos íntimos, de parasitas, de criaturas simplesmente detestáveis. Lembrou-se então de uma sobrinha que estudava, mas que não percebia nada, mesmo nada, de comércio, sobretudo do comércio onde entravam seres humanos. Sabia de Shakespeare e de Byron, sabia de Yourcenar e de outros que tais, era a pessoa indicada, desempregada ainda por cima. O contrário de uma *femme de tête*, a pobre pequena. E colocou-a à frente da loja. Que se sentia doente, cansada. Que se sentia exausta. Que era para a ajudar, explicou. O que até era verdade. Depois foi para casa. Recebia os amigos, gastava o melhor possível o tempo, e, quando a sobrinha às vezes aparecia para lhe dar contas, fazia um bonito gesto com a mão, dizia que tinha toda a confiança, que não lhe trouxesse preocupações, porque não ficava para jantar, porque não ia passar o fim de semana a qualquer lado?

Tinha três casas, a da cidade, a da praia, outra no campo – longe, numa aldeia onde os avós tinham comido o pão que o diabo desse tempo amassara. Porque há diabos e diabos. O do tempo dela fora um diabo civilizado que sabia tratar das coisas sem violência nem fazer sangue que se visse. Por isso as mãos dela tão limpas, de unhas tão perfeitamente arranjadas, por isso o seu olhar tão transparente. Ganhara bastante dinheiro durante a vida. Por isso as três casas bem mobiladas, os filhos com os seus cursos feitos e famílias organizadas. O marido dela morrera cedo e isso até tinha sido bom porque fora um homem gastador e que não a tratara como a uma «autêntica senhora». As empregadas, todas antigas – uma excelente patroa, dizia-se –, tinham-na ajudado, mas, enfim, pensava às vezes, que se não fossem aquelas seriam outras, há sempre gente que precisa de trabalhar, que precisa absolutamente de trabalhar.

A sobrinha, que não sabia nada de comércio, aumentou os ordenados, que na verdade estavam muito baixos, como podia aquela gente viver?, e ela, a tia, sorria, compreendia perfeitamente, achava que sim senhora. Achava também que sim senhora às compras exageradas que talvez não se vendessem e a outras coisas como obras para alindar o ambiente. Não se mostrava entusiasmada, sorria, sim senhora, talvez houvesse razão, pois claro.

Quando a loja faliu, não houve possibilidade de pagar nada a ninguém, a não ser o último ordenado às empregadas que foram para suas casas, a recordar, saudosas, a tia, e a maldizer a sobrinha. Duas delas tinham a idade da antiga patroa, já não iam encontrar trabalho em parte nenhuma. E não tinham possibilidade de gastar o tempo que lhes restava recebendo amigos.

De mãos limpas e coração sereno, ela viveu até ao fim. Perdoou à sobrinha, tão cheia de culpas, e até lhe deixou um anel, como lembrança. Ninguém lhe disse nada quando uma das empregadas mais velhas e sós e sem futuro se suicidou. Porque na idade dela notícias assim podem ser fatais. E ultimamente o médico tinha-lhe descoberto uma deficiência cardíaca, era preciso o maior cuidado. Todos na família tinham o maior cuidado com ela.

SENTIDO ÚNICO

Nunca se habituara às negras, intermináveis horas dos móveis que estalam, dos ratos possíveis e dos fantasmas quase certos. Estalavam como doidos aqueles velhos móveis, principalmente nas noites de verão, principalmente a cómoda, e às vezes acendia a luz só para verificar se ela continuava intacta ou se secara ou se florira. De meses a meses, ou talvez fosse de anos a anos – o tempo era agora tão impreciso e tê-lo tornara-se desnecessário –, um pequeno ser escuro, sem cor nem forma definida, deslizava-lhe à frente dos pés. Era tão veloz que a deixava sempre perplexa. Um rato ou um qualquer problema de visão? Havia também os fantasmas que nunca o eram de formas mas de andares macios, mas de portas a ranger ao de leve, mas de aromas, de aromas principalmente. Sopros breves mas tão intensos e tão verdes, de eucalipto, até de comida acabada de fazer. E eram três, quatro horas da manhã. E o prédio dormia.

Se nunca falara dessas insignificâncias a ninguém, talvez fosse por nunca ter encontrado criatura alguma que pudesse considerá-las dignas de atenção. Todas tinham os seus problemas pequenos ou enormes. Lembrava-se do filho drogado de Alberto, da mãe semilouca de João, do físico ingrato de Júlia, gerador de todos os seus fracassos. Ela funcionara sempre como um bom gravador. Ainda hoje, tantos anos passados, metia às vezes as cassetes, e as vozes renasciam das cinzas, e as pessoas voltavam a estar ali. Na sua família todos tinham desaparecido cedo, da morte que então se chamava súbita, ou de tuberculose galopante ou de enfarte do miocárdio. Uma sorte, dizia--se, não sofreu, ou sofreu pouco. Os amigos certos e os amores eternos também tinham tido fins semelhantes. Mas talvez fosse melhor dizer – pensar – que se tinham fundido como lâmpadas. Estavam ali há pouco e, de súbito, estavam definitivamente apagadas. Talvez por tudo isso aquela incómoda impressão de sobreviver, de sobejar, de estar a mais num território que já não lhe pertencia, sobretudo agora que estava reformada, logo esquecida, e os dias tinham deixado de ser quadriculados e de haver cedo ou tarde para as coisas.

De tão velha e ressequida quase ficara vegetal, mas não sabia bem se estaria a caminho da podridão ou se se tornaria fóssil. A segunda hipótese talvez fosse mais plausível, porque as pessoas ignoravam a sua idade. A verdade é que pouco havia nela que lembrasse uma mulher, e os próprios olhos pretos, bonitos no passado, deviam parecer dois bichos muito vivos que se tinham escondido dentro da sua caveira e espiavam, de vez em quando, o que se passava lá fora.

Lia, ouvia rádio, via televisão, mas logo ficava cansada. Às vezes comprava o jornal para «saber o que acontecia no mundo», como dizia – ou dissera – o pai, longe, na sua infância perdida. E dava consigo a pensar se o pai também teria tido aquela sensação do já não ter nada a ver, ou tão pouco, com o mundo onde morava. Mas não, o pai não podia ter encarado as coisas desse modo porque morrera cedo, de repente, como todos os outros. Ainda pertencia por inteiro a este mundo quando fora forçado a abandoná-lo.

Por culpa da informática ficheiros policiais devassam privacidade; Portugal ainda está muito longe da média comunitária; Bush disse a Chissano para não perder tempo; Lotaria nacional renovada por dentro e por fora, gritavam os títulos do jornal daquela tarde. Lembrou-se de que tinha comprado dias antes uma cautela, havia de ver a lista. Comprar de vez em quando uma cautela era um costume que já lhe vinha de longe, uma concessão ativa ao sonho, porque levava a semana a pensar no que faria com todo aquele dinheiro. O grande prazer era esse, sonhar com o impossível mas ter nas mãos algo de real que o tornasse viável.

As hipóteses eram muitas, mas duas ou três haviam-se mantido quase intactas ao longo dos tempos, por entre destroços de coisas tornadas impossíveis. A casa caiada (tinha de ser caiada), de grossas paredes e alguns degraus exteriores, com um relvado e meia dúzia de árvores, nogueiras talvez, ou castanheiros, em todo o caso árvores grandes, fortes, de boa sombra espessa. Um bonito quadro, talvez o seu retrato, sobre o fogão da sala. Começara por ser o rosto de uma jovem, um tanto desengraçado, depois, de uma mulher vulgar, agora preferia pensar simplesmente num quadro. De um bom pintor, claro. E ainda a viagem à Grécia. À Grécia ou às páginas da *História Universal* do Matoso? Que idade teria quando começara o sonho?

Às vezes irritava-se consigo própria por ainda ter, aos 70 anos, em plena terceira idade adiantada, a de todas as desesperanças, sonhos assim, tão jovens e ingénuos. Só lhe faltava sonhar também com o grande amor, acontecia-lhe pensar. Mas isso seria mesmo impossível e a cautela não serviria de nada. Nos seus sonhos só havia matéria negociável.

Como as pessoas haviam de rir se soubessem dos seus pensamentos noturnos. Uma pobre de Cristo que trabalhara toda a vida para ter o simples direito a viver e a quem um Governo de jovens tecnocratas endinheirados dava agora uma esmola chamada reforma, uma pobre de Cristo assim, a sonhar de sábado a sexta-feira com casas, viagens, quadros de autor. Coisas de morrer a rir. Estava, porém, tão só que não havia ninguém para se rir dela, ninguém. Com o tempo tudo se fora esvaziando. Os colegas de trabalho tinham ido para a terra (não sabia se a deles se a do cemitério), ou continuavam a cumprir rigorosamente o seu horário mas haviam-se esquecido de que ela morara na secretária ao pé da janela; os primos, todos eles muito afastados, tinham-se afastado mais ainda porque a cidade crescera e era difícil de percorrer por motivos não essenciais. Ela morava longe de todos e não era (nunca fora) um motivo essencial. Os primos, de resto, também não o eram. Falavam-se ao telefone de vez em quando. Pouco, por causa dos impulsos. O vazio, portanto. Na própria rua onde morava, esse vazio. Lojas passadas a outros ou fechadas porque o prédio ia ser demolido. Novas lojas onde não entrava porque eram agências de viagens ou clubes de vídeo, coisas assim. Deixara de ver pessoas que conhecia de vista, nunca lhes soubera os nomes mas sorria quando as encontrava. A porteira dissera--lhe um dia que a dona Corina tinha morrido e que o senhor Sousa fora para casa do filho, no Porto. Mas quem eram a dona Corina e o senhor Sousa?, pensara então. Não se lembrava ou nunca tinha sabido. Depois a própria porteira fora para a terra. Ninguém a substituíra no cargo.

Já estava deitada quando voltou a abrir o jornal para saber o que ia pelo mundo e encontrou a lista dos números. Estendeu o braço para a mala e pegou no retangulozinho de papel. E o seu número era precisamente o primeiro. Viu melhor outra vez e outra ainda. Não podia ser. De modo nenhum, não podia. Mas era verdade.

O pequeno motor líquido pôs-se a bater muito fortemente no seu peito. Porque desde os 20 anos que jogava, e agora... Quanto teria ganho, Senhor, quanto? Dentro do seu corpo havia o caos, talvez por causa de o motor ter aumentado muito de volume ou de potência ou por causa de ambas as coisas. Pensou muito alto, com muita força: «Calma, mulher, domina-te, respira fundo.» A mãe costumava dizer--lhe aquilo. Que se acalmasse, que respirasse bem fundo. E Alberto, e Júlia... Mas as vozes chegavam-lhe de súbito confusas, não conseguia ouvi-las. Que lhe diziam, melhor, que lhe tinham dito?

Levantou-se e andou pela casa sem ver por onde andava, sem ouvir móveis a estalar, sem dar por cheiros estranhos. Faltava-lhe o ar e abriu uma janela. Depois sentou-se num velho *maple* a precisar há muitos anos de reforma e pensou que no dia seguinte podia telefonar ao estofador. Mas encolheu os ombros. Estava parva. Tinha que pensar mas na casa, sim, na casa antes de mais. Talvez um bonito andar num prédio com elevador fosse mais sensato. Na sua idade.

O motor ia diminuindo de velocidade e ela sentiu-se muito cansada, era como se tivesse caminhado quilómetros e quilómetros sob um calor intenso por uma estrada deserta e infinita. O que era essencial na nova casa era elevador e ar condicionado, pensou. Mas, de súbito, não se sentia com vontade de ter uma casa, era tarde de mais. Estava à beira de qualquer coisa perigosa, era como se lhe estivessem a chupar lentamente o sangue e também como se estar sentada fosse uma coisa difícil e estranha, totalmente desaconselhável. Então caminhou com dificuldade para a cama, deitou-se e fechou os olhos. A cómoda estalou.

O GRITO

Camila era professora, não tinha casado porque casar não fora urgente, até se tornara nesse tempo um pouco *démodé,* só (quase só) os pirosos, os novos e os velhos ricos é que festejavam assim de branco e com flores a sua presença neste mundo. Tinha sido, pelo menos, a opinião do José e também a sua, naturalmente. Companheiros, dizia-se. Ainda o seriam? Os namoros de ambos tinham sido breves e não haviam deixado raízes. José era economista, lia e possuía muitos livros e jornais de economia. Tinha também alguns amigos do tempo da faculdade, que às vezes os visitavam com as mulheres, todas elas muitíssimo chatas e com muitíssimos filhos, que tinham doenças, boas e más notas, conforme os professores eram bons e maus, e coisas assim. Pensava às vezes se também elas não a considerariam chata, mas nunca se deixara chegar a uma conclusão. Isso não era, de resto, vital para si.

Sabia que havia pessoas baças e pessoas luminosas, e que ela pertencia à primeira dessas categorias. Passava despercebida, os outros não a reconheciam logo, tinham que pensar duas vezes, era fácil de perceber. Também esqueciam facilmente o que dizia. Acontecia-lhe dar uma opinião qualquer, e logo depois, durante a conversa, atribuírem as suas palavras a outra pessoa. «Como a Fulaninha muito bem disse…» Ora ela não era a Fulaninha, raramente o fora. Era a sotora Camila, professora de Português do secundário, nem boa nem má, nem amada nem odiada. Tudo assim-assim.

Os alunos eram jovens, embora ela detestasse a palavra jovem, exibida a torto e a direito pelos governantes e por eles próprios, moços e moças, como se se tratasse de um partido político importante, com voz na Assembleia.

«De um partido político e de esquerda, em que se filiaram mas só aguentam durante alguns anos, quase sempre poucos. Depois viram mais ou menos à direita, que é o que fazem os adultos sensatos.» A frase fora de Salvador Pontes, que Camila encontrara recentemente em casa de uma colega, Flávia. E Pontes acrescentara: «Não sei muito bem se fui jovem, mas creio que não fui, senão lembrava-me. Criança, adolescente, rapaz, isso sim. Jovem, nunca. Não era tão importante no meu tempo, ou, muito simplesmente, não se usava. Não precisei, portanto, de virar à direita.»

Já tinha o seu tempo, Salvador Pontes. Era um homem de meia-idade, bem apessoado, com bonitas mãos cuidadas e uma voz importante, daquelas que modelam as sílabas com atenção, fazem as palavras durar muito mais tempo no ar do que as das outras pessoas. Camila vira quadros seus em exposições individuais e até num museu onde acompanhara uma tarde os seus alunos. Conhecê-lo pessoalmente fora uma coisa importante. E falou-lhe dessa ida ao museu. Sorriu Salvador:

– Com os seus jovens.

– Exatamente. Com os meus jovens. Que havemos de fazer senão acompanhar o progresso? – E aproveitou para lhe perguntar se um dia poderia ver os seus últimos trabalhos.

– Um dia. Havemos de pensar nisso. – E disse-lhe que o seu *atelier* ficava num bloco, era complicado lá chegar, as casas eram todas iguais, as ruas nem sequer tinham nomes de gente, como dantes.

Ela riu um pouco.

– Gente que muitas vezes ninguém sabe quem foi, lembre-se disso. Eu moro numa rua de um tal senhor José Brás. Sabe quem foi? Eu própria...

— Os seus jovens, então…

— A esses nem sequer lhes pergunto quem foi o duque d'Ávila ou o duque de Loulé. Não me atrevo, sabe como é. Ia ficar melancólica com a resposta.

— É natural que ficasse…

— Em que quadro está a trabalhar?

— *O momento em que falo.* Não me pergunte porquê. Aconteceu.

Depois um anjo passou, ou talvez tivesse sido simplesmente Flávia a chamá-lo a outra realidade, e Camila também se voltou para o lado contrário onde lhe propunham mais um uísque.

No dia seguinte, na sala dos professores, falaram vagamente do momento em que falo, e Flávia disse:

— *Le moment ou je parle est déjà loin de moi.* Boileau.

— Eu sei. — Não sabia, mas ninguém tinha nada a ver com isso.

À tarde, em casa, o marido perguntou por perguntar se a reunião tinha sido agradável, e ela disse que nem por isso e que tinha conhecido um pintor de nome, qualquer coisa Pontes.

— Já ouvi falar. Parece que ganha muito dinheiro. No estrangeiro, naturalmente.

— É natural que ganhe. Se é um bom pintor…

— Há muita gente que compra quadros, mesmo cá. É um bom investimento.

— Deve ser. E pronto.

Muitas vezes havia de pensar nos porquês daquela conversa tão breve. Porque lhe perguntara ela se podia ver um dia os últimos trabalhos? E porque lhe dissera ele, tão vagamente, que talvez um dia, havia de pensar nisso… E logo depois que era difícil chegar ao seu *atelier?* E que estava a pintar *O momento em que falo?* E porque havia Flávia de lhe ter dito a frase completa, que ela ignorava totalmente?

Tudo aquilo não teria tido a menor importância se não viesse juntar-se a outros passos que ela tentara dar ao longo da vida e que nunca tinham encontrado terra firme. Um livro que não fora aceite pelo editor (mas também, pensava, se o tivesse publicado, os leitores eventuais iriam pensar o que é que eu tenho a ver com tudo isto), uma transferência de liceu que não conseguira, uma paixão que não tivera eco, um filho que nunca nasceria porque era estéril. Tanta coisa mais. Às vezes pensava que, se metade das mulheres deste mundo fossem estéreis, não haveria tanta fome nem tanta guerra nem tanta poluição. Mas não adiantava pensar assim. E foi-se tornando cada vez mais vazia e mais só. E um dia ao acordar sentiu que tinha que ser. Porquê não sabia bem, só que tinha que ser, que não havia outra saída. É certo que não percebia o que tinha a ver com tudo aquilo Salvador Pontes. Porque sonhara em tempos ser pintora e descobrira que era totalmente incapaz de pintar fosse o que fosse, incapaz até de fazer um risco direito?

Porque ele era pintor e lhe recusara ver o quadro em que estava a trabalhar? Porque nem sequer recusara, nem escondera o seu pedido, nem o ouvira. «Havemos de pensar nisso…»

Um dia desses Flávia disse, de passagem, a Salvador Pontes:

– Sabe quem se suicidou? A Camila. Atirou-se da janela.

Ele hesitou:

– Camila? Que Camila?

– Uma colega, que esteve em minha casa naquela noite em que você lá foi. Uma morena, magrinha.

– Ah, já sei.

Pensou um pouco, depois disse:

– Sabe que não consigo lembrar-me da cara dela? Queria ver o quadro em que estou a trabalhar, uma coisa que eu detesto, você sabe. Mas era tão desengraçada…

O TESOURO

Os pais e os avós, e também os avós deles, todos haviam olhado para aquele lugar com maior ou menor curiosidade e alguns, dizia-se, tinham mesmo procurado, tinham-se mesmo matado a procurar não sabiam o quê nos metros quadrados – cúbicos – de terra, entre a árvore e a parede da casa que ficava voltada para leste. A terra, porém, parecia ser madrasta naquele local, uma terrazinha de ar impermeável, tão acinzentada e ressequida como se a própria chuva nunca tivesse conseguido atravessá-la. Uma terra tão desconsoladora que um dia alguém – o pai, o avô? – havia mandado empedrá-la «para acabar com aquilo», e agora era um largozinho branco, com bonitos desenhos de um basalto meio apagado, como se também ele tivesse herdado a secura da terra que cobria. Anjinhos gorduchos esvoaçavam por entre flores e nuvens, tudo lindamente bordado a pedra pequenina. Em criança tinham-lhe contado. Havia às vezes falta de conversa, e as crianças eram exigentes e a televisão nem sempre lhes chegava. Então os mais velhos contavam coisas que também lhes tinham contado em crianças, depois quase esquecido, e uma delas era o tesouro, ali, naqueles metros de terra, junto à parede da casa. De que tesouro se tratava ninguém sabia, por isso mesmo era possível soltar a imaginação e deixá-la navegar. Joias fabulosas, moedas de oiro, centenas de moedas de oiro, o mapa de uma ilha desconhecida, porque brotara de um fundo vulcânico de mar havia só algumas gerações, e que trouxera consigo coisas inimagináveis em pérolas e corais, noutras coisas, quem sabe?

O empedrado do pequeno largo fora sendo, com o tempo, considerado obra valiosa. O homem que o desenhara tornara-se um pintor célebre, cujo nome vinha em letra maior do que as outras letras nos manuais de arte. Depois, como um incêndio tivesse destruído o museu onde estavam quase todos os seus quadros, aquele desenho, que outros homens tinham executado, era muito olhado e até se falava em fazer dele património nacional. O que nunca viria a acontecer. Em todo o caso, alguém da família disse um dia: «Seria este o tesouro? Ter-se-ia tratado de premonição?» Mas a pergunta não teve grande eco entre os presentes. Para tesouro parecia-lhes fraco, nem sequer fora o artista a executá-lo. Preferiam pensar que não havia nenhum tesouro e se tratava de uma lenda, como houvera tantas no passado. Mas ao mesmo tempo a História estava cheia de invasões, de guerras e de pessoas com haveres e que então os enterravam ou emparedavam. Talvez alguém tivesse escondido algo naquele terreno, mas depois o houvesse retirado ou lho tivessem roubado, era possível. Isto pensavam, ali, na casa, os que a habitavam. Pensavam--no às vezes, raramente, quando havia crianças com quem era preciso conversar um pouco.

O último homem da família era um homem só a quem o mundo lá de fora fatigava. Raramente lia ou via televisão nas suas horas de ócio, que eram muitas, até porque o médico todas as semanas lhe recomendava pelo telefone – ele ou a sua voz gravada? – que não se preocupasse e fosse tomando aqueles comprimidozinhos azuis que o faziam ver a vida menos negra e menos terrível, agora que a própria água começava a faltar. «Mas, meu caro», dizia o médico sempre que o visitava, «esse é um problema de todos nós e você encara-o como um caso pessoal. É preciso olhar o futuro com coragem. Claro que tudo está gasto porque os nossos pais e os nossos avós e os avós deles gastaram sem conta. Mas que fazer? Vamos vivendo.»

O TESOURO

Era isso, ir vivendo. Mas como? Nos dias de semana era mais fácil, mas ao sábado e ao domingo? Mas nos dois meses de férias? Às vezes ia até lá fora porque possuía – o que acontecia a poucas pessoas – uma árvore e um largozinho lindamente empedrado, dava alguns passos, suspirava. Era um homem só e também ignorante, por isso nada sabia do pintor que desenhara os anjinhos gorduchos que diariamente pisava. Ou talvez o nome do pintor se tivesse esvaído com o tempo por ele não ser, afinal de contas, tão formidável como isso. Em todo o caso, o homem não pensava que aquilo ali, aos seus pés, pudesse ser um tesouro e ignorava o que era premonição. Era um homem curioso, só isso. Por isso, um sábado de grande solidão resolveu remover o empedrado e foi amontoando as pedrinhas junto da árvore. Depois sentiu-se melancólico e arrependido porque também ele viu aquela terra acinzentada e sem húmus, decerto incapaz de produzir – apesar da árvore – uma só erva que fosse. E o homem sentou-se, de joelhos à boca, a pensar. E recordou, sentiu-se recordar, porque ela, recordação, tinha acordado mesmo antes de ele se dar conta disso e resolver retirar as pedras, tão certinhas, dos seus lugares. E procurar não sabia o quê.

As ferramentas tinham-se tornado muito perfeitas, velozes e quase autónomas. Aquela era um tubo que se ligava à corrente e agitava, depois sorvia, a terra. O homem deitou – se assim se podia dizer – mãos ao trabalho. Por fim, sentou-se numa cadeira de repouso a ver a terra mover-se em curtas e rápidas, depois amplas e vagarosas, ondas. De vez em quando desligava aquele aparelho e olhava, depois voltava a ligá-lo.

Sobre as pedras, junto à árvore, havia agora grandes montes de terra, e a cova, larga e já bastante profunda, mostrava uma terra mais escura. De resto, a que saía era mais grossa, como que mais rica ou quase molhada. Até que, por fim, a água foi aparecendo, apareceu, a água quase gasta e praticamente desaparecida, a maravilhosa água pura, brotando pequenina mas constante da sua profunda fonte secreta.

A MANCHA VERDE

Embora não se pudesse ter a certeza disso – quem é que olha ao nível dos pés das criaturas? –, havia quem suspeitasse de que ela andava ou corria ou até (mais recentemente) estava parada uns milímetros acima dos outros, de que ela, enfim, possuía um chão diferente. Quem a olhava pela primeira vez, melhor, quem a olhava pela primeira vez num passado já um pouco distante, não teria ficado espantado por aí além, se ela, de súbito, levitasse ou até saísse, voando, por uma janela aberta. Claro que, se pensasse no caso a frio, achá-lo-ia totalmente impossível, não aceitaria a coisa sem gritos de espanto ou sem perder a fala de estupefação. Olharia simplesmente para o teto ou correria à janela à espera de a ver dar uma volta ao largo – lá fora era um largo – e regressar.

A levitação e o voo não tinham razão de ser, mesmo sonhados, mesmo admitidos sem sonho, porque ela já fizera 50 anos e nunca durante todo esse tempo esquecera a força da gravidade ou sentira crescer asas nas suas magras espáduas. Mas as pessoas sentiam-na leve, leve, e ela também, de resto, às vezes, sobretudo quando amara e fora amada e feliz. Dantes.

Mas eis que um dia, de súbito, parou. Sem transição, sem habituação, portanto. Como se uma ficha invisível tivesse sido desligada de uma parede qualquer. E ela então parou e logo desceu um poucochinho, uns milímetros – um milímetro? –, ficou mais baixa, ao de leve, claro, mas mais baixa. Mas talvez isso não fosse importante e o problema fosse outro, o de ter ficado, de súbito, isso sim, presa ao solo como uma planta, como uma pessoa. Dependente.

O seu corpo estava parado junto a uma cómoda, hesitante e a refletir.

Havia uma ideia que lhe ocorrera de súbito e não se ia embora, como que à espera de um aval. E ela não sabia se podia dar-lho. De repente, havia em si um grande mal-estar, causado talvez por hábitos de pensar que cessavam e teriam de ser substituídos por outros – mas haveria ocasião? Entre um tempo e o outro deveria dar--se, era normal, um interregno. Era normal. Mas não, não houvera tal coisa.

E ela, de repente, estava ali, outra, noutro corpo, este pregado ao chão das outras pessoas, e a olhar para um móvel, no seu quarto, que nunca tinha tido tempo de ver e que, de súbito, lhe pareceu extremamente importante.

Houvera uma ideia. Pior, houvera uma ameaça. E traduziu-a em palavras que lhe diziam que o voo terminara há muito e que ela não se dera conta. Há muito. Recusara-se, no entanto, a regressar à terra e agora o tombo fora violento. É grande, pode ser grande um milímetro.

Olhou os pés um pouco inchados, que lhe doíam. Olhou-os com espanto e indignação. Tinham sido tão leves, tão velozes. E viu também – viu-o – aquele coração que se pusera a existir, um coração a que tantas vezes se referira, mas sem acreditar muito na sua existência física, só para explicar o amor e o desamor, só para isso.

Estava velha ou doente ou ambas as coisas. Sem preparação. Estava também no extremo limite da sua beleza, embora tivesse sempre evitado pensar no caso. Fora senhora de um rosto magro, de cabelos cor de mel (recusava-se a saber o que havia agora sob essa mesma cor tão lindamente conseguida) e de um corpo ágil. E de súbito, encostada àquela cómoda, sentiu-se velha e doente.

Sentia-se acima de tudo muito cansada. Ignorava as coisas rasteiras, às vezes desoladoras, às vezes tranquilizantes. Andara de mais lá por cima e tão velozmente que as vira deformadas como num dos mapas de Piri Reis. Ou não as vira sequer. E agora doía-se. E aceitava recordar que o médico lhe dissera que devia ter cuidado com o seu coração, que andasse devagar, que não subisse escadas. Dizer isto a quem as voara!

Encostada à cómoda, sentia pela primeira vez a idade, mais, muito mais do que a sua idade, que idade era essa que sentia? E olhava também, pela primeira vez, a sua solidão. O horizonte não ficava longe e o chão estava ali e agarrava com força os seus pés. Teria tempo de se habituar àquele seu novo estado? Valeria a pena habituar-se a ele?

Tentou gritar ou talvez suspirar, só isso. Entreabriu a boca, em silêncio. Depois caiu, foi caindo, a sua mão magra, com anéis – sempre gostara de anéis – ainda agarrou o rebordo da cómoda, mas tão ao de leve, logo o largou. Ficou dobrada sobre si própria, no chão. Uma simples mancha verde.

Fora verde o seu último vestido de mulher viva. O outro seria o que quisessem, uma veste que já não lhe diria respeito.

FRIO

Como se tivesse nascido naquele instante preciso, por uma estrada fora. «Por uma estrada fora», pensou. Pôs-se a caminhar mais depressa – ou mais devagar? – porque era, de súbito, muito importante fugir ao frio que parecia aumentar a cada passo que ela dava. Queria pensar, mas de repente não dispunha de palavras nem de ideias suas ou até feitas, herdadas, aprendidas em tempos de aprender coisas. Estava sozinha no mundo, e o mundo era aquela rua tão fria e deserta. Parecia-lhe atravessar uma atmosfera diferente da habitual, mais dura, mais branca, uma atmosfera agressiva que lhe entrava na pele e na carne, lhe ia tocar bem fundo nos ossos macios. A velha senhora não queria andar, ou antes, não o desejava. Era, porém, obrigada a fazê-lo, como se não houvesse, na verdade, outra solução para o seu caso, e como se a única maneira de fugir do frio fosse caminhar para ele, estar cada vez mais perto do seu polo. Como se só para além desse polo a esperança começasse. Tropeçou, caiu, arrastou-se. As suas mãozinhas gordas arranharam um degrau de pedra, os olhos abriram-se-lhe – ou talvez já estivessem abertos –, viram uma grande, velha porta com grafitos, que engraçado, com grafitos e uma campainha de corrente que tinha na ponta uma doirada cabeça de leão. Agarrou-se à ombreira, tentou levantar-se, conseguiu apertar com toda a força de que dispunha aquela bola que pareceu ainda mais gelada do que o resto, ou que quase não sentiu.

Muito longe, decerto para além de várias paredes, houve um som repetido, quatro tempos de som, dó, ré, mi, fá. Sete tempos porque houve um regresso: mi, ré, dó.

Ficou à espera. Depois a porta abriu-se, e uma mulher de branco mandou-a entrar como se estivesse à espera.

– Entre por favor – disse-lhe a mulher. Ela entrou.

Um vestíbulo amplo mas despido, com outra porta ao fundo. Ali ficou sozinha, com todo o seu frio, e nem sequer havia uma cadeira onde pudesse sentar-se.

– Venha por favor – repetiu a voz no limiar da porta lá adiante, aberta. E ela foi.

Agora estava num escritório – ou seria um consultório? Sentado à secretária um homem, também de branco. A atmosfera era diferente, suave, talvez por causa do fogão elétrico ou da cadeira que parecia esperá-la, ali, vazia, no meio da sala.

A velha senhora disse com deferência:

– Dá licença?

E o homem respondeu:

– Sim. – Mal a olhou, parecia desinteressado ou mesmo ausente.

Mas ela pensou que a sala era agradável e que gostaria de ali ficar durante algum tempo porque se sentia muito fatigada e lhe doía muito a perna direita. Hesitou, no entanto, antes de perguntar:

– Posso sentar-me? – E Deus sabe que não era hábito seu perguntar coisas dessas. Pertencia à classe dos que se sentam sempre porque essa é uma das suas prerrogativas.

– À sua vontade – disse o homem.

Sentou-se, devagar, com cuidado, como se fosse frágil. Depois levantou-se, deu alguns passos hesitantes para o fogão:

– Posso... aquecer-me?

O homem ergueu de novo o olhar dos papéis que parecia estudar. Era um homem ainda novo, quase belo, mas um homem antigo, pensou. Viu-o passar as mãos pelos cabelos louros, e a voz dele, quando falou, era extremamente serena:

– Pode. Claro que pode, minha senhora. Aqui todos podem fazer tudo.

– Tudo? Mas isso é imoral – e teve um riso cacarejado de velha. O homem fitou-a sem sorrir, e ela caiu em si, receou o que quer que fosse. – Sinto-me bem – disse numa voz trémula. – Mas ao mesmo tempo é como se receasse... Mas o que posso eu recear? Diga-me, senhor, como é o seu nome?

– Ivo.

Ficou sonhadora.

– Ivo – repetiu. – É estranho mas tenho a impressão de que o conheço. Há qualquer coisa na sua voz, no seu rosto...

– É provável. É natural. É quase certo.

A velha voltou a sentar-se. Já tinha menos frio e sentia o corpo.

– Diga-me, senhor Ivo, onde estou eu?

Ele encolheu os ombros.

– Terei de lhe explicar, de lhe dizer... Quer então saber onde está. Não faz a menor ideia, pois não?

– Não me lembro de nada – disse ela. – Na minha testa há como que um poço muito fundo e caíram dentro dele todas as minhas recordações. Nenhuma vem à superfície por mais que eu as busque. É como se tivesse nascido numa rua fria e, de repente...

– Eu sei.

– Sabe?

– As recordações hão de vir a pouco e pouco, descanse.

– Há uma coisa. Agora me lembro. Mas foi verdade ou sonhei? Gente à minha volta, a chorar. A chorar por mim, não é esquisito?

– O seu marido talvez, os seus filhos, os seus netos...

A velha verificou com espanto que o seu vestido estava enlameado e isso afigurou-se-lhe muito estranho e perigoso. Mas esqueceu a mão, que tentava limpar a seda, e declarou:

– Não sei se fui casada, se tive filhos e netos. Não sei nada. É como se acabasse de nascer, já lho disse. Embora me sinta exausta e as minhas mãos estejam engelhadas, vê? É como se acabasse de nascer...
– Ou de morrer.
Ela estremeceu.
– De morrer... Quer dizer que estou...
– Está.
Apalpou-se apressadamente:
– Não me sinto.
– Não nos sentimos.
Levantou-se, dirigiu-se lentamente, com dificuldade, para o homem, depois perguntou em voz baixa:
– Isto aqui, o que é?
– Já estava à espera. A pergunta de todos. A pergunta que eu também devo ter feito. Não tem a menor ideia?
– Não, nenhuma. Não me lembro sequer se me confessei. Houve o desastre e... Eu falei em desastre? Em confissão?
– Falou – disse o homem.
Ficou perplexa.
– Não consigo lembrar-me de que desastre foi, mas dói-me imenso a perna direita.
Ele sorriu pela primeira vez.
– Como os amputados – disse. – Continua a doer-lhes o ar durante um certo tempo. Depois passa. Mas sente-se, porque está de pé?
Concordou. Tinha razão. Porque estava de pé?
Sentou-se e disse:
– Continuo sem saber onde estamos.
O homem declarou apressadamente:
– Chamam-lhe Paraíso.
– Ah! – exclamou ela satisfeita. – Ah!

— Já o esperava? Em geral, as pessoas ficam espantadas ao verem-se aqui.
— Nunca fiz mal a ninguém – disse a velha. – Conscientemente, claro. Porque havia de ter caído no Inferno?
— Não há Inferno – declarou o homem como que distraído.
— Essa! Aí está uma coisa em que eu não posso acreditar, uma coisa...
— E no entanto é bem verdadeira. Quando souber...
— E quem me dirá...
— Eu.
— O senhor porquê? – disse ela. E prosseguiu: – Sabe que a sua cara não me é estranha? Não sei se já lhe disse...
— Já.
— Encontrámo-nos com certeza, no mundo.
— No mundo, sim.
— O senhor é o encarregado de explicar tudo aos recém--chegados?

O homem disse, com um ar cansado:
— Aos recém-chegados, não. À senhora. Deve ter havido entre nós, lá em baixo, uma ligação qualquer. A senhora talvez tenha sido minha mãe, minha filha ou minha neta ou minha sobrinha em 20.º grau. O tempo aqui não tem significado.

Ela riu, torceu-se a rir.
— Está doido. Eu sou uma velha de 70 anos e o senhor, um homem novo, um homem de 30, talvez menos.
— A compensação dos que morrem cedo. Serão sempre jovens e os outros sempre velhos, compreende? Sempre, até certo ponto.
— Como se chama?
— Ivo.
— Que mais?
— Não sei – disse o homem. – Quando cheguei, fui-me lembrando, a pouco e pouco. Durante meses, anos talvez, séculos...

Lembrei-me de tudo. Depois tudo foi resvalando por mim, morrendo também. Agora não sei nada. Uma vez...

— Uma vez... — quis ela saber.

— Apareceu aí alguém a quem me ordenaram que explicasse tudo, como agora estou a fazer consigo. Esse alguém sabia de onde vinha; foi-se lembrando como lhe há de acontecer a si. E conheceu-me. Disse que eu era... que eu era... Nessa altura lembrei-me de algumas coisas. Depois tudo se perdeu, já não sei. A única certeza para mim é ter morrido novo.

— Porque não procura essa pessoa? — disse a velha. — Porque não lhe pergunta?...

— Essa pessoa esqueceu tudo também. Esqueceu-se de mim e eu dela. Já não sei quem era.

— Mas é horrível.

— É.

— Daqui a quantos dias é que isso acontece? Eu lembrar-me? Eu esquecer-me?

— Dias? O que são dias? Coisas lá de baixo. Dias, noites... Muito tempo, pouco tempo... Setenta anos, disse a senhora. Sei lá daqui a quantos dias! Sei lá!

A velha pensava, perdia-se em pensamentos novos, sem raízes. Aprendia.

— Não há então Inferno... Mas como é possível? Como? E os maus? E os injustos?

— Todos somos maus e injustos, senhora. Bons só Ele e os seus santos e os seus anjos. Mas os seus santos e os seus anjos são muito poucos, muito menos do que se julga lá em baixo, incomparavelmente menos.

— Todos somos maus e injustos, disse?

— Todos matámos por pensamentos, palavras ou obras, todos, senhora. Uns derramaram o sangue do seu próximo... os assassinos, que grande palavra!... outros fizeram-no mais discretamente, por

cobardia. Quantas pessoas mortas por palavras, com o assassino à solta e considerado, por ele próprio, pessoa de bem!
A velha declarou:
— Eu nunca disse mal de ninguém.
— Está certa disso?
Hesitou.
— Não, claro que não estou certa, não posso estar certa se não me lembro de quem fui...
— Exatamente.
— Quando me lembrar...
— Exatamente.
Vozes baixas, bichanadas, como quando era criança e estava doente. Vozes assim. «Baixinho, baixinho», dizia a mãe. «Não façam barulho, não acordem a Luizinha que está com febre. Deixem-na descansar...» E então todos andavam em bicos de pés e bichanavam, e isso era tão doce que ela às vezes fingia que estava doente sem o estar, só para que aquela atmosfera se repetisse. Tão boa, tão tranquilizadora...
Disse (ou pensou):
— Pai.
E alguém murmurou:
— Está a voltar a si. Que terá dito? Moveu os lábios... Abriu os olhos...
Abrira os olhos. E sorriu a seu filho, de cabelos brancos, ali sentado à espera, no quarto do hospital. Depois fechou os olhos e sorriu a outro Ivo que fora seu pai e morrera jovem, tão jovem que mal o tinha conhecido.

A FLOR QUE HAVIA NA ÁGUA PARADA

I

Antes este veio
descia sem pressa
não era tão frio
como hoje parece.

Era um rio quente
sem fundo nem fim
ausente-presente
bem dentro de mim.

Quase que parado
via-o eu às vezes
em dia feriado
de seis em seis meses.

Os barcos quietos
boiavam, luziam,
fechados, secretos,
e logo seguiam.

Os velhos, fumando,
olhavam, sem ver,
O rio passando
sem nunca correr.

A virgem tranquila,
terrena, bisonha,
mete os pés na argila,
olha a água e sonha.

II

Se eu pudesse mudar
aos meus olhos doentes
as lentes de inventar
(ao olhar os poentes
vejo sangue no mar);

Se eu pudesse deixar
de ver coisas ausentes
que hão de talvez chegar
mas que não estão presentes,
mas que eu não queria olhar;

Se eu pudesse trocar
estas lentes diferentes,
que não gosto de usar,
por outras mais assentes,
postas no seu lugar...

vulgares e simples lentes
de aumentar...

III

O grande olhar vidrado
daquele olho de vidro
de quadrante quadrado
de tempo dividido;

que me tira do mar
de água negra e parada
onde andei a boiar
sem sonhos e sem nada;

que de longe me ordena
que comece a correr
valha ou não valha a pena
seja ou não para sofrer,

põe-me um dia na frente
inteiro e imaculado
com menção «urgente»
para ser descontado
desta conta-corrente.

IV

Eu dantes tinha olhos verdes,
só agora reparei.
Verdes, viam tudo verde...
Porque eram verdes não sei.

Sorriam àquela flor
que havia na água parada
(verde flor na verde água
da vida transfigurada).

Hoje olham e reconhecem
que há muito mais cores para ver:
cor de flor que logo esquecem,
cor de charco a apodrecer.

V

Não fui a Tóquio nem a Pequim
nem tive casa para veranear,
mesmo pequena, mas com jardim
e cheiro a mar, bom cheiro a mar;

não vi às tardes o sol morrer
com sangue e tudo, sol de verdade,
só há sol vivo para não se ver
nesta cidade, triste cidade;

não fui turista, não passeei
com o tempo todo por minha conta,
não vi museus, não me cansei
a visitá-los de ponta a ponta;

Só vi as pedras, modesta imagem
do que não vi, caras paradas,
tetos, paredes sem paisagem
Tudo fachadas todas fechadas.

Nunca cheguei, nunca parti
ou se parti já não me lembro.
Parti decerto porque vivi,
cheguei aqui sempre em setembro.

VI

Parece que não há ninguém na Lua
mas ninguém vê que a Terra está vazia.
Só eu sei que não há gente nesta rua
e que amanhã não vai ser um novo dia.

Só eu sei que as vozes que não ouço
sussurram e mais nada.
Vêm do fundo de um poço
cheio de água gelada.

O não ouvir falar em português
já não me causa espanto,
mas se houvesse outra vez
ia aprender esperanto.

VII

Perdi-a, não sei
onde é que a perdi.
Parei, procurei,
depois desisti.

Caminhei em frente
pois tinha que andar.
O tempo da gente
não é para gastar

lembrando, buscando
meninas perdidas
que foram ficando
nas horas das vidas.

Mas às vezes penso
quando ela sorria
neste tempo imenso
hoje, neste dia.

Seus sinais: loirinha
com olhos de espanto,
magrinha, tristinha,
metida num canto.

VIII

Somos do país do sim
o da tristeza em azul,
tudo o que existe é assim
neste sul.

Mostramos o sol e o mar
e vendemo-lo a quem tem,
para podermos aguentar
o que vem.

Ah, país do fato preto,
meu país engravatado
do grande amor em soneto
da grande desgraça em fado.

IX

Campos de concentração
com os portões bem fechados,
com fios de alta tensão.

Nascemos no ar, sonhados,
mas descemos para tecer
os arames bem farpados
que nos estão a prender.

É proibido sair,
é proibido fugir,
é proibido morrer.

É permitido esperar
por o que nunca vier.

X

Ir arrastada pelo vento
sem saber para onde ia,
ter lançado o pensamento
para o mar, pela vigia;

não levar como bagagem
sonhos bons nem sonhos maus,
tê-los deixado na margem
lá na Ribeira das Naus;

partir sem rumo, sem norte,
e descobrir simplesmente
o que me trouxesse a sorte
e me pusesse na frente;

não ter medo, nenhum medo,
da tempestade no mar.
Ela há de vir tarde ou cedo
e é tão urgente
ir em frente
como é urgente
naufragar.

XI

Vestiram-me este vestido
para não mais o tirar,
acho-o curto, acho-o comprido,
mas não o posso cortar,
bem quero, mas não consigo
o vestido acrescentar.

Há muito passou de moda,
falta-lhe a linha atual,
tropeço às vezes na roda
da larga saia estival,
outras vezes ela toda
não me serve, ou serve mal.

Eu queria um vestido verde
(que o verde é a minha cor)
de um firme verde água-verde,
verde esperança no que for.
Deram-lhe a cor que se perde
da hora de o sol se pôr.

É um vestido para a vida
(que não tem quatro estações),
foi talhado por medida
e bordado a ilusões
garantidas e perdidas,
perdidas a prestações.

XII

Quantos meninos nascidos
em seu dia de Natal
para não serem perseguidos,
para não serem escarnecidos,
para ninguém lhes fazer mal.

Meninos de sua mãe,
futuros homens pausados
que não farão mal nem bem,
que hão de viver, e também
hão de morrer aos bocados.

Sem estrela para os guiar
um minuto ou um segundo,
sem terem amor para dar.
A vida fê-los chegar
mas não lhes deu nenhum mundo
para poderem salvar.

XIII

Como são tristes, que tristes
as coisas que não chegaram,
que não passaram o muro;

As esperadas palavras
que ficaram por dizer,
não vieram, não partiram,
deixaram-se apodrecer

– palavras ajuizadas,
velhotas e resguardadas
com medo de se perder.
Dias feitos de sonhar,
gastos a mastigar histórias
que só souberam morar
dentro das nossas memórias;

os filhos que não nasceram,
de olhos parados, a olhar
a vida que não tiveram.

XIV

Há hoje um cheiro a partir,
um cheiro a não estar aqui,
um cheiro a mar verde-pálido,
de algas soltas, sem raízes.
Estou no cais mas não saí.
Tenho um passaporte inválido
para todos os países.

XV

Estamos todos cansados de esperar
o que nunca virá,
de subir às ameias e espreitar,
de nos deitarmos no chão para escutar
a voz que ainda não esteve nem estará
junto de nós para nos consolar.

À volta só o silêncio e a solidão
respondem ao nosso olhar que não descansa
e ao nosso sequioso coração
a quem disseram que tivesse esperança.

XVI

A minha alma veio de muito mais longe
que este corpo meu,
de algum tio monge
que nunca nasceu.

Não sei quando foi que ele não teve vida
e esta alma era sua,
feita por medida,
de lodo e lua.

Um monge sem voz com gestos calados
sempre a caminhar
em passos parados
no mesmo lugar,

fugindo de si, fugindo da gente
que lá fora havia,
existindo ausente
na cela vazia
tão escura e tão fria
onde ele sonhava, não estava e vivia.

XVII

A reta diferente
que num simples instante
do momento presente
tocou outra, exigente,
que esperava uma secante
e nunca uma tangente.

XVIII

Inventei-te para mim noturna e mansa
e dei-te o olhar negro e tão parado
com que velavas meus sonhos de criança
sem estares ao meu lado
e os assustavas depois, quando, já morta,
chegavas ao de leve, sem mesmo abrires a porta.

Eu julgava que tu já não virias
de lá de onde estavas,
mas vinha o teu olhar e as tuas mãos esguias
e o teu sorriso triste na face macerada.
Acordava de medo ou de frio. Tu ias...
E eu ficava sem nada.

XIX

Sim, nenhuma modificação.
A mesma estrada vazia e vã,
o mesmo braço, aquela mão
que já me arrasta para amanhã.

Está tudo quieto e tudo foge
para além de mim. Mas não, sou eu
que sou levada do dia de hoje
e do que aconteceu.

Imagens que eram não são mais nada,
desapareceram, tão irreais…
Eu vou seguindo a lisa estrada
e ponho o pé em nunca mais.

XX

Eu moro numa nuvem
Que às vezes perde a lã.
Acordo de manhã
e sinto-me gelada.

Eu moro numa nuvem.
Desde sempre que moro.
Quando se vai não choro.
Mas caio magoada.

Eu moro numa nuvem.
Por mais gritos que dê
Ninguém me crê nem vê.
Estou quieta e calada.

Eu moro numa nuvem.
Quando o vento a dilui
Recordo então quem fui
E o que perdi, parada.

Eu moro numa nuvem.
Nimbo, estrato, cúmulo
De nada.

XXI

Há uma velocidade de viver
Que não posso nem sei.
Estou a ler e a escrever
E, cansada, parei.

Junto de mim aquela inquietação
Que me deixa quieta.
Tenho meio pulmão
Estou a meia dieta.

Não posso acompanhar-te aonde vais
E fico onde estou.
Não posso correr mais
O meu corpo parou.

A minha alma não pode mais andar
É uma alma estafada.
Olha, vou-me sentar
Mesmo à beira da estrada.

XXII

Para quê a estadia,
a permanência
a insistência em estar,
em ficar,
com amor, sem amor?
Para quê tudo isto
a troco de tão pouco
(e nem isso pedimos),
só que consideramos importante
ser gente
comer, beber, amar,
viver até um dia
bem distante
na alegria,
na agonia,
um dia sem sentido
perdido num futuro indefinido.

XXIII

São estas as coisas importantes,
gestos, palavras, tempo repetido.
Repetidas as horas e os instantes.
O sonho está perdido
desde o tempo de Cristo,
e a vida sem sentido
foi condenada a isto.

XXIV

A alma de um japonês
que fizesse *hara-kiri*,
para poder fugir dali,
do seu corpo japonês,
estava cansado de si,
desejava ser chinês.

XXV

Altas paredes cinzentas
a tapar o sol e o mar
altas sombras projetadas
nas paredes, e entornadas
no liso chão do não estar.

Há perguntas sem resposta
ou respostas de silêncio
além da porta sem porta.

Tudo acaba e continua
mas já nada nada importa
que é sem janelas a rua
toda às esquinas de torta.

XXVI

Vim aqui por acaso,
que me perdi de mim
do imenso campo raso
sem princípio nem fim.

Estou nos braços do vento
e oscilo no ar vazio,
nem um só pensamento
me protege do frio.

Fecho os olhos cansada,
e deixo-me embalar.
Amanhã, repousada,
Ir-me-ei procurar.

XXVII

O ar está poluído
e nem me vejo ao espelho.
Há algo de mortal
no ar à minha volta.
É a morte que vem
ou a morte que passa,
a morte que passou
e ainda não parou.

XXVIII

As portas que batem
nas casas que esperam.
Os olhos que passam
sem verem quem está.
O talvez um dia
aos que desesperam.
O seguir em frente.
O não se me dá.

O fechar os olhos
a quem nos olhou.
O não querer ouvir
quem nos quer dizer.
O não reparar
que nada ficou.
Seguir sempre em frente
e nem perceber.

HAVEMOS DE RIR!

Se disserem que esta peça não tem nada de original, têm razão; se disserem que ela se filia numa dramaturgia já ultrapassada, têm razão; se disserem que ela é sem interesse, têm razão decerto. Mas gostei de a escrever e apeteceu-me publicá-la.

Maria Judite de Carvalho

I

Sala sobrecarregada de bibelots *de mau gosto, mesas, relógios, um aparelho de rádio, louças antigas, um divã de ramagens, uma cadeira de baloiço, almofadas, tapetes. Ar de velho. Desarmonia.*
Novo só o papel nas paredes. De um dos lados uma escada interior para o primeiro andar. Estão em cena Eduarda e Lurdes. Eduarda é uma mulher de quarenta e oito anos, magra, cabelo liso enrolado na nuca, vestida sem coquetterie. *Lurdes é nova e tem um ar desmazelado. Tem aos pés uma mala de cartão com a roupa.*

EDUARDA E LURDES

EDUARDA *(continuando a conversa)* – Cheira-lhe a alguma coisa? Diga lá, francamente. Cheira-lhe a alguma coisa?

LURDES – Não, senhora, porquê?

EDUARDA – Não tem importância. Pois creio que nos vamos entender. É certo que a casa é grande, mas não vou ocupá-la toda, portanto... O senhor Gil e a menina Rosa vêm cá passar este mês, depois acabaram-se os hóspedes.

LURDES – Uma senhora só, foi o que me disseram. O trivial.

EDUARDA – É isso. O trivial. Quero tudo bem limpo, mas com a comida não sou exigente; como para viver, qualquer coisa me serve. Só agora, enquanto estes meus amigos cá estiverem... Enfim, se um dia houver alguma dificuldade, manda-se vir uma refeição de fora. Creio que há uma pensão aqui perto, não há?

LURDES – É a Central, sim senhora, até é de um primo meu. Isto é, a mulher é que é minha prima.

EDUARDA – A Lurdes nunca trabalhou cá em casa, pois não?

LURDES – Não, senhora, nunca. Conhecia a dona Mercedes, pois claro, como toda a gente. A minha mãe veio cá duas ou três vezes. E o meu irmão casado. É difícil a vida dos pobres... Então... Quando ela passava, ficava tudo a olhar, banzado. Era assim, como hei de dizer...

EDUARDA – Original.

LURDES – Seria isso, toda ela bailava, parecia a montra do ourives quando lhe bate o sol.

EDUARDA – Se lhe fiz esta pergunta é porque, bem, prefiro uma criada nova na casa. Com a da dona Mercedes acho que não ia sentir-me à vontade, por isso a despedi. Dei-lhe um dinheiro, claro, foi para casa do filho, ou do neto, enfim, de alguém de família.

LURDES – Compreendo o que a senhora quer dizer. Eu cá no lugar da senhora tinha feito o mesmo.

EDUARDA – É uma rapariga esperta. Pode ir, Lurdes. Ah, mais uma coisa. Suponho que também seja uma rapariga ajuizada, mas em todo o caso quero aconselhá-la a que seja prudente com o senhor Gil. Ele... gosta muito de brincar, é muito alegre e, como a dona Mercedes era tia dele, é natural que se sinta em casa, à vontade. Ora... Sou... Como hei de dizer? Enfim, sou de outro tempo.

LURDES – Mas todos lhe podem dizer que eu...

EDUARDA – Pode ir, Lurdes. O seu quarto fica lá em cima, é a última porta, ao fundo. Vá lá pôr a mala e depois desça. A cozinha fica daquele lado.

LURDES *(intimidada)* – Sim, minha senhora.

Sobe com a mala. Eduarda dá uma volta demorada pela sala, abre uma gaveta, espreita pela janela, face ao público. Vê-se que avista alguém conhecido na rua – coxia lateral. A criada vem a descer a escada quando ela se volta e lhe diz:

EDUARDA – Abra a porta à menina Rosa e leve-lhe a mala para cima. É o quarto que tem a porta aberta.

Lurdes abre, e Rosa aproxima-se, torcendo um pouco os saltos, como quem está muito fatigada. A rapariga pega-lhe na mala e no casaco. Rosa é uma jovem de longos cabelos lisos, caídos pelos ombros, saias muito curtas (ou muito compridas, conforme se usar). Fala sempre com seriedade, ri-se raramente e sem alegria. Lurdes sobe e depois descerá, dirigindo-se à cozinha.

EDUARDA E ROSA

EDUARDA – Já não é sem tempo *(beijam-se)*. Julguei que te tinhas arrependido e já não vinhas. Falaste em onze horas...

ROSA – Perdi o comboio, vê lá. Passo a vida a perder coisas, até comboios *(olha em redor com pasmo)*. Meu Deus, tanta coisa, que barafunda! Entendes-te no meio disto? Não trocas? Percebes onde deves dormir e comer e estar? Isto é para...

EDUARDA – ... Estar.

ROSA – Ah. Parece-me um pouco confuso, a mim. A sala então?

EDUARDA – A sala. Há também uma casa de jantar, um escritório, quatro quartos. Isto as «assoalhadas», claro.

ROSA – Na verdade, sinto-me...

EDUARDA – Sentes-te... como?

ROSA *(deixando-se cair num* fauteuil *meio roto)* – Olha, entre outras coisas, sinto-me deslumbrada, como se a tua velha Mercedes – Mercedes, não é? – me tivesse deixado esta quinquilharia com todos os seus mistérios!

EDUARDA *(como se falasse a uma criança)* – Que mistérios, Rosa?

ROSA – Não sei, mas todas as casas antigas os têm. Gente que nasce, que morre, que ama, que sofre... Então esta... Como se também me tivesse deixado os papéis de crédito e as libras e as joias.

Deixou-te muitas joias? Conta lá, estou cheia de curiosidade *(continua a olhar em volta, enquanto Eduarda fala)*.

EDUARDA – Muitas não, mas algumas. Creio que as usava todas ao mesmo tempo, porque a criada, que a conhecia de vista, me disse há bocado que ela parecia uma montra *(mostra a orelha)*. Estes brincos. Mais alguns. Meia dúzia de anéis. Algumas cruzes também. Cordões de ouro, argolas... Ah, e relógios de pulso, uns quinze relógios de pulso. As pessoas, no fundo, são de um exagero... Estás a vê-la com quinze relógios de pulso?

ROSA Achas que ela saía com as joias só para aborrecer os antigos donos? Para os fazer sofrer?

EDUARDA – Era mulher para isso. Já viste a sala. Agora prepara-te para o resto. Os quartos então são um espanto. Muitos espelhos quebrados (não penses que vais ver a tua cara inteira num só que seja), muitos *napperons* (era uma mulher prendada, ao que parece), imagens de santos (devota pelos vistos), uma destas salgalhadas! Feira da Ladra, que ladra era o que ela era. Pecou até à morte, a velha carcaça. Chupou os ossos bem chupados a toda esta gente e, no fim, quando percebeu que tudo ia acabar e os juros também, naturalmente, lembrou-se da sua alma imortal. E ficou – deve ter ficado – apavorada.

ROSA – Tinha isso, ela? Alma imortal?

EDUARDA – Às vezes custa a crer, mas parece que todos têm. Desde que acreditem nisso, está bem de ver.

ROSA – Há quem nunca pense em tal coisa. Há quem ache que o céu e o inferno são *isto*.

EDUARDA – No fundo, é uma questão de sorte. Há os que não têm tempo nem disposição, há os que têm ambas as coisas. Ela teve-as, já com o pé no estribo, e ei-la arrependida. O que deve ter pensado para ir dar com o meu pai, a quem arruinou no princípio da sua brilhante carreira!

ROSA – Mas o teu pai era um entre tantos, não?

EDUARDA – Parece que foi bonita e que o meu pai lhe passou para as mãos tudo quanto tinha. Não era muito, mas enfim... Depois, o primeiro pecado é sempre o mais importante, não? O que deixa um amargo de boca mais amargo. Os outros acontecem normalmente, já não são pecados, simples consequências, ou hábitos. Repetições do mesmo acorde. Bem, a verdade é que ela devia estar senil.

ROSA – E o sobrinho, no meio disto tudo?

EDUARDA – É bom rapazinho, sabes? De resto, não tinha a menor esperança de herdar o que quer que fosse. A tia disse a meio mundo que não lhe deixava um vintém (ainda se exprimia em vinténs, vê lá tu). Considerava-o um perdulário e queria deixar o seu querido dinheiro em boas mãos poupadas, amigas, respeitadoras. Suponho que deve ter tirado informações a meu respeito. Não, não, eu, no fundo, só prejudiquei – involuntariamente, claro – a terra. Um mal, por assim dizer, burocrático. A dona Mercedes fez constar por aí – antes do rebate de consciência, chamemos-lhe medo, é mais simples – que deixava tudo o que tinha ao município, para uma creche e um jardim com o seu nome. A sua pequena fundação, estás a ver? Aqui. Um jardim para as crianças brincarem. Que coração bondoso! As criancinhas, depois da morte dela, precisavam de tudo isso. Antes, que rebentassem, mas depois... O que mais há por aqui são pinhais, mas ela sonhava, pelos vistos, com as suas árvores civilizadas, as suas flores de canteiro, planeava – isto penso eu – baloiços e escorregas. E o nome no portão, é bom não esquecer. A imagem do meu pai e a senilidade dela é que escangalharam tudo. Enfim, cá estamos por entre plátanos e sem crianças.

ROSA – É esquisita uma casa assim. Todos os objetos devem ter uma história triste. Este relógio, por exemplo *(passa-lhe um dedo, cheira-o distraidamente).*

EDUARDA – Ainda não houve tempo para grandes limpezas. Há uma quantidade de coisas sem jeito que tenho que guardar no casarão que fica nas traseiras. Fazes lá uma ideia! As coisas mais incríveis que imaginar se pode. Há binóculos, ferros, telefonias que não funcionam, candeeiros de petróleo, um petromax. Transístores então... Bem, não digo que seja a casa dos meus sonhos. Era muito mais modesta a que em tempos sonhei. Mais, como é que se diz?, funcional. Onde descansar o corpo e gastar os dias. Depois, o sonho morreu. É horrível a altura em que os sonhos renascem e não há outros para os substituir. Não há outros nem os procuramos. Creio que poucas pessoas sentem isso, é o que lhes vale.

ROSA – Tu deste portanto...

EDUARDA – Claro que dei, senão nem te falava nisso. Mas já não sei do que estávamos a... Da casa, claro, mas...

ROSA *(após um silêncio em que esteve a pensar)* – Uma espécie de sótão onde podem fazer-se descobertas. Malas com papéis, com cartas, caixas com caixinhas dentro, velhos retratos mortos, enfim, recordações de pessoas que não conhecemos. Creio que esta seria a casa dos meus sonhos. Uma casa que eu nunca conhecesse totalmente, onde houvesse sempre uma mala esquecida, por baixo de outra mala...

EDUARDA – Estás a divagar.

ROSA – Que queres, é a vida. Quem sabe se a dona Mercedes, vendo bem, não vai fazer-lhes falta? A quem pedirão eles agora dinheiro emprestado?

EDUARDA *(rindo)* – Não a mim. Pondo de parte os problemas de ordem moral impeditivos dessa digna profissão, não amo suficientemente o dinheiro. Talvez por nunca o ter conhecido bem. Nunca houve intimidade, tempo para o olhar com atenção, para o guardar um pouco, durante uns dias. Quando chegava, já devia ter partido e então fugia com uma destas pressas... Chegava a pensar que o tinha perdido entre o escritório e a casa, sabes como é? Fazia então contas sobre contas, para no fim verificar que estava tudo certo. Agora já é tarde para mudar. Tenho quarenta e oito anos, minha filha...

ROSA – Que vais fazer?

EDUARDA – Nada *(espreguiça-se longamente)*. Nada. Achas pouco? NADA. Desde que me conheço que trabalho. Em casa a ajudar a família, a continuar a ajudá-la no emprego. Fazer camas, lavar loiça, cozinhar, sabes o quê? Carapaus, arroz de qualquer coisa; ao domingo, sopa e cozido, uma festa. Creio que nunca mais vou comer carapaus, hei de dizer à rapariga. Dão-me volta ao estômago. Ou à alma? Depois, vinte e cinco anos de escritório, daquele escritório, já pensaste? Tu estás lá há... um ano?

ROSA – Há um ano e meio.

EDUARDA – Vinte e cinco. Trezentos meses, fiz a conta. Sete mil e setecentos dias, se a memória não me engana. A certa altura, fiquei sozinha, e o escritório passou a ser uma distração, a minha vida social, em suma. O escritório ou a casa. Enfim, chamemos-lhe casa. NADA, asseguro-te. Vou ser até ao fim dos meus dias a velha rica da terra, aquela a quem as forças vivas procuram cativar porque pode oferecer umas quantias de vez em quando e, claro, deixar a herança. Tenho um carro também velho, talvez tire a carta, não sei ainda. Vou, em todo o caso, vegetar entusiasticamente, podes ter a certeza disso. Entusiasticamente.

ROSA – Talvez te cases.

EDUARDA – Estás completamente doida, filha. Eu, casar-me? Mas não olhas para mim? *(Levanta-se, vai até junto de um espelho, aproxima dele a cara.)* Não olhas para mim, Rosa? Não vês que também eu sou uma velha carcaça ou sê-lo-ei daqui por dois ou três anos? Uma velha carcaça, Rosa.

ROSA – Agora és rica.

EDUARDA – Isso não modifica o aspeto físico das pessoas. Seria uma solteirona, mesmo que casasse. A estátua está feita e seca, e o dinheiro não embeleza.

ROSA – Se embeleza! Oh, Eduarda, se embeleza!

EDUARDA – És parva. Faz outras coisas, isso sim. Faz muitas outras coisas que na minha idade são mais úteis. Dá... como direi?... poder de compra. É, creio eu, a vantagem mais importante que tem. Num mundo onde tudo se compra e se vende, quem não tem nada e não quer vender-se – nunca o quis, mesmo quando estava em bom estado – é desoladoramente incapaz para a vida. Aí está o que eu sempre me senti. Incapaz para a vida. A mais onde quer que estivesse. A roubar o ar aos outros, aos que tinham, não digo muito, mas uma casa, um marido, uma mulher, um amante, filhos. Agora posso... comprar *(ri-se)*. Sabes lá os projetos que eu tenho! Mas, desculpa, estou a maçar-te.

ROSA – Não sei porquê.

EDUARDA – Claro que sabes. Ou suspeitas. Não? Eu agora posso dizer tudo, posso ter auditório, posso até, quem sabe, ter graça. Queres que te conte uma anedota para experimentarmos? Posso até envelhecer, já pensaste? Sabes lá o terror que eu tinha da velhice, não como mulher, já não, nem como pessoa. Como máquina. Que hei de fazer quando for velha, para onde irei eu quando me reformarem? Para entrar num recolhimento, é preciso dinheiro e num asilo, conhecimentos. Num asilo decente, ao menos isso. Há asilos e asilos. Estudei o assunto a fundo. Cheguei a pedir informações aqui e além. Posso falar-te dos mais decentes e dos menos decentes. Este adjetivo, de resto, dominou toda a minha vida. Éramos muito decentes lá em casa. Bem, agora o medo foi-se. A Cobra tem o seu buraco.

ROSA – Julguei que...

EDUARDA – ... que eu ignorava a alcunha? Até sei quem a pôs, mas não me interessa. Em tempos, aborreceu-me, confesso. Agora dá-me vontade de rir. O tempo, não é? As circunstâncias... Se eu lhe acenasse, vinha com a família inteira passar uns dias ou umas horas com a querida Eduarda, todo ele sorrisos, caixa de bombons ou flores de florista. Não me trouxeste bombons, espero?

ROSA – Julgas que vim por isso? Por causa do teu reles dinheiro?

EDUARDA – Reles? Vê lá como falas, minha querida *(ri-se)*. Reles, ora vejam! Claro que vieste por causa dele. Se o não tivesse, como poderia ter-te convidado para a minha casa? *Vivia* num quarto alugado, não te esqueças. Tinha serventia de cozinha, é certo, mas não, não estarias à vontade. Não tinhas aceitado, de resto. Ou tinhas?

ROSA – Em todo o caso vim por ti.

EDUARDA *(alegremente, como quem está, de súbito, muito bem--disposta)* – Claro que sim. Cheia de curiosidade e um pouco envaidecida com a preferência, confessa. Os outros devem ter ficado a roer-se de inveja. Que ninho de víboras! Deve ser o assunto do dia no escritório. A Cobra está rica e convidou a Rosa para passar lá as férias. Porquê a Rosa? Aqui nunca mostrou grande amizade por ela. Porquê a Rosa? *(Espera a resposta, imóvel)*:

ROSA – Sim, nunca mostraste, já não digo amizade, mas até interesse por mim. Dir-se-ia que eu era transparente, que não me vias. *Eu* porquê? Vim todo o caminho a pensar nisso.

EDUARDA – Depois perdes os comboios, vês? Não penses demais. As meninas bonitas devem pensar o menos possível. Envelhece. *(Noutro tom de voz.)* Estás enganada, via-te. E por isso...

ROSA – Por isso?

EDUARDA – Foi a ti que convidei. Tenciono fazer obras, isto está um horror, mas não quis esperar, convidei-te. Tenho uma irmã casada, no Norte; não estamos zangadas, mas não me dou com ela. Os irmãos afastam-se e saem automaticamente da vida uns dos outros, nada a fazer. Terrível, não é?

ROSA – Fui filha única. Quando era pequena, sonhava todas as noites que um irmão ia chegar...

EDUARDA – Nota que me mandou um telegrama, queres ver? *(Pega-lhe, rasga-o em pedacinhos.)* Foi a ti que convidei, não a ela. Se julga que os seus filhinhos queridos e gordos vão ganhar alguma coisa... *(Sopra os papelinhos, ri-se.)* E eu que disse à criada que era exigente em questões de limpeza... Bem, um dia não são dias. Mas o que tens?

ROSA – Nada. Quero dizer... Estava a pensar que, se a Mercedes arruinou o teu pai e te deixou a fortuna, a tua irmã...

EDUARDA – É só meia-irmã. Nada a ver com o meu pai. E tem um marido que ganha a vida.

ROSA – Bem?

EDUARDA – Sei lá. Ganha-a. Se ela nunca precisou de trabalhar, é porque tem o suficiente, não achas? Fica em casa a fazer *napperons*. Também é muito prendada. E a limpar o pó. O pó que aquela criatura limpa, não podes imaginar.

ROSA – Mas os filhos...

EDUARDA – São meus, por acaso? De resto, a vida da minha irmã não me interessa. Falemos de ti.

ROSA – De mim?

EDUARDA – Que tem isso de extraordinário? Porque não havemos de falar de ti? Como te sentes, por exemplo?

ROSA *(após um momento de silêncio, como quem pensa)* – Às vezes, sinto-me...

EDUARDA – Como?

ROSA – Podre.

EDUARDA – Podre na juventude! Que direi eu? Tens... vinte e seis anos?

ROSA – Vinte e cinco.

EDUARDA – És a flor do escritório. Podes ter o mundo aos teus pés. Enfim, por mundo... Aquele em que vivemos, que conhecemos. O nosso pequeno mundo modesto. O teu. Eu já estou, felizmente, reformada.

ROSA – O meu, claro. Bem sei que um dia destes, talvez amanhã, talvez hoje mesmo, logo, renasço, é uma das minhas qualidades. Sacudo as impurezas e fico flor, como dizes.

EDUARDA – Tens a certeza?

ROSA – Não, não tenho a certeza de nada, nunca tive. Admiro e invejo as pessoas que «sabem». Têm um ar tão tranquilo, tão seguro. Nunca há nenhuma casca de banana que as faça cair, já reparaste? Dir-se-ia que têm radar. Comigo dá-se o contrário. Nunca tenho a certeza de nada e passo a vida coberta de nódoas negras. Flor talvez, mas de matéria plástica. A limpeza faz-se à superfície.

EDUARDA – Não te imaginava tão observadora. De ti própria, quero dizer.

ROSA – Conheço-me, só isso.

EDUARDA – Eu disse observadora, não disse boa observadora. Não, não te conheces. Uma flor de matéria plástica! Eu tenho olhos para ver, minha filha. As flores de plástico são feias e frias, indiferentes ao calor do sol ou de qualquer lâmpada elétrica.

ROSA – Não te percebo.

EDUARDA – Pronto, não se fala mais nisso. *(Levanta-se, vem olhar de novo para o público encostando-se à vidraça sugerida.)* No fim de contas, creio que detesto o campo.

ROSA – Isto não é campo, é um jardim.

EDUARDA – Árvores, árvores, árvores e não é campo? Para mim é. Vivi sempre na cidade, com um prédio em frente. Para onde quer que me mudasse, havia sempre um prédio em frente, a tapar o sol. Nunca tive sol. É caro, o sol. Casas escuras, casas escuras...

ROSA *(que não a ouviu)* – Isto é um palácio com parque, árvores centenárias de nomes difíceis, talvez em latim, água a correr – ouvia-a quando vinha para cá. Estás num jardim encantado, rainha Eduarda. Aqui tudo é possível. Mas não há nada, pois não? Não vai haver nada, pois não? Vais ver passar os dias e os meses e os anos... Vais apodrecer também, que dizes?

EDUARDA – Já devo ter começado, lá. Não, não vai haver nada, a não ser, claro, o sobrinho da Mercedes.

ROSA – Estou a pensar em bailes sumptuosos, e tu com um diadema nos cabelos. *(Falou como se sonhasse, depois muda bruscamente de entoação.)* Ouve cá, a dona Mercedes não terá por aí diadema nenhum, já viste bem? *(Volta à entoação primitiva.)* Depois uma orquestra a tocar e qualquer coisa de estranho a acontecer. Qualquer coisa como... *(Cai em si.)* No fundo, sou uma romântica.

EDUARDA – Eu sei.

ROSA – Vê-se assim tão bem?

EDUARDA *(acena afirmativamente).*

ROSA – Pois é. Gosto de livros beras, que contam histórias daquelas sem pés nem cabeça, histórias de fadas para gente grande que não cresceu por dentro, até fotonovelas eu leio. Às vezes, penso que continuo a ter quinze anos e que sou virgem.

EDUARDA *(com ar de troça)* – Estás a exagerar.

ROSA – Não estou. Só sou feliz a pensar ao de leve, a sonhar acordada quando me deito. As coisas que eu invento! No cinema, a ver os outros ser felizes. Ou infelizes. Às vezes choro, não é ridículo? Quanto mais estúpido é o filme mais eu choro. Sou uma fonte. Até a ver televisão.

EDUARDA – Pois. A vida é desagradável, ou feia ou... podre, tu o disseste. Então, a pessoa refugia-se no seu sonho em vez de atacar.

ROSA – Atacar o quê? Quem?

EDUARDA – Sei lá. A vida. Os vivos. Os mortos, porque não? Atacar!

ROSA – Sento-me numa cadeira e olho. Que descoberta, a televisão. Deviam fazer uma estátua ao homem que a inventou. Não é só passar o tempo, é...

EDUARDA – Compreendo. Mas eu nunca tive televisão. Nem há nenhuma cá em casa. Não forneço sonhos, Rosa *(pausa)*. Enfim, de certo modo, não forneço sonhos.

ROSA – Às vezes exilava-me – exilo-me –, que maravilha. Completamente, percebes? Escolho um país para viver, uma cidade, melhor ainda, uma rua, uma casa para morar. Escolho aquela e não outra qualquer no mundo inteiro. Falo outra língua, a que eu quero falar. *(Cai em si.)* Assim, para onde havemos nós de ir?

EDUARDA – É preciso ir para algum lugar?

ROSA – Não precisas de ir, tu?

EDUARDA – Não. As coisas vêm ter comigo, de qualquer modo. De repente. Não faças caso, isto era falar por falar. Tive sempre sonhos sedentários, ou melhor, desejos fáceis de realizar, isso sim. Pequenas coisas, compreendes?, que podia fazer por telefone ou por carta.

ROSA – Mas o futuro, o medo que tinhas da velhice...

EDUARDA – Que tem isso a ver com sonhos parvos, desculpa a franqueza? *(Ri-se, muda de tom.)* Nunca seríamos capazes de conversar assim no escritório, pois não? Havia muitas coisas a separar-nos, a impedirem as confidências ou as semiconfidências. Eu podia ser tua mãe, por exemplo. Que a idade nem sempre é um obstáculo entre as pessoas, não é verdade?

ROSA – Claro que não.

EDUARDA – Para algumas até é um atrativo. Enfim, uma das partes adquiriu com o tempo uma certa estabilidade emocional ou económica... Não é verdade, Rosa?

ROSA – Bem, eu...

EDUARDA *(muito à vontade)* – Queres ir ver o teu quarto? Fica no primeiro andar como os outros. Só o meu é que é no rés do chão, preparo-me para a decadência, que não vem longe. O quarto, a sala, a casa de jantar, a casa de banho e a cozinha. Escuso de subir escadas. No escritório eram quatro andares. Quatro andares durante vinte e cinco anos. Quantos degraus terei subido? Terei chegado ao céu? Ou ao inferno, claro?

ROSA – Tu e as estatísticas!

EDUARDA – É. Tens razão. Deformação profissional, até certo ponto. Durante vinte e cinco anos...

ROSA – Claro. Dás licença? *(Liga o aparelho de rádio.)*

EDUARDA – Está à tua vontade.

Rosa encosta-se à janela e continua ali quando chega Gil. Ouve-se uma canção moderna, só música, não muito alto. Durante algum tempo, Rosa mantém-se na mesma posição, como se não ouvisse vozes. Gil deve surgir também da coxia lateral, embora só o vejamos tocar à porta e esta ser-lhe aberta por Lurdes.

GIL, EDUARDA, DEPOIS ROSA

GIL *(a Lurdes)* – Não vale a pena, eu conheço o caminho. *(A Eduarda)* Olá!

EDUARDA *(friamente)* – Olá! Vêm todos atrasados, pelos vistos. Também perdeu o comboio? Mas que gente distraída! Não trouxe mala ou deixou-a à criada?

GIL – Vim primeiro dar uma vista de olhos. Ainda é cedo. Tenho o carro lá em baixo, numa hora vou e volto.

EDUARDA – Tem carro, agora?

GIL – Há seis meses. Detesto andar de comboio.

EDUARDA – Mas constou-me que quando vinha...

GIL – Diga, diga, adoro a franqueza. É verdade que, quando vinha cravar a tia Mercedes, trazia o carro, mas deixava-o longe para não causar boa impressão. Era um perigo causar boa impressão à tia Mercedes. Com ela, ou excelente ou má. Boa, nada feito. Nesse tempo, era um carrito em terceira mão, está a ver. Daí a dizer que eu vivia bem, ia um passo. Ora, eu aparecia por razões óbvias. Quanto ao atraso de hoje, a verdade é que estou sem relógio. A tia ficou com ele para... mandar consertar.

EDUARDA – Mesmo consigo? Que mulher!

GIL – Admirável, não é? Nunca me cansei de a admirar. Posso até dizer-lhe onde ela o guardou, para o caso de você ser tão gentil que queira restituir-mo. *(Olha para a janela, vê o vulto de Rosa, fala para ser ouvido por ela.)* Porque não distribui você toda esta quinquilharia pelos seus verdadeiros donos? Era um gesto, há de concordar...

EDUARDA – ... bonito. Pensei nisso, embora por outra razão: limpar a casa. Mas lembrei-me a tempo de que toda a gente da terra e arredores ia aparecer a buscar qualquer coisa. Depenavam-me. Não. O que está fica. Uma exceção para o seu relógio.

GIL – Está na terceira gaveta.

EDUARDA – Eu sei. *(Levanta-se, vai até ao móvel.)* Diga lá qual é.

GIL – Podia escolher um melhor, mas este coração leva-me sempre à beira do abismo. Tenho-lhe uma certa amizade. *(Pega no relógio, coloca-o no pulso.)* Foi-me oferecido por alguém que...

EDUARDA *(interrompendo-o)* – Rosa, minha querida, este é o Gil, como já deves ter percebido. Ou estás a dormir? A minha ex--colega Rosa.

GIL – Como está? *(Olham-se demoradamente, é como se ambos estivessem sós. Depois ele move-se um pouco e pergunta com à vontade a Eduarda)* Arejou a casa? Já não tem aquele cheiro antigo a roupa usada demais por um corpo já sem suor, um cadáver em preparação. O cheiro da tia Mercedes. O horrível cheiro desta casa que já era assim no meu tempo de garoto, quando eu vinha cá passar o domingo. Antes de entrar, respirava sempre fundo, lá fora. À saída também. Era quase insuportável, mas...

ROSA – Gostava de cá vir, não gostava?

GIL – Muito.

ROSA – Apesar do cheiro?

GIL – Apesar disso. Quando o meu pai dizia que eu me tinha portado bem, a tia deixava-me mexer nas gavetas. Havia sempre coisas novas nas gavetas da tia Mercedes. Eu para aqui ficava, tardes inteiras, a mexer nos tesouros e a imaginar-me pirata ou coisa do género. Só me apercebia novamente do cheiro à hora de nos irmos embora. Às vezes – mais tarde, claro está –, pensava que os corpos não são só cadáveres no dia em que deixam de respirar, mas que o processo tem início muito mais cedo, anos e anos antes. Que me lembre, a tia Mercedes sempre teve aquele cheiro. Era detestável.

EDUARDA – Abri as janelas todas num dia de vento, mas não serviu de nada. Trouxe depois aqui duas mulheres a lavar as paredes e o chão. Mas à noite o cheiro ainda durava, mais atenuado, claro, mas... Acha, na verdade, que já passou? Cheguei a pensar se me teria habituado a ele, se não continuaria a existir para as outras pessoas. Quando há bocado a criada chegou, perguntei-lhe se havia algum cheiro esquisito na casa.

GIL – O ar que isto tinha a jazigo de família! Aqueles ramos de flores de papel desbotado! Ainda bem que as deitou fora. Espero que deite muito mais coisas.

ROSA – Mas você gostava de cá vir quando era criança, e as flores faziam parte da casa. No fundo, está a pedir que deitem fora esse tempo, que esvaziem as gavetas, os baús...

GIL – Não havia baús. Malas, sim, caixotes. A arrecadação estava sempre atravancada de móveis velhos, partidos.

EDUARDA – Baús era uma imagem, não era, Rosa? *(A Gil.)* Ela seria felicíssima numa loja de ferro-velho.

ROSA – Era mesmo, não estejas a brincar.

EDUARDA – Não estou, sei que gostas de velharias.

GIL – Está na casa ideal. O que para aí deve haver! Toda esta gente trouxe o melhor que tinha, lixo, portanto. Lamento-a, Eduarda.

EDUARDA – Não é caso para tanto, embora, como já disse à Rosa, a casa dos meus sonhos, ou melhor, a minha casa ideal, detesto a palavra «sonhos», fosse bem diferente desta. Não disse, Rosa?

ROSA – Disseste, sim.

EDUARDA *(para Gil)* – E agora vamos conversar. *(Para Rosa)* Negócios, filha. Desculpa-nos por um instante. Vamos até ao meu quarto, Gil?

ROSA – Não, não. Eu aproveito para arrumar as minhas coisas.

EDUARDA – Está bem. O teu quarto é o que está aberto. Tens lá duas gavetas vazias, na cómoda. Foram bem lavadas, não tenhas receio. Não demoramos nada. Dez minutos, quando muito.

ROSA – Até já. *(Sobe a escada. Quando a porta lá de cima se fecha, Eduarda e Gil, que estiveram estáticos, começam a falar.)*

EDUARDA E GIL

GIL – Negócios, não é? Sou todo ouvidos. Pelo telefone não percebi bem. A ligação estava péssima e...

EDUARDA – Quer então que volte ao princípio?

GIL – Vamo-nos entender, minha cara amiga. Eu não quero nada. Se alguém quer alguma coisa, é você.

EDUARDA – Muito bem. Vejo que percebeu. Sim ou não? Você está com falta de dinheiro e a querida tia desapareceu da circulação.

GIL – Deus tenha a sua alma arrependida em perpétua glória. Acha que está?

EDUARDA – Onde?

GIL – Lá. Arrependeu-se a tempo, não é verdade?

EDUARDA – Não me interessa.

GIL – Não pense que ela era uma espécie de cofre inesgotável. Só muito raramente me deu dinheiro e, mesmo assim, pouco. Da última vez ficou-me com o relógio. Já vê...

EDUARDA – Ofereço-lhe uma maneira agradável de ganhar dinheiro. Sei que o trabalho clássico não o entusiasma. Ninguém lhe pede que trabalhe de um modo vulgar.

GIL – Só que faça uma patifaria grossa.

EDUARDA – Gil *(com doçura)*! *Mais* uma patifaria grossa. Já fez piores, não? Lembra-se daquela mulher que lhe escreveu cartas inflamadas, ridículas, concordo, que você depois... E da rapariga que «largou» em Berlim? Meu caro! Não pense que desconheço o seu *curriculum*. Um filho, mais nada. Dela, que é saudável e bonita, parece, e seu. Você é sobrinho da dona Mercedes. Assim, não vou sentir remorsos por o ter espoliado. Involuntariamente, note-se. Sou uma pessoa séria.

GIL – Remorsos, você? Você quer simplesmente um filho porque não pode ter filhos. Ou pode?

EDUARDA – O dinheiro chegou tarde demais. Com dinheiro eu tinha desafiado tudo e todos. Mas, embora lhe custe a crer, Gil, eu quero que a criança seja seu filho.

GIL – Também devo reconhecê-la?

EDUARDA – Completamente desnecessário.

GIL – Em suma, se compreendo bem, você teve tudo e ainda quer uma consciência tranquila. Sim, porque vai ficar sem problemas, pelo menos no que diz respeito à minha pessoa. Mas ela? Porquê ela e não outra?

EDUARDA – Entre outras coisas, porque não é difícil, digo-lhe desde já e não falo no ar. Está no escritório há ano e meio e dois ou três meses depois de lá entrar já andava metida com o patrão. Um homem que podia largamente ser pai dela... Você tem tudo por si, até o facto de ela se sentir suja-podre, disse-me há bocado. Está à espera, vê-se à distância, do grande amor. Você vai querer um filho porque também é para si o grande amor e sempre sonhou ter um filho. Não vou ensiná-lo a seduzir uma mulher... Depois, quando chegar a altura, põe-se a andar. Mais uma vez. Já está acostumado a essas retiradas bruscas. Aí entro eu, a fada benfazeja.

GIL – Como vai evitar que ela se livre da criança?

EDUARDA – Você é que vai evitar isso, não sou eu.

GIL – Parece-me muito segura de si.

EDUARDA – O meu herdeiro, já pensou? Claro que ela quer a criança porque entre vocês é a maravilha das maravilhas e depois porque eu vou dar-lhe tudo. A casa com os seus mistérios, o jardim com as árvores de nomes esquisitos, os papéis de crédito, as joias, tudo para ela um dia. Claro que quer. De resto, todas as mulheres desejam ter filhos e os homens também. Ah, a imortalidade! Os filhos, os filhos dos filhos, e por aí fora até ao infinito.

GIL – E você?

EDUARDA – Eu o quê? Posso convencer-me de que é meu. Com boa vontade... No fundo, não fui eu que o quis? Não é por minha causa que ele vem ao mundo? Mas isso não interessa. Dizia eu... Ah, sim, a imortalidade. A terra, os vermes, o esquecimento, já que é indispensável, mas um pouco de carne nova a persistir.

GIL – Bonito quadro. Comovedor. Você tem em si riquezas insuspeitadas, Eduarda. Quando a vi pela primeira vez, não pensei... Bem, como ignorava que era a feliz contemplada, não pensei coisa nenhuma. Mas onde diabo foi que nos encontrámos? Ah, já sei.

EDUARDA – Pois foi.

GIL *(rindo)* – Estou a vê-la agarrada ao pé, na borda da piscina.

EDUARDA – Foi muito amável. Com uma desconhecida de quase cinquenta anos não se pode exigir mais. Ainda por cima, estando acompanhado.

GIL – Sempre ajudei o meu semelhante. Sobretudo caído por terra e com um ar tão infeliz.

EDUARDA – Uma entorse ridícula.

GIL *(após um silêncio)* – Quanto?

EDUARDA – Duzentos contos parece-me bem.

GIL – A mim muito mal. Eu meto-me em sarilhos, de graça, quando me apetece. Por encomenda, tudo é mais caro. E este sarilho, chamemos-lhe assim, não me diz nada. Mas então, nada.

EDUARDA – Ainda não falou com ela, ainda não olhou bem para ela. Parece que a acham atraente. Eu, bem vê, não tenho opinião.

GIL – Quatrocentos e não se fala mais nisso. Acha caro, com consciência tranquila e tudo? Para mais, sou um poço.

EDUARDA *(hesitante)* – Está bem, mas depois nada de chantagem. De resto, digo-lhe já que sou invulnerável à chantagem, estou-me nas tintas. E agora vá buscar as suas coisas. E traga uns livros românticos, é um bom motivo de conversa. A biblioteca da sua tia resume-se a livros de contas. Entregue-se ao caso. Seja... consciente. E agora não se demore. O jantar é às oito. Acerte o relógio. São *(vê no próprio relógio)* cinco e meia.

Rosa desce a escada, espreita.

ROSA, EDUARDA, GIL

ROSA – Já acabaram com os vossos horríveis negócios?

GIL – Porque lhes chama horríveis?

ROSA – Defeito meu. Tudo o que não percebo é para mim anormal. A Eduarda então adora contas e cálculos, não é, Eduarda?

EDUARDA – Não é bem adorar. Mas... acho normal. Questão de hábito. Não, não, já podes vir. Tínhamos acabado agora mesmo. O Gil ia buscar as coisas dele. São cinco e meia, já não vai ter muito tempo.

GIL – Qual! O meu carro faz cento e vinte a brincar.

ROSA – É aquele carro branco, lá adiante, não é? Um bonito carro.

GIL – Não é meu, mas da casa onde estou empregado.

EDUARDA – Um instrumento de trabalho.

GIL – Pode chamar-lhe assim.

ROSA – É muito bonito. De que marca é?

GIL – *Jaguar.*

ROSA – Sério?

GIL – Sério. A tia Mercedes tinha aí uma espécie de carro funerário, ainda existe? Foi um dos seus piores negócios. Havia coisas de que não percebia nada, e para ela um carro, lá porque tinha quatro rodas, devia andar.

EDUARDA – Não anda?

GIL – Andou muito, no seu tempo. Depois ficou paralítico.

ROSA – Que aborrecido. Enfim, podes comprar outro.

EDUARDA – Não creio. Pelo menos, por agora. Tenho umas despesas urgentes. A primeira é de quatrocentos contos.

ROSA – Não me digas que ela deixou dívidas!

EDUARDA – Bem, encargos. De resto, para que preciso eu de um automóvel? O meu problema não era como andar, mas onde estar quieta. O carro está solucionado. Tenho uma casa que até é grande demais para mim. Sentirei frio? Os meus dentes vão começar a bater um dia destes, e os meus ossos a chocalhar?

ROSA – Estás esquisita, que te aconteceu? Tens uma criada, podes ter duas.

GIL – É isso. Pode ter duas criadas. Até pode adotar uma criança.

EDUARDA *(após um momento de silêncio)* – Tem razão, não tinha encarado essa hipótese. Posso fazer isso. Olhe que é uma ideia. Que te parece, Rosa?

ROSA – Não sei, francamente. É uma ideia, claro, mas quando não se sabe quem são os pais... Há casos... É arriscado, parece-me.

GIL – Bem, vou indo.

EDUARDA – Já devia mesmo ter ido. Está a fazer-se tarde. Conto então consigo?

GIL – Sempre fui um homem de palavra.

ROSA E EDUARDA

ROSA – Não o imaginava assim.

EDUARDA – Assim, como?

ROSA – Assim. De te ouvir falar da tia, parece-me que a conheço. Uma velha curvada, de nariz adunco, coberta de joias. Com um olhar duro. Tinha um olhar duro?

EDUARDA – Sei lá, nunca a vi. Quanto ao sobrinho, pensavas que devia ser obrigatoriamente igual à tia?

ROSA – Não sei, talvez. É possível que tenha pensado isso mesmo. Em todo o caso, imaginava-o suspeito. Amarelento, de olhar baixo...

EDUARDA *(rindo)* – E deste de caras com o sol. O astro-rei. Pele queimada, cabelos loiros. Não olhes demasiado para ele que podes cegar. São frágeis, as rosas.

ROSA *(rindo também)* – Mas ele não é loiro nem tem a pele queimada, Eduarda. Onde foste tu descobrir isso?

EDUARDA *(espantada)* – Achas que não? Que não é loiro nem...?

ROSA – Tenho a certeza.

EDUARDA – Da primeira vez que o vi... Bem, nesse dia, pelo menos, era loiro. Sol ou água oxigenada? Foi numa piscina, contei-te? Resolvi aprender a nadar e então escorreguei e torci um pé. Tempos depois, fiquei espantada quando soube que era ele o sobrinho.

ROSA – O mundo é pequeno.

EDUARDA – Os mundos. Cada um tem o seu. Todos são fechados, já reparaste? Às vezes, uma pessoa vai até outro mundo de passeio, mas nunca se demora, é arriscado. Podem acontecer coisas como, por exemplo, torcer um pé.

ROSA – Parece-te... necessário?

EDUARDA – Claro que não, mas frequente sem dúvida que é. O castigo de Deus. Ou uma simples prevenção. Para que ia eu, subidona de escadas e contadora de números, aprender a nadar?

ROSA – Talvez fosse necessário que o conhecesses, a ele... Talvez que, se não tens torcido o pé...

EDUARDA *(secamente)* – Talvez. *(Ponto final e entonação de quem começa outro assunto, bem diferente.)* É bom rapaz, inteligente... Perde o seu tempo numa companhia de seguros. Angariador, sabes o que é? Um dia espreitou para dentro do jardim. Olha quem ela é!, exclamou. Então esse pé?

ROSA – Angariadores são aqueles que chateiam as pessoas, não são?

EDUARDA – Duvido muito de que seja um bom funcionário, de que, como dizes, as chateie suficientemente. Por isso os ataques periódicos à bolsa da Mercedes, que o considerava um perdulário.

ROSA – Vais ajudá-lo, não vais?

EDUARDA – Ainda não sei. Tenho-o, por assim dizer, à experiência. Encarreguei-o de me tratar de um assunto. Mas preciso de o conhecer melhor, por isso o convidei para estas férias. Como também queria que viesses, resolvi juntá-los para não se aborrecerem tanto. Sei perfeitamente que a minha companhia não é divertida.

ROSA – Tens a mania de te diminuir.

EDUARDA – É uma defesa, assim evito surpresas desagradáveis. Imagina que eu me considerava não só divertida, como também nova, atraente, bela, quem sabe? Há mulheres da minha idade que são divertidas, novas, atraentes e belas. Tudo isso. Eu nunca fui nenhuma dessas coisas. Nem mesmo nova, no tempo competente. Mas também nunca precisei de que mo dissessem. Foi-me útil, de certo modo. Deu-me... naturalidade. Nunca corei como uma virgem ofendida ou receosa, ou simplesmente envergonhada, quando o Sabino me pedia para ficar mais meia hora a fim de deixarmos determinado trabalho pronto. Soube sempre que se tratava mesmo de deixar o trabalho pronto, mais nada. E os outros também o sabiam. Não havia insinuações de mau gosto, nem risinhos disfarçados, como quando ele chamava a Mary – já não conheceste a Mary, pois não? Claro que não, a minha cabeça, pois se foste substituí-la! A Mary, coitada, chegava a fazer-me pena. Era como se a deitassem no divã azul, em frente de todos. Conheces o divã azul, Rosa?

ROSA – Queres dizer... o divã do gabinete do Sabino?

EDUARDA – Que eu saiba é o único em todo o escritório.

ROSA – Nunca reparei que era azul.

EDUARDA – Rosa! És daltónica, com certeza. Ou muito distraída. Vocês não têm ficado lá até mais tarde para deixarem o trabalho pronto, Rosa?

ROSA – Em que pode isso interessar-te?

EDUARDA – Simples motivo de conversa. É preciso falar de qualquer coisa, não? O que temos nós mais em comum do que o escritório, o que se passa no escritório, o que talvez lá se passe? Trabalhei lá...

ROSA – Vinte e cinco anos, bem sei.

EDUARDA – Tinha vinte... ou menos? Talvez tivesse mais... Em todo o caso, era uma criança. Parece-te ridículo? Pois é verdade. Não sabia quase nada da vida. Só teoria, e a teoria não serve de nada, sem aulas práticas. Era o que me faltava por completo. A minha mãe era do género calado, ou talvez ela própria também não soubesse muito. Aprendi tudo à minha custa, levo tempo para lá chegar.

ROSA – Todos aprendemos à nossa custa.

EDUARDA – Sim, mas tu tens vinte e cinco anos e uma vida na frente. Eu não. Aprendi tudo tarde, percebi tudo tarde, tirei conclusões fora de tempo. Talvez não me acredites, mas foi só aos trinta e quatro anos, quando a minha mãe morreu, que compreendi que toda a minha vida até então não tinha sentido nenhum, e já me começavam a nascer cabelos brancos. A nascer ou a perder a cor? Que já era tarde para começar o que quer que fosse. Estava mastigada, percebes? Ou transformada em parafuso de máquina.

ROSA – Tarde porquê? Estavas a tempo de tudo.

EDUARDA *(precipitadamente)* – Não estava a tempo de nada. Tinha-me habituado, por exemplo, a ser uma mulher séria e uma mulher só, a presença dos homens embaraçava-me, tinha gestos errados e as palavras que dizia nunca eram as melhores. Eu sei que há pessoas para quem é sempre possível. Para mim não. Sou hoje aquilo que era há dez, há quinze e há vinte anos. Só mais seca, muito mais.

ROSA – Pareces tão segura.

EDUARDA – Profissionalmente, sou muito segura. Uma empregada competente nos escritórios do A. B. Sabino e Companhia Limitada. Uma herdeira competente da fortuna da velha Mercedes prestamista. Em tudo o resto, sinto-me perdida. E o medo do futuro continua.

ROSA – Mas tu disseste há pouco...

EDUARDA – Que já não tinha medo, agora. Era mentira. Tenho medo da solidão, da doença, da morte, da noite. Já não penso no asilo decente nem na fome; penso noutras coisas, receio outras coisas. Não acredites em tudo o que te dizem, tonta. As pessoas gastam a maior parte do tempo a mentir. É mais fácil do que falar verdade, não vês? Para falar verdade é necessário... concentração. A mentira está sempre na ponta da língua.

ROSA – Não acreditas em nada, pois não?

EDUARDA – Em poucas coisas, vendo bem. Em pouquíssimas coisas. Acreditar é para gente feliz, a quem isso foi consentido. Eu aprendi, já te disse. Cheguei aos quarenta e oito anos com o curso completo de ficar à espreita, sempre na expectativa, com receio de qualquer ratoeira, ou então a armá-las, eu, aos outros, para me sentir viva. A Cobra! *(Ri-se.)* Teve boas lições durante a vida, a Cobra.

ROSA – És tão azeda.

EDUARDA – Tenho os olhos abertos. Abri-os tarde mas bem. Passei a ver tudo com uma nitidez... Aposto que nunca reparaste que vives no meio de espiões, delatores, prostitutas, gatunos. Há lá de tudo, Rosinha. Naquele escritório. Noutros. Em todos talvez. Em todas as casas onde há mais de dez pessoas. As percentagens variam, claro, conforme há mais homens ou mais mulheres, conforme os homens são mais fortes ou mais fracos, as mulheres são mais novas ou mais velhas, mais bonitas ou mais feias... Tens amigos, tu?

ROSA – Sou amiga da Bia, da Rute, da Margarida. Tenho outros amigos fora do escritório, claro.

EDUARDA – Ainda bem para ti. Pode ser que esses sejam melhores.

ROSA – Quais?

EDUARDA – Os que tens fora do escritório. A Bia, a Rute, a Margarida... Meu Deus, escolheste-as a dedo. Enfim, se não esperas muito delas...

ROSA – Dizem... mal de mim?

EDUARDA – Mal, mal... Enfim, não dizem grande coisa.

ROSA – Qual delas?

EDUARDA – Bom, aparentemente, estavam as três de acordo.

ROSA – Dantes? Quando lá estavas?

EDUARDA – Encontrei-as uma tarde, quando fui comprar o papel para as paredes. Por causa do tal cheiro a cadáver, como o Gil disse e muito bem. As paredes ficaram horríveis, depois de lavadas. Então fui comprar este papel, que te parece?

ROSA – O quê?

EDUARDA – O papel.

ROSA – Bonito. Mas... elas?

EDUARDA – Ah, sim, elas. Encontrei-as nessa tarde e falámos disto e daquilo. De ti, entre outras pessoas.

ROSA – De mim. *(Pausa. Depois, mudando de entonação.)* Julguei que eram umas férias que me propunhas. Sem escritório, sem recordações, sem novidades desagradáveis.

EDUARDA *(Levantando-se, suspira.)* – Faça-se a tua vontade. Daqui em diante, o escritório é tabu. Vamos falar de... Mas de que havemos nós de falar?

II

À mesma sala. Rosa está sentada a escrever. Fecha uma carta. Ouve passos, fala sem se voltar

ROSA E GIL, DEPOIS EDUARDA

ROSA – É capaz de pôr esta carta... *(Volta-se, vê Gil.)* Julguei que era a Lurdes... Mas você não ia levar a Eduarda? Ela disse-me...

GIL – Pensou outra coisa e resolveu ir de comboio. A nossa amiga muda de ideias muito facilmente.

ROSA – Ela? Está a brincar ou não a conhece? A Eduarda sabe sempre o que quer e vai lá direita. Sempre. Uma espécie de bala ao retardador.

GIL – Não me diga que ela quis a herança. Que apontou ao alvo. Que eu saiba, nem mesmo conhecia a minha tia. Só de ouvir falar. Sem grande entusiasmo, decerto.

ROSA – Refiro-me a outras coisas. Não sei explicar-me muito bem. Em todo o caso, quando ela muda de ideias, é porque precisa mesmo de mudar de ideias. É porque isso é, de súbito, urgente.

GIL *(docemente, num tom novo)* – É amiga dela?

ROSA *(apressadamente)* – Não *(hesita)*. Pelo menos, não era amiga dela, dantes. Agora... Este convite... Não sei. Não sei nada. Passavam-se dias em que nem uma palavra dizíamos uma à outra. Ignorávamo-nos. Ou talvez: Bom dia, boa tarde, que tempo este, não para de chover, coisas assim. A amizade não pode de repente nascer da total indiferença das pessoas...

GIL – Tem amigos?

ROSA – Claro que tenho amigos. Que... Bem, não é a melhor altura para me fazerem essa pergunta. Amigos a quem nunca pedi amizade, de quem nunca precisei, que segurança me podem dar? Mas gosto de estar com eles. Sinto-me bem na sua companhia, tranquilizada... As coisas e as pessoas perdem a agressividade, às vezes até são divertidas.

GIL – Acha pouco? Aposto que não sente essa tranquilidade, esse bem-estar, junto da Eduarda. Ou sente?

ROSA – Claro que não.

GIL – Já vê... Também gosta de conversar com ela?

ROSA – Conversar? Não sei bem... Conversar mesmo só no dia em que cheguei. Antes disso, como lhe expliquei, éramos corpos tangentes. Agora há não sei quem – ou sei? – entre nós. Nesse dia... Bem, queríamos coisas diferentes. Eu, o esquecimento. Ela... Acho que ela queria por força levar-me a determinado ponto.

GIL – E você não queria.

ROSA – E eu não quis. À noite, lá em cima, pensei que ela me tinha convidado só para isso, para saber coisas. *(Com secura.)* Ninguém tem nada a ver com a minha vida. Ganho-a, não é? Então... É minha com o bem e com o mal. Uma vida de mulher.

GIL – Que idade tinha quando os seus pais morreram?

ROSA – Vê-se?

GIL – Sem ser preciso firmar muito a vista. Ainda não se habituou, pois não?

ROSA – Enganou-se. Tenho pais. Saí de casa um dia. Detesto dizer que não me compreendiam, mas foi isso mesmo que pensei, na altura. Não me diga que não é original.

GIL – Sozinha, portanto, bonita e pouco esperta. Ou pouco hábil? Ou demasiado ingénua? Isso ainda não o sei bem.

ROSA – Ingénua, eu?

GIL – Você.

ROSA – Também se vê?

GIL – Sim, também se vê, e isso sem margem para erros.

ROSA – Psicologia aplicada. Faz parte da sua profissão de bom angariador, competente? Se o cliente é pouco esperto, aplicar a alínea C, se é ingénuo, a alínea D. E você, o que é?

GIL *(com suavidade)* – Um traste.

ROSA *(rindo, enervada)* – Assim, sem mais nem menos?

GIL – Um traste sem mais nem menos, Rosa. Um traste no seu estado puro. Admire-o, se nunca viu um espécime assim. Tem-no diante dos olhos em todo o seu esplendor. Pode não vir a ter outra oportunidade, aproveite-a.

ROSA – O que é um traste desses?

GIL *(tira um papelinho do bolso, lê-o)* – Um homem à venda, que faz tudo o que lhe pagam para fazer, que finge o que não é porque isso facilita as coisas, que age de certo modo, que deixa correr, que aceita porque, no fundo, só gosta de si próprio, do corpo onde mora, dos prazeres desse corpo. Um homem que odeia «ex-aequo» (de igual modo) o trabalho e a rotina *(olha-a)*. Escrevi isto há bocado para o que desse e viesse.

ROSA – Mas você...

GIL – Aí está uma coisa que nunca apreciei, trabalhar. Você gosta? Não lhe parece antinatural? Não somos máquinas, nós. Nada nos obriga a viver luxuosamente.

ROSA – Tem um bonito carro, luxuoso. Um *Jaguar*, não é? A sua firma fornece *Jaguares* aos empregados?

GIL – Pois não, Rosa.

ROSA – Pois não o quê?

GIL – Pois não é verdade isso do carro. Entre outras coisas. O *Jaguar* é meu. Sabe como o ganhei? Vou dizer-lhe, mas é um segredo entre nós. Prometido? É que a Eduarda não gostaria que eu lho dissesse. A si. Não gostaria nada, Rosa. Deu-mo uma inglesa com quem vivi uns meses. Era muito rica e viajava constantemente. Tinha um iate, veja lá. E também uma secretária-enfermeira, dois gatos persas e eu. Fora a tripulação, claro. Ah, e mais de cinquenta anos.

ROSA – Porque me diz isso tudo? Não lhe perguntei nada. Não sou curiosa.

GIL – Porque estou a falar verdade, por uma vez. É o meu momento da verdade. Daqui por cinco, por dez minutos, não acredite em nada do que eu lhe disser. Mas agora pode acreditar. Vou contar-lhe o resto. Eu não a deixei. Qual! Ia lá deixá-la! Tinha bons fatos, camisas de seda, tudo *made in England* ou *in Italy*, *whisky* à discrição – gosto muitíssimo de ter *whisky* à discrição –, hotéis de luxo e um *petit nom* adorável: Gilly. Há bocado disse-lhe que era antinatural viver luxuosamente, mas não me exprimi bem.

ROSA – Estava a pensar nisso.

GIL – Trabalhar para viver luxuosamente é que eu acho antinatural. Agora aproveitar a fortuna pessoal de uma velha doida, ganha sabe-se lá como... Ainda quero dizer-lhe...

ROSA – Não diga. Para quê? Vai arrepender-se depois. As pessoas arrependem-se sempre depois. Não sou curiosa, já lhe disse. Detesto confissões. Tive uma amiga que um dia me contou a vida e nunca mais apareceu.

GIL – Não a deixei. Foi ela que se cansou de mim e me mandou embora. Estávamos em Nápoles. Claro que agiu muito delicadamente, era uma senhora. Ainda não lho tinha dito? Uma senhora.

A conversa – porque foi uma conversa – começou com um *I'm afraid*. Ela receava que não tivéssemos sido feitos um para o outro e achava aconselhável terminar uma ligação muito simpática, mas na realidade sem futuro. Deu-me o carro, digamos, como compensação. É um velho hábito.

ROSA – Mas... e a casa onde trabalha? A Eduarda julga que você está numa companhia de seguros.

GIL – Sim, claro. Empreguei-me há uns meses. É que depois da inglesa resolvi regenerar-me. Não, não foi isso, a verdade é que estava sem dinheiro e não queria vender o *Jaguar*. Procurei então nos anúncios. Mas não creio que vá aquecer o lugar. Como lhe disse... prefiro uns negócios, de vez em quando. Uma pessoa é mais livre.

ROSA – Negócios como esse, da inglesa?

GIL – Não, claro. Às vezes vendo umas casas, uns carros, tenho umas percentagens. Um homem de imaginação tem sempre possibilidades. Às vezes, as coisas não correm bem. No caso da Sybil, por exemplo... Ficou louca com os italianos, achava-os belos como deuses. Enfim, mergulhou em plena mitologia pagã e quando me vim embora já deixei um *dear little Apollo* a substituir-me. Impossível lutar com um deus tão categorizado, que ainda por cima cantava na perfeição. No fundo, creio que fiquei a odiar os italianos.

Rosa tem estado sentada, muito direita, e Gil, de pé, passeando. De súbito, ele para, olha-a com atenção.

GIL – O que tem você de tão extraordinário para eu estar a contar-lhe tudo isto?

ROSA – Você precisava urgentemente de um psiquiatra ou de um padre, mais nada. *(Levanta-se, pouco à vontade.)*

GIL – Não, deixe-se estar quieta. *(Ela defende-se.)* Deixe-me ver bem a sua cara. Assim. Voltada para a luz.

ROSA – O que tem a minha cara?

GIL – Não sei ainda. É bonita, sim, mas não se dá logo por isso. Porque esconde a sua beleza, Rosa? Porque a esconde tão cuidadosamente?

ROSA – Não percebo o que quer dizer nem aonde quer chegar. Sei perfeitamente que não sou bonita. Nem feia. Está a fazer troça de mim, não? Porque está a fazer troça de mim? Que vos aconteceu, a si e à Eduarda? Amanhã vou-me embora e pronto.

GIL – Ficámos sós, não é verdade?

ROSA – É verdade. Agora me lembro de que ela levou a criada, até me perguntou se tinha medo de ficar sozinha.

GIL – Estava combinado eu levá-las.

ROSA – Depois...

GIL – Preferiu ir de comboio.

ROSA – Foi fazer compras e não pode carregar com pesos. É estranho como o dinheiro torna as pessoas vulneráveis. Atentas a si próprias. A Eduarda, de repente, já não pode pegar em dois ou três embrulhos. Será um estado de alma, o dinheiro? *(Falou precipitadamente, como se falar fosse importante.)* Porquê?

GIL – Não sabe, pois não?

ROSA – Devia saber? Há uma razão para tudo? Nada acontece por acaso? É certo que ela...

GIL – Quando muda de ideias, é porque precisa mesmo de mudar de ideias. Uma bala ao retardador, disse você há bocado. Já se esqueceu?

ROSA – Não. Mas quando falei não estava ainda muito convencida. Agora começo a recear...

GIL – Estamos sós de propósito. Para eu a seduzir. Para eu querer um dia destes um filho seu. Ter um filho seria, parece, o seu sonho. Para você ficar grávida. Para eu, quando não houver nada a fazer, a abandonar. Quatrocentos contos, era o que o negócio me rendia. Nessa altura, você viria aqui porque ela lhe dissera, entretanto, que o seu filho seria o herdeiro disto tudo, de toda esta quinquilharia que ela, de súbito, se pôs a amar *(olhando em volta)*. Isto? Mas à falta de melhor ama-se isto. Como se pode, como ela pode. E daí, talvez seja verdade e haja também a história da consciência tranquila. Sabe-se lá.

ROSA *(silêncio)* – São terríveis, as pessoas.

GIL – São. Quase todas. Nós.

ROSA – Eu não.

GIL – Você talvez não. Mas tem a certeza?

ROSA *(baixa os olhos)* – Não, não tenho. Mas porque me contou tudo isso? Não estava no contrato, pelos vistos. Porque não tentou cumpri-lo? Segundo depreendo das suas palavras, houve mesmo um contrato...

GIL – Oral.

ROSA – Porquê?

GIL – Não sei. A Eduarda deve acreditar na minha falta de vergonha. Disse que conhecia o meu *curriculum*. Conhece também o seu.

ROSA – O meu? Ah, sim, compreendo.

GIL – Pois é, Rosa. Foi isso que ela me contou.

ROSA – Desde que cheguei que isso anda à minha volta, e eu a fugir-lhe, fujo sempre das coisas desagradáveis. De resto, nunca tive confidentes, detesto confidentes. Acho... sujo. Agora percebo os sorrisos, as insinuações vagas e até diretas. Mas eu chegava-me para a direita e para a esquerda, tenho um certo treino, sabe? Claro, como havia de saber? Podem atirar que não me ferem, porque eu não quero ser ferida. Recuso-me a ser ferida.

GIL *(pensativo)* – Não é porque seja muito bonita, quer dizer, muito mais do que é normal ou desejável. Tenho encontrado mulheres mais belas, sem dúvida. Pego-lhes e deito-as fora.

ROSA *(suavemente)* – Porquê então, Gil?

GIL – Não sei.

ROSA – Não sabe tanta coisa, Gil! *(Fala como se contasse uma história.)* Não foi ele o primeiro nem o segundo. Mas com os outros foi diferente. Julguei sempre que era amor. Talvez tenha sido na altura. *Isto*, disse você. Mas só depois é que eram *isto*. Quando me deitaram fora, como você faz. Ou eu a eles, não sei. Um dia fui para aquele escritório. A verdade é que... ele apaixonou-se por mim. A sério. Não sou uma aventura, como a Eduarda pensa, ou quer pensar. A Eduarda não sabe nada, não percebe nada, é uma solteirona ressequida. O que pode saber uma solteirona ressequida? Apaixonou-se por mim, Gil. Vai deixar a mulher. E eu disse-lhe que a deixasse, eu, que não gosto dele, que nunca gostei, que há três dias acordei a detestá-lo.

GIL – Há três dias, Rosa?

ROSA *(devagar, olhando-o de frente)* – Há três dias.

GIL – Porque não lhe telefona já? Porque não lhe diz que não gosta dele, que não deixe a mulher? Está ali o telefone. Quer que lhe faça a ligação? Vá dizendo os números.

ROSA – São terríveis, as pessoas.

GIL – Já o disse há pouco.

ROSA – Já. Sentia-me só, com algumas ilusões perdidas. Então o Sabino. A solução. Tinha jurado a mim mesma nunca mais gostar de ninguém. A solução. Pareceu-me... original.

GIL – Tinham-na deixado?

ROSA – Tinham. Então o Sabino. Ele gostava, eu deixava que gostassem. Dava-me presentes e era agradável recebê-los. Nunca ninguém me tinha dado presentes. Flores, veja lá. Uma forma de vida como qualquer outra. Porquê, no fundo? Dantes soube melhor, pelo menos pensei bastante no caso. Era um hábito inveterado discutir comigo mesma. Porquê? Porque não? Agora é difícil. Penso e tenho a certeza de pensar errado. Creio em todo o caso que a razão, as razões foram várias, não vale a pena enumerá-las. Porque não hei de dizer que até me agradava estar em primeiro lugar, fazer o que queria?

GIL – Porque não?

ROSA – A Eduarda falou-lhe no divã azul? Não? A mim falou-me. Não percebe nada. Como se eu... Pergunto a mim própria porque não me fui embora *(silêncio)*. Claro que também havia a solidão.

GIL – Também, claro. Ou principalmente? Mas a solidão continua, Rosa. E também a falta de amor. Que lhe importa que ele goste de si? Que nos interessa que os outros gostem de nós, se isso não nos toca, se isso resvala pela nossa pele, Rosa? Se até nos fere? Se os outros são sempre os outros?

ROSA – É você quem diz isso?

GIL – Sou eu. Um *eu* com quem ultimamente não tenho tido grandes contactos, diga-se de passagem. Encontrámo-nos agora aqui. Olá, Eu!

ROSA – Era, em todo o caso, um simulacro. Se eu não quisesse pensar que tal palavra tinha sido dita em vez de outra melhor, a desejada, se eu não quisesse pensar nisso e todos os gestos se confundissem na minha memória, podia julgar – ao menos – que não estava só no mundo. Que havia quem pensasse em mim, quem sofresse por minha causa. Creio que não lhe disse que a minha mãe fugia de casa quando eu era pequena, e que o meu pai se embriagava diariamente. Digo-lho agora.

GIL – Não valia a pena. Está só no mundo, Rosa.

ROSA – Eu sei, para que vem dizer-mo? Eu sei.

GIL – Estamos todos sós no mundo, mais ou menos. Irremediavelmente, mais ou menos. Há pessoas que nunca deram por isso. Quanto às que deram, umas habituam-se, outras não. A Eduarda, por exemplo, não se habituou. É também por isso que quer um filho. Não dela, que se acha feia e velha, que ultrapassou mesmo, talvez, não sei, a idade de ter filhos. Um filho belo, não dá vontade de rir?

ROSA – Não. Não me parece que dê vontade de rir.

GIL – Desculpe. Eu, por exemplo, habituei-me à solidão em companhia, estou de fora a apreciar. Era capaz de escrever um volume sobre a Sybil.

ROSA *(sem o ouvir)* – Às vezes ia ao cinema com os amigos. Amigos? Bem, com eles. Mas outras vezes ia sozinha porque eles tinham que fazer, alguém com quem estar. Sabe o que pode ser, num dia mau, irmos ao cinema sozinhos?

GIL – Nunca prestei atenção.

ROSA – Pode ser terrível. Em volta pares abraçados, raparigas e rapazes, casais ponderados, ao lado um do outro e sem falar.

GIL – Acha agradável, casais ponderados, ao lado um do outro e sem falar?

ROSA – Não foram sempre assim. Houve uma altura, deve ter havido, houve decerto... Uma altura... Um ano, um mês, em que estiveram sozinhos no mundo, os dois. E o facto de não falarem... Mas quer dizer que já disseram tudo, que acham desnecessário, que se compreendem por um gesto, por um simples olhar.

GIL – Estão quase sempre fartos um do outro *(pausa)*. E então arranjou um Sabino. Sabino, não foi o que disse?

ROSA – Eu não o arranjei, não fiz nada por isso, nada. Fui desagradável, de princípio. Despedi-me. Ele prometeu que nunca mais dizia nada e pediu-me que ficasse. Precisava de me ver, mais que não fosse de me ver.

GIL – E acreditou, Rosa? Os homens como ele, os homens como os homens não se contentam com isso.

ROSA – Eu acredito em muitas coisas. Mesmo quando ele me levou este anel, vê? Estúpido, não acha? Estou sempre disposta a acreditar que as pessoas são amigas, sinceras, estupendas e que as pessoas não querem nada em troca. Às vezes, penso que sou mesmo estúpida.

GIL – A Eduarda pensa o mesmo. Continuo no meu momento da verdade. Que longo momento, Rosa. Quanto irá ele durar?

ROSA – Meia hora, uma hora?

GIL – Uma vida?

Silêncio. Rosa anda um pouco pela sala.

ROSA – E os quatrocentos contos?

GIL – Sim. E os quatrocentos contos?

ROSA – Ainda é bastante dinheiro, não é? Umas boas férias.

GIL – Ao sol. Gosto muito de sol.

ROSA – Engraçado, no fundo. A Eduarda a falar do tempo em que não via dinheiro. Agora dá quatrocentos contos, assim.

GIL – É assim. Posso passar sem eles. Antes de a Eduarda me telefonar, estava a pensar muito a sério em dar um pequeno passeio ao Algarve.

ROSA – Para quê, tudo isso? Que tenho eu a ver com o facto de você ser um reles *gigolo*?

GIL – Nada, Rosa, nada. Quem disse que tinha? Estávamos a falar, veio a talhe de foice.

ROSA – Desculpe.

Novo silêncio. Entra Eduarda, sorridente, com um pequeno embrulho na mão.

EDUARDA – Estão a dormir, meus filhos?

GIL – A conversar, simplesmente. Então, fez todas as suas compras?

EDUARDA – Mais ou menos. Foi triste a última frase?

GIL – Que última frase?

EDUARDA – Sei lá. A última que trocaram. Parecem estátuas de sal. Olharam para trás ou quê?

GIL – É possível. Teremos olhado para trás, Rosa?

ROSA – Creio que sim, que olhámos.

EDUARDA – Isso é prejudicial. Na vossa idade, só o futuro é que interessa. O passado é sempre deprimente.

GIL – Fala como um livro aberto.

EDUARDA – Sabe o que é um livro aberto?

GIL – Não muito bem.

EDUARDA – Men-ti-ro-so! *(Volta-se para Rosa.)* Calcula que encontrei no quarto dele uma quantidade de romances. Ah, vão ter muitos motivos de conversa. Não dizem nada? *(Passa um dedo pela face de Rosa, leva-o aos lábios.)* Não, não estás salgada. Estarás... apaixonada?

ROSA *(paciente, com lentidão)* – Aonde queres tu chegar, Eduarda?

EDUARDA – Não é difícil de compreender. Perguntei se estarias apaixonada. Nem mesmo mencionei o objeto possível dessa paixão. Bem, vou deixá-los no passado. Ou no futuro? Em todo o caso, vou mudar de sapatos. Que cansativo, isto de ir a Lisboa! Valeu-me a Lurdes. *(Sai.)*

GIL E ROSA

GIL – Nunca gostei de ninguém, Rosa.

ROSA – É uma maneira como qualquer outra de chegar aonde é preciso.

GIL – Não é. Não quero nada de si. Só dizer-lhe o que disse. Não quero tocar-lhe, Rosa. Disse-lhe há pouco que os homens não se contentam com tão pouco. Mas eu sim, acredite-me, eu sim. Eu neste instante não sou um homem como os outros homens. Posso ir-me embora hoje mesmo, agora mesmo, se quiser, e nunca mais me vê. Foi um breve episódio nas nossas vidas, será, talvez, uma boa recordação. Quando voltarmos, você ao escritório, eu às velhas inglesas, havemos de rir. Mas agora não rimos, agora estamos sérios. Agora sentimos que tudo é verdade, que aconteceu qualquer coisa, não sabemos ao certo o quê. Qualquer coisa, vejo-o nos seus olhos.

ROSA – Qualquer coisa, sim.

GIL – Sabe?

ROSA – Soube quando o vi. Não, antes de o ver. Isto era um palácio e havia de suceder qualquer coisa. Eu sabia que havia de ser assim.

GIL – Faça a mala e amanhã, às sete horas, antes de ela se levantar, espere-me aqui. Depois, abra a porta e vá ter comigo. Quando se deitarem, saio. Vou arranjar dinheiro. Mas não diga nada a ninguém.

ROSA – Para onde vamos?

GIL – Para um lugar qualquer.

ROSA – Sim, sim, vamos para um lugar qualquer. Onde estejamos os dois sozinhos no mundo. Completamente, Gil.

Abraçam-se. As luzes vão diminuindo até se apagarem totalmente. Quando se acendem (pouco), Rosa vem a descer a escada, cautelosamente. Veste um roupão branco, pelo joelho, amarrado na cintura. É de noite. Durante todo o telefonema, Rosa fala baixo, para não ser ouvida por Eduarda, que dorme naquele andar.

ROSA *(marca um número telefónico)* – O senhor António Sabino, por favor. Desculpe a hora mas é urgente, muito urgente. Não está? Não vive aí? Já não vive aí? No... Hotel Metrópole? Muito obrigada, peço desculpa mas... *(Sente-se que desligaram do outro lado. Ela hesita. Senta-se, acende um cigarro, apaga-o. Procura na lista telefónica. Está impedido. Insiste.)* Hotel Metrópole? O senhor António Sabino, por favor? Não sei o número do quarto, não. Sei, sei que é tarde, que são três horas... Ele não se importa, ligue, está à espera do meu telefonema. É urgente, sim. Muito urgente. *(Silêncio.)* Insista, por favor. Ele acorda. Não fica aborrecido, já lhe disse. *(Silêncio.)* Sou eu, a Rosa. Não, não aconteceu nada. Quero dizer, estou bem. Precisava de lhe falar, só isso. Desculpe tê-lo acordado, mas na verdade... Estou bem, sim. Tenho descansado, sim. Bom ar? Claro que há bom ar. O caso é que... *(interrupção)* Compreendo, claro está. Não sabia que já estava no hotel... De sua casa, naturalmente... Sim, devia ser ela. *(Pausa)* Foi... amável. Foi... *(Pausa.)* Era de esperar. *(Pausa.)* Satisfeita, eu? Não propriamente. Vinha telefonar-lhe porque pensei... Vejamos, não se terá precipitado? *(Pausa.)* Eu disse-lhe? Eu insisti? Tem a certeza? Que não perdesse tempo? É possível. Acredito, claro, basta que o diga. Mas é que houve uma coisa... Não me interrompa senão falta-me a coragem, deixe-me ir até ao fim.

Creio que... Bem, creio que não vou viver consigo. Casar? Casar também não. Lamento, pode crer. Mas é que não posso, não posso... *(Pausa.)* Alguém, sim. Alguém. *(Pausa.)* Não é nada disso *(quase gritando)*. Nada disso *(assusta-se, volta a falar baixo)*. De resto, pense o que pensar, suceda o que suceder, tudo me é indiferente, tudo. *(Vai baixando o auscultador e ouve-se Sabino falar, gritar. Desliga o telefone. As luzes diminuem e ela sobe a escada.)*

III

A mesma luz difusa. Alguém toca furiosamente uma campainha. À terceira ou quarta campainhada, Eduarda aparece à porta do quarto, vestindo um velho roupão desbotado.

EDUARDA, SABINO, DEPOIS ROSA

EDUARDA – Esta gente tem um sono de chumbo. Pode alguém morrer. *(Espreita pela janela, fica espantada, precipita-se para a porta a fim de a abrir. Durante as primeiras falas, Eduarda dirige-se a Sabino como a antiga empregada atenciosa. Ele apresenta-se como quem se levantou à pressa e vestiu qualquer coisa, o que calhou.)* Meu Deus, que aconteceu? A uma hora destas... Espero que não tenha havido nada. Sente-se doente?

SABINO – Onde está ela?

EDUARDA *(fria)* – Ela quem, senhor Sabino?

SABINO – Deixemo-nos de fingimentos, que já é tempo. Você sabe o que eu quero dizer e eu sei que você me percebe perfeitamente. Para quê gastar palavras? Onde está ela?

EDUARDA – A dormir, suponho. Para não ter ouvido todo este barulho, deve ter o sono pesado. Não se pode dizer que o senhor se preocupe em não incomodar os outros.

SABINO – Quem é ele?

EDUARDA – Bem, vejo que há qualquer coisa, mas não percebo aonde o senhor quer chegar. Ele?

SABINO *(sentando-se)* – A Rosa telefonou-me há coisa de meia hora a dizer que está apaixonada e que nunca mais me quer ver. *(Grita.)* E não me diga por favor que ignorava o que havia entre nós.

EDUARDA – Nunca pensei...

SABINO – O que você não pensou e também o que pensou é-me completamente indiferente. Quem é ele?

EDUARDA – Há muitos homens, não? Não sou mãe da Rosa. Ninguém me encarregou de a vigiar, parece-me. É maior e...

SABINO – Qual é o que está aqui?

EDUARDA – Bem, o sobrinho da pessoa que me deixou a herança é meu hóspede. Mas eles mal se conhecem. É totalmente impossível.

SABINO – Novo?

EDUARDA *(noutro tom)* – *Novo e bonito.*

SABINO – *Que faz na vida, para além de ser «novo e bonito»?*

EDUARDA *(sorrindo, feroz)* – Ocupa-se de senhoras desocupadas.

SABINO – Então é mesmo o grande amor. Porque... suponho que, como amiga dela, a preveniu dessa... estranha profissão do seu hóspede?

EDUARDA – Bem... Não julguei necessário envergonhar o rapaz. É que também nunca pensei que a Rosa, que não tem onde cair morta, pudesse interessá-lo.

SABINO – As coisas que você julga e pensa!

EDUARDA – Quis ter uma amabilidade com ele. Já bem basta ter-lhe ficado com a herança da tia... Enfim, se adivinhasse... Espero que acredite que eu...

SABINO – Se quer saber, não acredito. Mas adiante *(olha em volta)*. É uma boa casa, por fora, pareceu-me. Por dentro...

EDUARDA – Tenciono fazer umas modificações. Com tempo.

SABINO – Espera ter hóspedes, com frequência?

EDUARDA – Não, mas...

SABINO – Acho estranho, se quer saber, ter feito convites antes de tornar a casa mais agradável. É em geral o que as pessoas fazem. Você, no entanto, teve uma pressa exagerada de hospedar gente. Um belo jardim, ao que me pareceu. Um ambiente propício a muitas coisas. *(Com dureza.)* Vá chamá-la. E depois fique aqui. Já que se meteu na minha vida, não sei porquê, esteja até ao fim.

EDUARDA — Muito bem. *(Começa a subir a escada, hesita.)* Embora já não tenha que receber ordens suas, não se esqueça disso.

SABINO *(sem a ouvir)* — Ele também cá está, não? Lá em cima, quero dizer?

EDUARDA — Também.

SABINO — Faça o possível para não o acordar. Não preciso dele para nada.

Eduarda espera, Sabino esforça-se por se manter calmo. As duas mulheres descem. Rosa está descalça e vem a vestir o roupão.

ROSA — O senhor? Porque veio? Eu disse-lhe...

SABINO — Não me trate com tanta cerimónia. Estamos, por assim dizer, sozinhos. A Eduarda é como se fosse da família. Eu sempre disse, de resto, que o escritório era uma grande família, não é verdade? Parece que adivinhava. Claro que todas as famílias têm as suas ovelhas ronhosas, mas isso é outra história. Sente-se, Rosa. Ainda há poucos dias chamava-me António, não se lembra? Ou não se quer lembrar?

ROSA — Não quero lembrar-me de nada. O escritório nunca existiu, nem o seu apartamento. *(Para Eduarda.)* Estás contente? Ouviste? Ouviste finalmente? Era o que querias, não era? Desculpa mas do divã azul não posso falar. Desconheço-o. Estás a ouvir? Estás a ouvir?

EDUARDA — Pareces histérica.

SABINO *(numa voz incerta)* – Lembra-se de quando me disse que deixasse a minha mulher? Nessa altura julguei...

ROSA – Tive sempre vergonha, se quer saber. Uma vergonha talvez absurda. Queria casar para deixar de ter vergonha.

SABINO – Era só isso?

ROSA – Era.

SABINO – Não tem vergonha, agora?

ROSA *(espantada)* – Mas é tão diferente!

SABINO – Era só isso.

ROSA – Não, não era. Não era só isso. Havia também o dinheiro. O senhor era rico e eu teria o meu futuro, por assim dizer...

SABINO *(friamente)* – Cale-se.

EDUARDA – A vaidade dos homens! Acreditam em tudo. Mesmo velhos, com os pés para a cova. A flor do escritório!

SABINO *(sem a ouvir)* – E deixou-me sair de casa.

ROSA *(cansada)* – Incitei-o mesmo a sair. Obriguei-o, por assim dizer. Ou ela ou eu, não foi? Já não me lembro bem das palavras, claro, mas creio que foi assim. Ou ela ou eu.

SABINO – Já não se lembra?

ROSA – Foi há tanto tempo!

SABINO – Sim. Há quatro ou cinco dias? Uma eternidade. Também me disse que só assim podia acreditar na minha sinceridade. «Só assim posso acreditar que não sou um passatempo. Que não sou como a tal Mary, de quem ouvi falar.» Referiu-se à Mary, lembra-se?

ROSA – Não quero lembrar-me de mais nada.

SABINO – Mas é necessário, Rosa, é necessário que se lembre de tudo. Tenho sessenta anos e ela tem a mesma idade. Dois velhos, Rosa. Vivemos sempre juntos, apesar de tudo. Quero dizer, nunca houve ninguém a separar-nos, porque eu nunca gostei de ninguém.

ROSA – Que tenho eu com isso?

SABINO – Agora vamos ficar separados, nas nossas casas vazias, à espera da morte. Ela...

ROSA – Ela, ela, ela. Pensou porventura nela quando resolveu deixá-la?

SABINO – Quando me pediu que a deixasse. Quando exigiu que eu o fizesse.

ROSA – Pensou em si, só em si. Continue a pensar em si e deixe-a tranquila.

SABINO – Até tens razão *(voltando-se para Eduarda).* Até tem razão. De resto, sou um homem egoísta, não sou, Eduarda? Você conhece-me há muitos anos...

EDUARDA – Que quer que lhe responda? Que é um bom homem, um pobre homem que se vê todos os dias ao espelho e que por isso não sentiu chegar a velhice? Pobre velho! Como pensou que ela, com vinte e poucos anos... Como pode ter pensado...

ROSA – Não ganhamos nada prolongando desnecessariamente esta conversa. Tudo ficou dito ao telefone. Tenho sono...

SABINO – Posso acordá-lo, não é? Esteja tranquila que não tenho o menor interesse em vê-lo. Vive à custa de mulheres, sabia?

ROSA *(docemente)* – A última foi uma inglesa. Chamava-se Sybil. Ofereceu-lhe um carro.

SABINO – Quem lho disse?

ROSA – Ele, claro, quem havia de ser? Ou pensa que a Eduarda... Não, não, a Eduarda foi muito discreta. É uma boa amiga, de confiança.

SABINO – O golpe da maldade. Às vezes resulta, com mulheres parvas. Pensa que ele se vai modificar por sua causa? Vocês morrem por regenerar os homens. O pior é que poucos querem ser regenerados e sentem-se muito bem assim. Julga que ele gosta de si? Que vai gostar sempre de si?

EDUARDA – Claro que julga. Todas julgam.

ROSA – Oh, não, não, de modo nenhum, por quem me tomam? Talvez seja parva, mas em todo o caso... Há umas horas gostava, disso tenho a certeza, mas agora, neste instante... Ou amanhã... Ou depois... Como hei de saber? *(Volta-se para Eduarda.)* Pensas que ele está lá em cima, deitado? Não está. Foi a Lisboa arranjar dinheiro para nos irmos embora e vem buscar-me de manhã cedo.

EDUARDA – Para onde vão?

ROSA – Para um lugar qualquer.

EDUARDA *(imitando-a)* – Para um lugar qualquer! Mas ainda és mais estúpida do que eu pensava. Chego a ter pena de ti.

ROSA – Isso não, isso não. Não podes ter pena de mim. Ninguém pode ter pena de mim, ouviste? Proíbo-os.

SABINO – Porque não foi com ele?

ROSA – Não quis que o acompanhasse. Melhor, o problema não se pôs. Ficou de me vir buscar.

SABINO – Talvez não fossem coisas para si. No entanto, devia ir-se habituando a elas. Disse-lhe ao menos aonde ia buscar o dinheiro?

ROSA – Não lho perguntei.

EDUARDA – Ninguém pode dizer que não és discreta.

ROSA – Não é verdade?

EDUARDA – És incrível, Rosa. Parece que tens dez anos.

ROSA – Tenho vinte e cinco e sinto-me muito nova e muito velha. Tão nova que caio em todas as esparrelas, tão velha que as compreendo perfeitamente. E daí, talvez nem caia, é mais certo dizer que me deixo cair, que resvalo conscientemente. É um momento agradável, em que me recuso a pensar no que pode vir a acontecer, em que não receio o futuro, em que não sinto o coração dentro do peito. Enfim, em que não quero sentir nada disso. Sabem como é estar de costas sobre a água, com os braços abertos e os olhos fechados? Estamos sobre metros e metros de água, mas não pensamos em tal coisa.

EDUARDA – É isso que estás a sentir neste momento?

ROSA – Claro que não. Neste momento, sinto que tenho nojo de mim.

EDUARDA – Devo acrescentar que já sentias o mesmo antes de o conheceres.

ROSA – Nojo de mim e de ti e dele *(aponta com o queixo para Sabino)*. Mas sobretudo de mim.

EDUARDA *(ri-se)*.

ROSA *(a Sabino)* – Sabe qual foi a razão do convite? Já que estamos a falar verdade... Porque estamos a falar verdade, não estamos, Eduarda? Quem é que disse que era difícil falar verdade, que exigia concentração? Sabe porque foi? Para eu ter um filho. Um filho para herdar toda a porcaria que a velha lhe deixou. E sabe porque me escolheu a mim?

EDUARDA – Cala-te!

ROSA – Porque sou nova, saudável e... fácil. Sim, sobretudo, porque sou fácil, compreende? Fiz, sem o saber, o meu exame psicotécnico e fiquei aprovada com alta classificação. A Cobra sabe o que faz.

EDUARDA – Cala-te, imbecil!

ROSA – Porque me hei de calar? Tens falado demais durante todos estes dias. Tens vomitado tudo o que te obrigaram a comer a vida inteira. Agora eu. Foi para isso. Combinou tudo, calculou tudo. Só que lhe saíram erradas as contas. Ele contou-me.

SABINO – É verdade o que a Rosa diz?

EDUARDA – Claro que não. É uma história sem pés nem cabeça. Uma... fotonovela das que ela lê. Dá vontade de rir.

ROSA – Quando me convidou, quando me recebeu, julguei que se tinha modificado, julgo sempre que as pessoas mudam para melhor. E não é verdade, pois não? Ninguém muda para melhor, começando por mim. Quanto mais vivemos, mais a vida nos estraga. A própria esperança vai desaparecendo, não vai?

SABINO – Mas tu estás à espera...

ROSA – Ah, sim, o grande amor. Tem razão. Espero o grande amor, mesmo que ele dure um mês, mesmo que a esperança já esteja no passado e ele neste instante tenha morrido. Mesmo assim. Espero. Podemos esperar nem que seja saber que uma coisa já não existe. É importante, uma recordação, não é, Eduarda?

EDUARDA – Não sei nada de recordações.

ROSA *(para Sabino, suavemente)* – Quer que eu procure a sua mulher? Que lhe diga que fui culpada de tudo? Que lhe peça perdão por si? Quer?

SABINO – Não vale a pena. Não... na verdade, não vale a pena, Rosa.

ROSA – Eu não sabia antes de ele aparecer. Não sabia. Suspeitava, é tudo. Juro. Depois ele veio e tudo pareceu diferente e eu própria fiquei outra pessoa e o mundo outro mundo. Compreende, ao menos?

SABINO – Compreendo. Adeus.

Sabino sai e Eduarda entra de rompante no quarto, batendo com a porta. Rosa fica só. Senta-se. A luz diminuiu um pouco. O pano desce e volta a subir. O tempo de Rosa se vestir e começar a descer a escada, porque batem à porta. Traz a mala na mão.

ROSA E GIL, DEPOIS EDUARDA

GIL – Julgaste que eu já não vinha?

ROSA – Não sei. Houve... Aconteceu uma coisa... Não. Tinha a certeza de que vinhas. *(Abraçam-se.)*

GIL – Demorei-me, desculpa. Um carro esmagou-se contra uma árvore, estive parado que tempos. Voltei depois para trás, dei uma volta.

ROSA *(baixo)* – Morreu alguém?

GIL – O condutor. Não ia mais ninguém.

ROSA – Era um carro... de que cor, Gil?

GIL – Vermelho. Ficou num bolo. Ou o homem ia embriagado ou perdeu completamente o controlo do volante. Mas que foi? Conhecia-lo? Era...

ROSA – Talvez fosse. Esteve aqui e eu disse-lhe tudo. Saiu deviam ser três horas. Tinha... deixado a mulher e estava num hotel à espera de que eu voltasse. Eu *exigi* que ele se separasse dela, compreendes? Depois, esta noite telefonei-lhe. Veio cá e...

GIL – Compreendo.

ROSA – Não creio que possas. Nem eu, decerto. Somos novos, não nos é possível. Dois velhos numa casa... Claro que o amor parou... O tempo, não é verdade? Foi a ti ou à Eduarda que eu falei dos pares silenciosos, no cinema? Eles também talvez fossem ao cinema e não dissessem uma palavra um ao outro, talvez as tivessem gasto todas. Mas sabiam. Tudo. Não valia a pena falar. Ela dizia «Eu estou... » e ele acrescentava logo: «Claro. Bem te disse que não andasses tanto.» Coisas assim. Um sorriso. «Tenho pensado...» «Não te preocupes com isso.» E agora ela ficou sozinha numa grande casa vazia e ele está num quarto de hotel.

GIL – Ele está na morgue, Rosa.

ROSA – É verdade. Na morgue, que cabeça a minha! Na morgue. E a mulher talvez não saiba se há de chorar por ele. Talvez lhe tenha ódio e o deixe só.

GIL – Que interessa isso agora? Ele está morto.

ROSA – É. Está. Sinto uma coisa dura no coração.

GIL – Fizeste o que havia a fazer. Não podias ter feito outra coisa, pensa nisso.

ROSA – Como é na morgue? Frio?

GIL – Frio, sem dúvida. Mas ele já não sente frio nem calor, nem sabe se está só ou se choram por ele.

ROSA – Não saberá?

GIL – Gostavas dele, no fundo.

ROSA – Era um pobre velho. O meu pai é mais novo, compreendes?

(Eduarda aparece de roupão pela porta direita.)

EDUARDA – Julguei que se tinham ido embora. Ouvi-te descer, ouvi-te abrir a porta da rua. Mas... que te aconteceu, Rosa? Estás a chorar? Que se passa, meus queridos? A primeira zanga? Não será um pouco prematura? Discordam do itinerário da viagem de núpcias ou... Falta de dinheiro? Ouvi dizer que tinha ido buscá-lo e logo calculei que não conseguia nada. Os bancos estão fechados de noite, uma maçada, não é? Tão fácil precisar-se de dinheiro durante a noite... Devia haver um banco de serviço em todos os bairros. Há farmácias...

ROSA – O António Sabino morreu.

EDUARDA – Estás doida. Ah, é uma metáfora. Queres dizer na tua que o apunhalaste. Creio que sim, que tens razão. Apunhalaste o pobre homem. Que tens tu de extraordinário?

GIL – Também já fiz essa pergunta. O quê?

EDUARDA – Apesar disso...

GIL – Você também a escolheu.

EDUARDA *(rindo nervosamente)* – É verdade. Um filho seu e dela. Estranho, não é? O que passa pela cabeça das pessoas. Mas, pronto, tudo acabou. Espero que não estejam a prender-se comigo. Não sou de cerimónias *(pausa)*. Enfim, parece que tenho de ser razoável. Vou ser a senhora só da terra. Deve ter as suas vantagens, vendo bem. Vou dar-me com o padre, com o médico, com o farmacêutico, que mais? Devo talvez convidá-los para um jantar, que dizem? É um gesto... delicado. E deixarei sempre uma suspeita sobre o meu testamento...

ROSA *(como quem está longe e não ouviu nada)* – Deve estar deitado numa mesa de pedra, sozinho. Deve estar... Por minha causa. Foi como se tivesse pegado numa faca e lhe tivesse dado todos os golpes que daqui a pouco lhe vão dar.

EDUARDA – Que história é essa de mesa e de golpes?

GIL – Esse homem morreu num desastre de automóvel. Vi-o agora. A esta hora não saem daqui muitos automóveis encarnados, suponho.

ROSA – Matou-se...

EDUARDA – Estão a falar verdade? Morto? Não acredito que ele próprio... Estava demasiado irritado para perder a coragem. Pareceu-me... Mas têm a certeza de que morreu? *(Para Rosa.)* Por tua causa, claro. Fizeste-o deixar a mulher, foste encontrar logo nesse dia o príncipe encantado. O sol, eu não te disse? Mas não foste só tu quem se queimou.

ROSA – Bem sei.

EDUARDA – Que vais fazer agora? Procurar novo emprego, claro. E não te vai ser difícil, tens boas credenciais. Um suicídio, vejam lá.

GIL – Ela vem comigo, já se esqueceu?

EDUARDA – Mas isso são umas férias que vão durar... sei lá! Uma semana? Quinze dias? Ela uma manhã vai acordar num quarto estranho de um hotel qualquer, sem ninguém ao lado e com a conta na portaria. Porque você bateu as asas. Vai ser assim? Ou haverá uma cena com gritos e palavras desagradáveis, depois da qual ela conclui ou descobre que você afinal nunca gostou dela, foi um simples engano, acontece a qualquer?

ROSA – Mas eu sei isso quase tudo.

GIL – É sua filha por acaso?

EDUARDA – Nem sei porque digo isto. Na verdade, que tenho eu a ver com as vossas histórias? No fundo, que me interessa que o outro tenha morrido, que tu vás ter outra desilusão, que este aqui continue a sua brilhante carreira de chulo profissional. Que me interessa?

ROSA *(sempre na sua cadeira, de olhos no chão)* – Tiveste a culpa de tudo, bem sabes, não podes sacudir-nos de ti.

EDUARDA – Eu? A culpa? Mas eu queria, no fundo... Claro que, vista agora, à distância, parece-me uma dessas histórias de cordel de que tu gostas, Rosa.

GIL – Vamos. Não estamos aqui a fazer nada.

EDUARDA – Voltas ao escritório? Se o escritório não fechar, claro. Voltas?

GIL – Já lhe disse que nos vamos embora.

EDUARDA – Pobre Rosa.

ROSA *(pondo-se de pé, numa voz dura)* – Gostavas dele?

EDUARDA – És parva. Ele compreendeu melhor, embora... As coisas não se desfazem na sua totalidade. Senti sempre raiva, até ao fim. Mesmo ontem, quando ele aqui esteve a falar contigo. Não o queria para nada, mesmo que me caísse subitamente aos pés. O que não seria provável, basta olhar para mim. Mas, se isso acontecesse, empurrava-o com o pé como a um nado-morto, aí está o que eu fazia. Mas a verdade é que tinha ficado um pouco de raiva, um pouco de ternura, um certo ódio pela mulher, pela Mary, pelas outras e por ti. Agora tudo acabou. Foi bom ele ter morrido, sabes? Posso pensar em mim, agora, sinto-me de repente tranquila. Tão so-sse-ga-da... É como se... Já não quero mal a ninguém, já não me apetece fazer mal a ninguém. Aquilo da Bia, da Rute e da Margarida...

ROSA – Sim?

EDUARDA – Era mentira.

ROSA *(desinteressada)* – É-me indiferente. *(De súbito agressiva.)* Somos os três felizes, não é extraordinário? Se fôssemos comemorar a qualquer lado?

GIL – Vamos embora, Rosa.

ROSA – Para onde?

GIL – Para um lugar qualquer, não te disse? Longe deste jazigo de família.

ROSA – Quem está lá nesse lugar? Nós e mais quem?

GIL – Nós sozinhos, Rosa. Quem havia de estar? Gente. Que nos interessa a nós a gente?

ROSA – É. Que nos interessa? Não vamos conhecer ninguém, pois não? Não vais encontrar ninguém conhecido... Nem eu?

GIL – Ninguém, Rosa. Só nós os dois.

ROSA – Quando...

GIL – Sim?

ROSA – Quero dizer, quando o que ela disse...

GIL – O que disse ela, Rosa?

ROSA – Quando uma manhã eu acordar e procurar ao lado e...

GIL *(Abraça-a e vai-a levando para a porta. Pega na mala. Saem.)*

EDUARDA E LURDES

EDUARDA *(Dá alguns passos, dirige-se ao telefone, marca um número muito devagar. Diz:)* – Está? *(Desliga logo a seguir e senta--se na cadeira de baloiço. Ali fica algum tempo.)*

LURDES *(desce a escada)* – A senhora já está levantada? Pareceu-me ouvir vozes há bocado, mas julguei...

EDUARDA – A menina Rosa e o senhor Gil foram-se embora. Morreu uma pessoa de família da menina Rosa.

LURDES – Ah, coitada! Quem?

EDUARDA – O pai, o avô, não sei bem. Um homem de idade, em todo o caso. Enfim, com idade para morrer.

LURDES – Quando é assim não faz tanta pena. Tem que ser. Em todo o caso, coitada da menina. Nem aproveitou as férias. Volta depois?

EDUARDA – Não é natural que volte. Vai fazer uma viagem e depois deve ter muitos problemas a resolver.

LURDES – E o senhor Gil?

EDUARDA – O senhor Gil também. Que horas são, Lurdes?

LURDES – Sete horas, minha senhora.

EDUARDA – É cedo.

LURDES – Estou habituada a levantar-me cedo.

EDUARDA – Também me levantei cedo durante muitos anos. Agora...

LURDES – Agora a senhora devia aproveitar.

EDUARDA – Aproveitar o quê?

LURDES – O descanso. Quem me dera a mim. Se eu fosse rica, não queria mais nada senão descansar. E comer bem, claro. Comer bifes, bolos e dormir até tarde...

EDUARDA *(atenta)* – Tens razão. Creio que, de facto, não há outro caminho para mim. Fazer visitas e dormir até tarde. Os bolos estão incluídos nas visitas. Quem são as pessoas importantes da terra, Lurdes?

LURDES – Há o senhor doutor Silva, que é médico, e a dona Alice, muito boa senhora, não desfazendo. Há o sr. padre Simões. Há o sr. Marcelino Costa e a dona Adília. Há...

EDUARDA – Chega, Lurdes. Por enquanto. A que horas é que esses senhores costumam estar em casa?

FIM